目录

闲篇 真宵·僵尸　005

第 294

后记

第闲篇 真宵・僵尸

BOOK&BOX DESIGN
VEIA

FONT DIRECTION
SHINICHI KONNO
(TOPPAN PRINTING CO., LTD)

ILLUSTRATION
VOFAN

第闲篇　真宵・僵尸

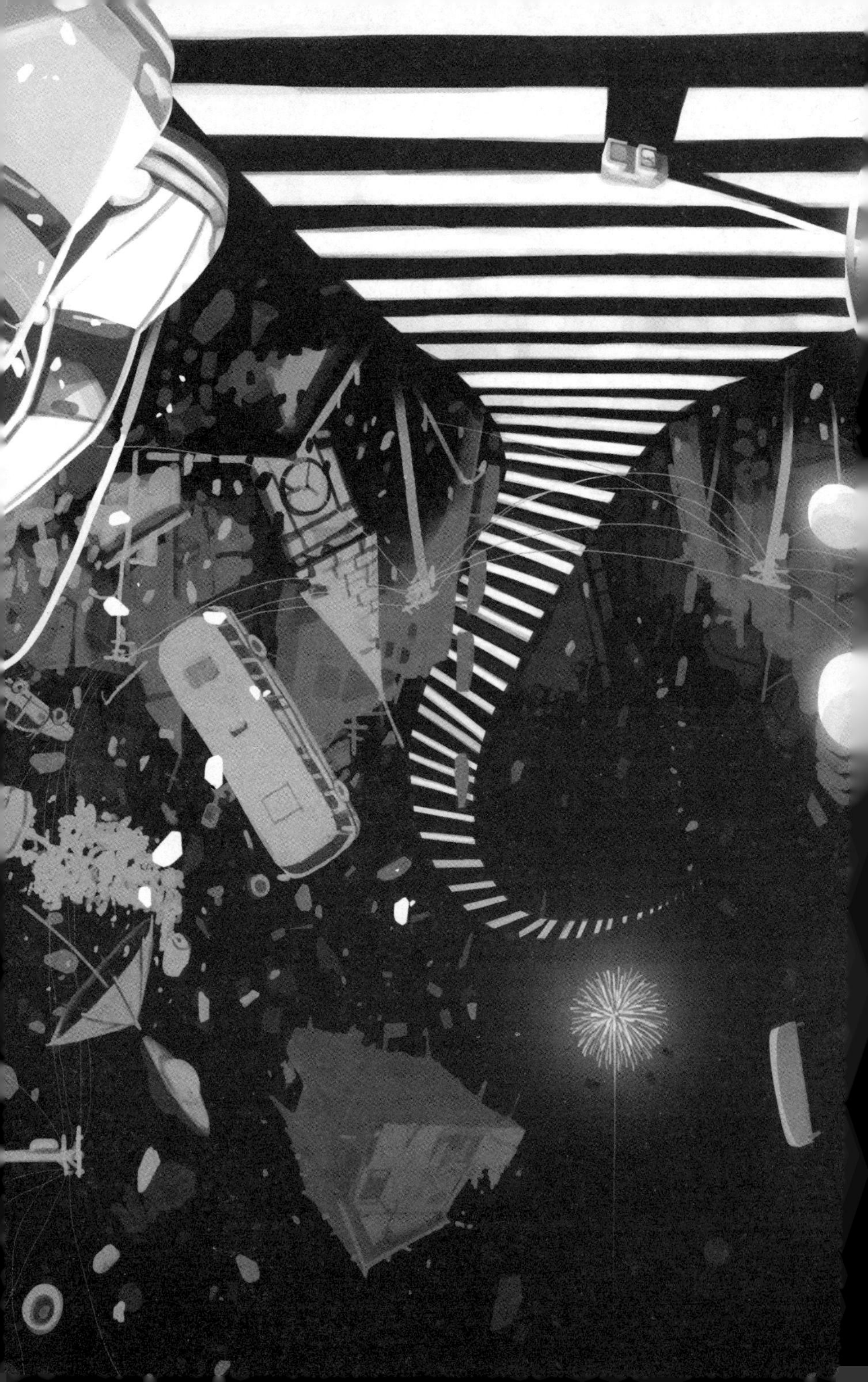

HACHIKUJI MAYO I

第闲篇

真宵·僵尸

001

述说这场和八九寺真宵有关的夏日大冒险之前，我想为各位介绍一个女生，不过，她并未参与这场大冒险，甚至和这场大冒险毫无关联，何况我认识她的时候，是夏季早已结束，甚至可以称为冬季的季节，所以她想参与或介入也不可能。简单来说，她和我接下来要叙述的故事毫无关联，那我为何要在一开始介绍这个毫无关系的人物？其实我没有自信能解释清楚，但她就是会让我产生这种想法。

说穿了，我在回忆起一段无可奈何、难以负荷的惨痛回忆时，即使和这个事件丝毫无关，却不知为何会连带回想起这个人——可以形容为拉开第二层衣柜时，第三层衣柜也连同拉开的感觉，也可能是反过来，在关上第二层衣柜的时候，第三层衣柜因为气压而打开的感觉，我无法判断哪种比喻可以正确形容这种感觉。

举个常见的例子，布丁加酱油吃起来有海胆的味道，两者表面上无关，实际上也无关，食用时却会当成同样的东西，这可以形容为感官的矛盾或是骗局。勉强来说，这个女生像是不含果汁的汽水，明明成份完全不同，味道却相同，如同合成颜料或化学调味料——彻底的伪物，纯正的赝品。

困惑的事情。

烦恼的事情。

麻烦的事情。

以及失败、后悔的情绪。

将这一切收入同一个抽屉里的这个高一女生，就是我的新学妹——忍野扇。

用这种文字介绍晚辈女孩颇为过分，但她听到这种话也肯定只会豪迈地一笑置之，所以无须在意，内疚也没有意义。

顺带一提，将她——小扇介绍给我的是神原，神原说她是个转学到一年级某班，个性脱离常规的可爱学妹。神原莫名地对可爱女生的情报掌握得十分清楚，这个情报不可能有误，但实际和她见面时，我完全没有余力做出这种感想。

因为我一见到她就被她揍了。

我去见她以及被她揍的原因，迟早会在剧情进展到那个时间点时述说（前提当然是有这个机会的话），每当我想起和八九寺有关的这段故事，都会同时想到小扇的一段话。

"阿良良木学长，您知道十字路口四边的红绿灯，会在眨眼之间全变红色吗？"

就是这段。

"怎么回事？你是说工程人员在检修的时候？"

"不不不，这是更常发生的事情哦，阿良良木学长肯定几乎每天都看得到。"

"几乎每天……慢着，我不记得看到过这种状况，何况要是平常就发生这种现象，到处都会出车祸，会造成大麻烦。"

"就是为了避免到处出车祸造成麻烦，这种现象才会在日常生活中发生,您这个愚笨的家伙一点都不懂,哎,说穿了其实很单纯,阿良良木学长,无论是哪个红绿灯,在纵向道路变成红灯,横向道路还没变成绿灯的时候,都会延迟三秒,因为要是同时换灯号,急性子的司机提前往前开的话,车祸概率会增加。"

"三秒……这不叫做眨眼之间吧?没有人眨眼是以三秒为单位。"

"请不要挑我的语病,阿良良木学长的个性烂透了,我的意思是说,十字路口会出现全部静止的空白三秒,反过来说,红绿灯不会在眨眼之间全变成绿灯,只要不是工程人员在检修就绝对不可能,如果我是系统工程师,也会把系统设置成避免出现这种状况,任何人都喜欢安全更胜于危险吧?"

"那当然,用不着强调。"

"不,请让我强调,阿良良木学长,这是挺有趣的事,世界充满代表着危险的红灯时,正是最安全的一段时间,反过来说,世界充满代表着安全的绿灯时,就会出现一个全世界最危险的场所,这是一种矛盾。危险信号超过某个限度,会打造出安全地带,相对的,安全信号超过某个限度,只会打造出完全不守法的地带,别说三秒,要多活一秒都是一件难事。"

"就像是有利于健康的东西不好吃,好吃的东西基本上易胖又伤身?"

"是的,一点都没错,阿良良木学长,您明明愚笨却学得好快。"

"能得到你的夸奖,我荣幸之至。"

"我不是在夸奖,是在讽刺。人们绿灯过马路的时候,大多觉得像是受到神的保护,其实完全不是这么回事,只是风险减半而已,只是比全部绿灯好一点,如果不想遭遇危险,就不应该过马路。"

"既然这么说,即使走在人行道上,也可能有人酒醉驾驶开车蛇行撞上来吧?"

"是的,有可能,正因如此才应该有人说这种话,比方说我就应该说这种话，这个世界不晓得多么危险，有人说世界很和平，各处都是梦想与希望，充满救赎，人们为了相爱而生，所以必须和睦相处，有义务让孩子幸福……正因为过度陶醉地讲出这种话，才会轻易被乘虚而入，战地的孩子们即使没受教育也更加理性，至少对人生抱持贪念，因为他们眼中没有绿灯，全都是红灯。"

"但我觉得人类有权在和平国度活得像是笨蛋，人类就是为此花费数千年进步至今吧？"

"这是日本人独特的想法，堪称是这个国家的宗教，我敢断言，日本这个国家在一千年之后将不复存在。"

"这可以套用在任何国家吧？没有国家能以相同体制维持一千年，不用看历史课本就知道这是理所当然的事。"

"是的，理所当然，日本或许会毁灭，世界或许会毁灭，正因为不去正视这种理所当然的事还在办定存，所以才笑得出来，不过是含泪的笑。"

"所以？"

"嗯？"

"所以小扇，你到底想表达什么意思？你这家伙还是一样讲话抓不到重点，虽然你外表和你叔父完全不像，这部分却是没有两样。"

"说我像那种人，我一点都不高兴，还想控告学长诽谤，但我就提供特别服务，把这段话当成夸奖收下吧。没什么，我是在提醒，不是经常有人说'梦想不是用来看的，是用来实现的'吗？不过搞反了吧？实际上梦想不是用来实现的，是用来看的，这才是真相吧？梦想未来的时间很快乐，但梦想实现之后，就必须过着单调的生活，或是过着明知徒劳无功，却非得每天默默努力的炼狱生活，为什么非得这么做？愚笨又无聊，人明明只要妄想就可以很幸福了。"

"与其借由妄想得到幸福，实现梦想得到幸福不是更幸福吗？"

"绝对没那种事。"

"没有？"

"没有，不会有，所有人都向往，并且设为未来目标的对象，无论是摇滚巨星、运动选手、漫画家或是公司老板，想象这些人的实际生活，答案就显而易见，学长觉得他们过得随心所欲吗？绝对没这回事，得顾虑和雇主的关系、被排名或阶级耍得团团转、对赞助商低声下气或是讨好支持者，尽是一些难受的事情，所以实现梦想，等于体认到梦想的无趣。"

"所以越是实现梦想，越得在意和周遭的关系？这是个性格扭曲的人会说的话，不过还是有人即使变得了不起，依然过得随心所欲吧？"

"您是说过得随心所欲，被周围的人排挤，活得受人唾弃的那些家伙？您觉得谁愿意成为那种人？成为这种无聊的人就叫做实现梦想？应该完全相反吧？"

"嗯……完全相反。"

"所以阿良良木学长，我们应该教导孩子们，隔着显像管电视吃零食欣赏那些实现梦想的人，才是有效率的幸福方法，比起那种留下痛苦回忆、背负各种枷锁、忙着将快乐梦想变化为无情现实的做法好太多了，我们应该发挥这种侠义心肠才对。做梦是非常好的一件事，但是不可以实现梦想，我们必须宣扬这种观念。"

"虽然画面意外漂亮，不过显像管电视已经基本淘汰喽，现在都是液晶或等离子电视。"

"哈哈，换句话说，电视无论是画面与节目都完全变得扁平没深度了？"

"我绝对没有讲得这么批判，还是有很多好看的节目的。"

"阿良良木学长，您这样帮忙说好话，到底是想博取谁的好感？不会有人因为您表现良好就保护您啊？您反而必须保护红绿灯才行，不是红绿灯保护您，是您保护红绿灯，必须举手保护，不然挥动小旗子也行。"

就是这种感觉。

小扇始终是这种感觉，到最后，她似乎只是想教我"十字路口的红绿灯有三秒全是红灯"这个小常识，借此炫耀并博得我的佩服，却从这个话题聊到人生、主义甚至是梦想，这就是名为忍野扇的十五岁女孩，我则是连同八九寺真宵回想起这个小常识。

连同迷途的少女回想起来。

挡住去路的红绿灯全是红灯。

绿灯过马路时才会被车撞。

连同十多年前死去的那个女孩回想起来。

连同那场夏日大冒险——从非常琐碎的契机开始，最后却将所有现实卷入的天大事件，连同那段故事回想起来。

不过，等我说完这段故事，我肯定能对博学多闻的小扇，对于总是把我说得无法招架的她，回以唯一的反驳。

也就是，红绿灯除了红灯与绿灯，还有黄灯。

而且，这正是她想提醒的事情。

002

"啊，那位不是鬼哥哥吗？看来你活得很好，我放心又嫉妒。"

话说在前面，我完全不想把这一天——也就是暑假最后一天，八月二十日星期日遇到斧乃木余接的这件事，当成一切事件的开始。

她（我不知道性别，但斧乃木即使讲话是男孩子语气，看起来仍是个可爱的年幼女孩）只是出现在那里，若是因为这样就要求她对本次事件负点责任，那我应该在她当时这样打招呼时无视她。

我和斧乃木并不是朋友，也没有密切来往或特别要好，甚至直到最近，还因为我那个不可爱的妹妹，打过一场你死我活的架。

别说无视她，甚至应该一看到她就扑过去紧咬不放。

不过，斧乃木也是基于相同立场，她明明可以扑过来紧咬不放（不是比喻，她真的做得到），却一如往常地面无表情看不出想法，以毫不怀念的冰冷语气向我搭话，所以我或许应该乐于接受。

总之，不计较这个。

可爱女童主动搭话是好事。

即使对方是怪异也一样。

或者说，正因为是怪异才是好事？

"嗨，斧乃木小妹。"

我出声回应。

这里是路边。

事情发生在我所居住的阿良良木家不远处的某个十字路口，我回神一看发现身旁有个似曾相识的穿着及踝长裙的女孩，斧乃木也几乎同时（严格来说，她比我早零点几秒）察觉到我。

现在是红灯。

不对，这一瞬间变成绿灯。

代表安全的颜色。

"要说好久不见……也没有太久，总觉得上次见到你是很久以前的事……实际上是不久之前吧？那个……"

说来丢脸，我首先做的事情是确认四周情况。

并不是害怕路人发现我和女童说话（我已经把这种细腻神经完全从体内剔除），我害怕的是使唤斧乃木这个式神的某个阴阳师。

影缝余弦。

既然斧乃木在这里，那个人或许……应该说很有可能也来到了这个城镇，这件事令我不安。

这种场合，很适合形容为"来袭"。

可以的话，我不想再度看见站着是暴力、坐下是破坏、走路看起来是恐怖分子的那个人。

我当然不想再会。

再战更是免谈。

总之，就我所见，似乎不在周围。那个人不是会躲起来的类型（影缝秉持莫名其妙的主义，绝对不走地面），既然乍看之下没看到，肯定可以暂且放心。

"鬼哥哥，不用担心，姐姐没跟我在一起，这里只有斧乃木余接，也就是只有我一个人。"

斧乃木看到我的警戒动作（我这一连串的行动，或许该形容为鬼鬼祟祟），在我询问之前就抢先这么说。

"鬼哥哥，我和姐姐并不是随时随地在一起，不用把我们当成总是一起行动的搭档，我们不是形影不离的。"

"这样啊……"

如果是真的，那就谢天谢地了。

影缝这个人……

总之，如果以善恶区分的话算是善人（也可以说是正义的体现），但某些本质实在无法和我相容。

"不过这么一来，你就是自由的式神了，这么说来，斧乃木小妹，我第一次见到你的时候，你好像也是自己迷路了？"

"没有迷路，不可以侮辱我，我只是找你问路。"

"这不就是迷路？"

"如果只是问路就算迷路，全世界的孩子都是迷路的孩子，经常有人这么说吧？问为一时之耻，不问为一世之耻。"

"是没错。"

"也有人说，教为一时之优越感，不教为一世之优越感。"

"没有这种讨厌的谚语。"

斧乃木总是板着一张脸，很难确认她是否在搞笑。

她看起来没有特别开心，却也没有因为被指责错误而不悦，所以我不晓得这么做是否正确。

她是个很难相处的孩子。

我不会要求她表情丰富一点，但至少要符合这个年纪的形象，让情感显露于言表……嗯？

"我说，斧乃木小妹。"

"什么事？"

"我就觉得不对劲，记得之前遇到你的时候，你的说话方式有点奇怪，就是会在每次讲完之后加一句'我以做作的招牌表情如此说着'……"

"闭嘴。"

她低声简短说道。

声音低沉到听不出来是谁说的。

充满情感。

不晓得是后悔还是苦闷的灰暗情感。

"那是我的黑历史……"

"……"

原来如此，是这么一回事啊。

她察觉到这种说话方式多么令人不忍卒睹了。

不晓得她是自己察觉的还是由他人点醒，但是该怎么说，从她声音低沉的程度判断，怎么想都是后者。

"我再也不会摆出做作的招牌表情了……"

"慢着，你原本就没摆过……所以，斧乃木小妹。"

我原本想多吐槽一阵子再问，但她似乎连在内心想这件事都会抗拒，所以我决定立刻进入下一个话题。

为了她而如此决定。

只要是小女孩，无论是人还是怪异都会温柔以对。

这是阿良良木历的宣传标语。

"你是来做什么的?"

"来做什么?喂喂喂,鬼哥哥,居然问这么奇怪的问题,这个城镇是你家院子?我不晓得未经许可禁止进入,恕我失礼。"

"……"

我搞不懂她的角色特性。

即使戒掉奇怪的语尾,特别的说话方式依然健在,应该说因为她面无表情,所以无论使用何种方式说话,都无法除去突兀感。

说穿了,就像是机器人。

"并不是我家院子。"

我就配合她吧。

温柔以对。

"不过这是我住的城镇,所以要是斧乃木小妹轻举妄动……"

"你就会妨碍我?"

"不,我就会协助你。"

"你人真好。"

她说得无可奈何。

不过表情始终没变。

"鬼哥哥认为我绝对不会做坏事?"

"天晓得,我不是人类,是半个吸血鬼,你们是专门应付不死怪异的捉鬼大师,但只要排除这一点,我们没有理由敌对吧?"

"不过这一点无论如何都不能排除。总之,我是被找来的。"

斧乃木如此回答。

语气听起来一切都无所谓。

甚至不像是在说明。

"或许该说我是被派来的,毕竟我是式神,我不知道详情,我对自己即将交战的对象不太感兴趣,很抱歉你愿意相信我,但只要是命令,我连女人小孩都可以毫不留情地处理。"

"居然说处理……"

不知为何，只有讲到这里使用粗暴的语气。

甚至像是还不习惯这种说法。

但她只要使用必杀绝招"例外较多之规则"，当然可以"处理"大部分的敌人。

"算了，我不知道你基于谁的命令要做什么，总之不要把我的城镇破坏得太惨啊。"

"嗯，这次姐姐没来，不用担心这一点。"

"我对这种保证方式不以为然。"

"话说回来……"

"嗯？"

"我才要问鬼哥哥，你的主人怎么了？不对，记得现在你才是主人？我不太清楚……总之就是那个……唔……"

"啊啊，你说忍？"

我察觉她的意思如此回答。

并且用余光看向我的影子。

"忍这个时间都在睡觉，我和她也是两人一组搭档行动，不过我们也算是形影不离，绝对分不开……"

"这样啊。"

她面无表情点头回应。

不过，斧乃木很明显展现出非常放心的样子，只有这一点我很清楚，因为我当时面对影缝吃尽苦头，斧乃木面对忍也是吃尽苦头。

彼此都没说出口，但我们都背负着强烈的心理创伤。

"但我完全不怕那种冒牌吸血鬼。"

"……"

虚张声势比较可爱。

不经意一看，红绿灯不知何时变成红灯，不对，我们聊了一阵子，灯号应该换过好几次了，实际上现在也是立刻又变成绿灯。

"过马路吧。"

"嗯。"

我和斧乃木并肩过马路。

不过终究没有举手挡车，或是和她牵手。

那个……

现在该怎么做？

感觉斧乃木这次参与的剧情真的和我无关。换句话说，无论怎么想，我都应该避免深入。

就算这样，要是确认这一点就立刻道别并分道扬镳，感觉也很落寞，反过来说，如果她正是为了我或忍而来到这座城镇，我赶快撤退才是妥当的做法。

"斧乃木小妹，确认一下，你不是迷路吧？"

"你好烦，但既然你说到这种程度，我也不是不能找你问个路。"

"免了免了……"

"既然你说到这种程度，我也不是不能让你请我吃冷饮。"

"慢着，这就更加免了。"

这是什么直接的催促？

即使她随口这么说，这里又不是大都市，并不是能买冰淇淋的便利商店随处可见的地方。

啊，不过往前走一段路有一家商店。

记得那里有卖冷饮？

毕竟是夏天。

"好啊，我买冷饮给你吃。"

"啊？鬼哥哥，你说这什么话，无论是说到那种程度或这种程度，我当然是开玩笑啊？"

"我是听不懂玩笑的男人。"

"不可以啦，怎么这样，不能让你买哈根达斯请我。"

"这个玩笑我听得懂。"

"我要熔岩巧克力口味。"

"不准指名要吃限时商品,这样会被发现本书交稿进度多么严苛。"

后来,我真的请她吃冷饮了。

反正只是小钱,无须在意。

何况店里没有哈根达斯卖。

买东西吃无妨,但边走边吃实在没教养,所以我和斧乃木坐在附近的草地上。

高中生一个人做这种事,丢脸程度等同于边走边吃,但光是旁边有个小女孩,就变成令人会心一笑的光景,气氛真的不是想营造就营造得出来的东西。

虽然不到笨拙的程度,但斧乃木不太会开棒冰包装袋,我就帮她开了。

"话说鬼哥哥,我要在道谢之前问个问题。"

"我希望你好歹正常说声谢谢,总之什么事?"

"先别讲这个,我一直在意一件事……要说我是因为在意这件事才向鬼哥哥搭话的也不过失。"

"是'不为过'吧?"

"那个背包是别人送的?"

斧乃木用没拿冰棒的手,指着我所背的背包。

我想想这个背包该怎么形容。

背在我身上刚刚好,不过,假设是小学五年级的女孩背在身上就会过大,这个背包就是这么大。

应该说……

"啊啊,不,这不是别人送我的。"

我小心放下背包避免沾到棒冰,然后放在旁边,这背包挺重的,里面不晓得塞了多少东西。

"是八九寺遗留的东西。"

"遗物……这样啊,我问不该问的问题了,原来那孩子走了。"

"不对,不是那么沉重的意义,不是那种死后留下的东西。"我如此回答,"那个冒失鬼今天来我房间玩,却把这个背包忘在我家。"

"这样啊……不适合鬼哥哥背。"

"少管这么多,这不是我的背包,当然不适合。"

"背带松松的,看起来好像白痴。"

"讲话要择言。"

"啊,对不起。"

斧乃木道歉之后改口。

她意外地率直。

"背带松松的,别人会发现你是白痴。"

"你真直率!"

"原来背包这种东西也能忘在别人家。"

"哎……那个家伙确实很少放下背包,但她今天看起来莫名疲累,我就让她睡我的床了,睡我的床哦!"

"这部分需要强调成这样?"

"她当时放下背包放在房间角落,就这么忘记背走,我正在找她归还。"

我原本以为很快就追得上她,却找不到那个走路意外迅速的女孩,所以正在到处闲逛希望遇见她,早知如此,一开始就应该骑自行车出门。

老实说,我已经快要放弃寻找八九寺,斧乃木刚好在我心灰意冷的时候跟我搭话了。

"不过,那女生是依附在道路的幽灵吧?却能到鬼哥哥家玩?好厉害……"

"是啊,那家伙的自由程度,连我都不得不佩服。"

总之,那个家伙经过迷牛事件,从地缚灵晋升两级成为浮游灵,即使依附在道路上,却不受道路束缚(应该吧),因此这不是什么惊人的事。

"咦?话说回来,斧乃木小妹,说了这么多,你认识八九寺哦?"

"说这什么迷糊话,鬼哥哥?不对,鬼哥。"

"不准帮我取'鬼哥'这种怪绰号。"

总觉得会定型。

包含角色定位。

"兄鬼。"

"说了不准取了。"

"我第一次遇见鬼哥哥的时候,那女生不就在你身旁?"

"是吗……啊啊,这么说来没错。"

"鬼与幽灵的双人组,就我这种立场来看也非常稀奇,当时也是这样才会忍不住搭话,绝对不是迷路。"

"……"

听起来好假。

从表情完全看不出真假,但她或许出乎意料是个不说谎的孩子。

这部分和八九寺成为很好的对比。

"不过,幽灵忘记拿东西,这真的真的很稀奇……话说,那女生是怎么变成幽灵的?"

"天晓得。"

我其实知道,但姑且打个马虎眼。

我是打马虎眼的历小弟。

说起来不是什么复杂的事情,但算是八九寺的私事……不仅如此,而且还牵扯到更深刻的立场问题。

斧乃木和八九寺同样是怪异,感觉告诉她也无妨,但是反过来说,我觉得正因如此更应该慎重。

"我原本也是人类。"

"啊?"

斧乃木忽然说出的话语,令我有种被暗算的感觉,与其说是忽然说出的话语,更像是突然的告白。

"用不着这么惊讶,你原本也是人类吧?不对,按照姐姐的说法,你现在也是人类。"

"我不清楚,这部分很模糊……这么说来,这方面没在上次问清楚,斧乃木,你是哪一种怪异?"

"这么问我也很困扰,我是姐姐独自创造而成,原创性相当高的式神,不过按照基础,我姑且算是凭藻神。"

"凭藻神?是那个吗……物品使用一百年就会拥有灵魂,即将满百年的时候被抛弃,所以憎恨主人的那种付丧神……是吗?"①

"大致符合。"

斧乃木点头回应我依稀记得的知识。

"不过,我是'人类的凭藻神'。"

"啊?"

"'人类使用一百年'的凭藻神……不,感觉比较像是'尸体的凭藻神'吧,但这是姐姐规定不能说的秘密,得知秘密的人非杀不可。"

斧乃木说出充满火药味的事情。

慢着,不是火药味的问题。

你为什么要把情报泄露给我?

对我有什么怨恨?

别把你对忍的怨恨发泄在我身上!

棒冰还给我!

"咦,所以斧乃木小妹看起来是孩子,实际上超过一百岁?"

"怎么可能,我不是那种人瑞。"

斧乃木摇头回应。

不愧是把忍当成老太婆的家伙,在年龄这方面有着独特的坚持。

---

① 日文"凭藻神"与"付丧神"音同。

"我的人生,是从姐姐让我复活开始的。"

"复活?"

"也就是说,我死过一次,我是死而复生,毕竟阴阳师原本就擅长回魂法术。顺带一提,鬼哥哥,你知道基于这层含义,我和你的差别究竟在哪里?啊,叫做八九寺的那个幽灵女孩也包括在内。"

"差别?要说差别……我觉得完全不一样啊?"

吸血鬼。

幽灵(地缚灵→浮游灵)。

式神。

我们确实可以一起归类为怪异,但若是这样就能称为同类,我觉得我们也可以归类为哺乳类。不对,以更笼统的说法,我们也都是脊椎动物。

我反而质疑我们有什么共通点。

"我们有共通点吧?原本同样是人类。"

"啊啊……原来如此,但要是这么分类,我觉得就没有差别了,我、八九寺与斧乃木小妹三人原本都是人类,而且死过一次……"

"我就是在说我们的'死法'不同,鬼哥哥是不死之身,在死亡同时成为不死之身,严格来说,这不是死亡。"

不死之身。

死不了。

所以没死。

"换句话说,鬼哥哥或那个吸血鬼的状况,并不是死而复生,正确来说是'没有死并且继续活下去'。"

"嗯……"

哎,我觉得这是说法的问题,但或许是这么一回事。

"相对的,我死了,真的死了,并且是'死后复生',不过这和原本的生命与人生大不相同,我觉得与其说是死而复生,正确来说是脱胎换骨。"

"脱胎换骨……"

"对,毕竟没有继承原本的记忆,而且成为完全不一样的个体。至于那个女孩幽灵……"斧乃木看着八九寺的背包继续说,"她的状况是'没有复活',死亡之后没有复活,依然维持死亡状态,所以是幽灵。她没有继续活下去,也没有脱胎换骨,真要说的话是'持续死亡'。"

"……"

"鬼哥哥,像这样摆在一起比较,你觉得谁最幸福?不,我认为我们三人运气都算不错,算是幸运儿,毕竟一般来说,死掉就到此为止了,能够在死后依然保有意识,我认为堪称幸运。"

"这种事不能一概而论吧?"

我无法回答斧乃木。

不只是无法回答谁最幸福,到头来,我甚至不知道这种事是否能称为幸运。

因为,我才在春假体验过一场地狱,何况八九寺应该也在徘徊迷惘的这十几年持续体验地狱。

斧乃木也一样。

她问我这种问题的时候,我无论怎么想,都会把自己当成是幸福的。

反倒如此。

反而是如此。

"鬼哥哥想过自己为何而生吗?"

斧乃木认定我答不出来,所以继续发问。

毫不客气。

接连询问。

这样的质询,简直是在责备我——不,真的像是对我有所怨恨。

为什么?

她在恨我什么?

"我在初中时代经常想这种问题,不过没得出答案。"

"我从诞生至今一直在想这个问题,正确来说是从我死的时候?不对,是从我脱胎换骨之后一直在想,觉得其中或许有某种意义,不然我会觉得不应该待在这里。"

"……"

因为是怪异。

奇怪又异质的存在。

记得忍野咩咩说过,怪异都具备相应的理由。

人类的诞生不需要理由,但怪异的诞生有其理由……

"正确来说,应该是死亡的意义……我原本以为你或许可以给我一个答案,毕竟听说你在姐姐面前帅气说过一番大话。"

"不……这种问题,我不可能答得出来。"

我慎选言辞如此回应。

对我身旁吃着棒冰,面无表情询问烦恼问题的怪异如此回应。

"我想八九寺也答不出来,若你是基于这层意义,想问她变成幽灵的过程……"

"我当然是基于这层意义。"

"那个家伙并不是自愿成为幽灵,我也不是自愿成为吸血鬼,只是因为应该这样就变成这样了。"

"这部分,我也一样。"

"不不不,按照刚才的说法,斧乃木小妹的状况,应该包含影缝小姐确切的意志吧?"

"姐姐的……"

"不是因为应该这样……不是顺其自然,而是基于确切的意志,但我无法想像这是什么样的意志……何况她是专门应付不死怪异的捉鬼大师,我觉得她使用回魂法术似乎不太对。"

当时我问她为什么要专门应付不死怪异,她回答"因为不会有下手过重的问题"(但我还是觉得她下手过重),她所使唤的式神斧乃木，却经历过死亡……

"因为她不把回魂法术的施法对象当成不死怪异？总觉得这是称心如意、自我本位的解释……"

"鬼哥哥，所以我不是说了吗？死亡的人复活，绝对不叫做不死之身。"

所以我想知道。

想知道我复活的意义。

想知道脱胎换骨的意义。

"姐姐为什么要让我复活？"

"我无法回答，但我觉得无论基于何种意义或理由，都肯定无法接受。"

我这么说。

既然不晓得正确答案，至少要给个诚实的答案。

诚实回应。

"我们活着面对的，尽是蛮横不讲理的事情，所以这种对于生命的问题，不会有我们能够接受的答案。"

用不着变成怪异。

光是正常活着，就毫无章法。

世界就是如此莫名其妙。

"或许吧，这个世界或许蛮横不讲理又毫无章法，不过既然这样，在这种世界死后也非得脱胎换骨继续活下去的必然性……除了依恋还有别的吗？我会这么想。"

斧乃木早已吃完棒冰，但依然啃着木棒，像是继续确认着味道。

没教养，幼稚如孩童。

而且依然面无表情。

但是她的行为，看起来也像是在表达烦躁情绪。

"像是应该结束的系列作品却一直冗长拖戏，明明已经看过最后一集却要出第二季，类似这样的印象。"

"你到底讲到哪里去了？"

为什么需要抨击自己到这种程度？

出第二季也无妨吧？

"漂亮收尾的连续剧却有续集，鬼哥哥不觉得这样会让人不忍看下去吗？"

"就算你这么问……"

真难回答。

嗯，基于各方面都很难回答。

"如果问我应该完美结束还是拖得又臭又长，前者当然比较好，但我也觉得这种意见很任性，至少就我的状况而言，我成为吸血鬼之后并非毫无好事。"

不对。

反倒是发生很多好事。

如果春假之后的人生并非如此，应该会非常寂寞吧，我稍微想象一下就觉得恐怖。

我和战场原与神原建立交情，是成为吸血鬼之后的事，如果我没在春假死掉，我也不会再度见到千石。

而且，也无法认识八九寺——

"换句话说，八九寺那个女生，是为了和鬼哥哥认识而成为幽灵？"

"不，完全不是……为什么会变成这样？那个家伙是基于她自己的理由迷路，迷失于现世，不过她的理由与目的，早在三个多月之前就完成了……"

"是吗？那她为什么继续当幽灵？明明没有任何理由或依恋啊？"

"天晓得……"

这部分我不清楚。

大概连她本人也不知道。

也可能是她装傻。

"忘记是为什么又基于何种机会，我最喜欢的班长说过一段话……不只是人，所有生命的诞生，都是某人或某种事物恳切期望的成果。"

"恳切期望的……成果。"

"任何事物在一开始，都是基于'希望存在于此处'的心情诞生，所以'不想诞生'或'不想生为如此'是不合理的说法，即使不是自己期望的结果，事物在这里成为这样的形式，也肯定实现了某人的愿望。"

大概是春假时说的。

或者是黄金周。

也可能是文化祭之后。

羽川翼说过这番话。

"车子在路上跑，是因为某人希望有车子这样的东西；飞机在天上飞，是因为某人希望能够飞上天。"

斧乃木在这里，是因为某个暴力阴阳师希望斧乃木复活。

基于这层意义，即使我刚才说自己变成吸血鬼是因为"应该这样而顺其自然"，但也是基于某人的希望。

至于八九寺……八九寺呢？

很难说。

即使那个家伙成为迷途的蜗牛是她自己的愿望，但她现在变成那个样子，究竟是谁实现愿望的结果？是八九寺自己吗？

还是说……

可能是……

"有种伪善的味道，有够讨厌的啦。"

斧乃木果然一副无法接受的样子，甚至无法接受到连语气都变了。

不准用"的啦"当语尾。

你是少女。

"与其说伪善不如说像说教的啦，总觉得很像班长会说的啦，这个人干脆一辈子都当班长吧。"

"给我恢复原本的语气,你在模仿谁?"

"凡事都是某人期望的结果啊……哎,或许如此吧,毕竟战争也是因某人期望而产生的,得到好处的不是姐姐那种战斗狂,而是另外的某人,是这么一回事吧?"

"总之……讲难听一点就是这样。"

"原来那个背包女生也一样。"

"不……"

我老实回应。

说出我刚才想到的事。

"这部分不清楚,但如果套用这个理论,这肯定是某人期望的结果,无论是怪异还是幽灵,没有任何人期望的事物不会诞生。"

"这样啊,听起来果然伪善。"她继续说,"那么鬼哥哥,下次见到那个女生就帮我问吧,无论当时你是要还她背包,还是和她在房间里约会都可以。"

"要我问……什么?"

"那还用说?"斧乃木站了起来,"问她变成幽灵之后是否幸福。"

她这么说。

就像是眼前有个正在朝她特写的镜头,以做作的招牌表情如此说着。

但她面无表情。

003

到最后,我没能找到八九寺。

结果斧乃木还是找我问路,我和她道别之后(后来她说"吃完甜的就想吃咸的，对吧？"，我就在同一家商店买煎饼给她当伴手礼了，这女孩真费钱），继续走遍各处寻找，却连那对双马尾的尖端都抓不到。

似乎回去了。

不，她没有归宿与归途，所以描述成"回去了"不太对。

那么，应该单纯描述成"走了"。

或是"离开了"。

描述得更加直接一点，就是"消失了"。

我想到这里就感到悲伤。

悲伤得不知如何是好。

用不着斧乃木那样质询，我随时随地都在思考这件事。

举止再怎么坚强、语气再怎么开朗，这份情感也像是单行道，甚至不容许交错，八九寺真宵这个已经没有生命的孩子，笼罩于悲剧之中。

不，再怎么说，死亡都令人难受。

名为"死亡"的墙壁又高又厚。

举例来说，我在春假被吸血鬼吸血，变得再也不是人类，得到的力量强得荒唐，面对太阳与十字架弱得荒唐，而且至今依然用残留着这种后遗症的荒唐身体，继续荒唐地和怪异打交道，总之，这绝对不是幸福的事情。

若问我是否幸福，我无法点头。

我确实曾经托这句身体的福得救，老实说，也把这种后遗症当成便利工具用在各种地方，但不幸还是不幸。

我是基于虚荣心态才对斧乃木那么说，也确实遭遇过一些好事，但是不幸的事物本身绝对不会反转成为幸福，"转祸为福"不成立。

放弃当人类的悲伤，我比任何人都清楚。

即使如此，无论是留下后遗症，还是成为半不死之身，我依然拥有身体。

拥有肉体。

但八九寺没有。

没有肉体，没有精神，甚至有没有心都令人质疑。

真要说的话，有黑影。

是的。

她只有奇怪可言，所以变得异质。

是怪异。

不是活着的怪异，是死去的怪异。

我和战场原开始交往的母亲节那天，忍野以妙计让她摆脱某种诅咒，即使如此，我也不认为她现在的状态正确。

不过，就算问我怎样才算正确，我也不知道。

完全不知道。

对于幽灵来说，升天并不一定是一种幸福吧？这部分我不清楚，这或许像是结婚或就业，是众人公认的中继点或必经之路，却也可能出乎意料不是如此。

迷失并不一定是坏事。

有时候，迷路也是好事。

毕竟像是忍野那样，有些家伙就是适合到处闲晃，我或许是成为半个吸血鬼，所以这种想法更加强烈，但我大致上和宗教无缘，基于这层含义，我不认为八九寺升天才幸福。

"幽灵升天才正确"的想法，换个角度来看是非常强烈的主观意识。

我甚至想过，她像现在这样如同小镇守护神一般留下来，也是一种幸福的形式。

主张正确性的做法没有意义可言，而且也不需要。

因为，至少现在的她，看起来很快乐。

看起来很幸福。

其实我知道，思考这种事毫无意义。

无论我怎么想、思考什么、想知道什么，其实一点关系都没有。

不是我有所顾虑或是修辞上的呈现，真的一点关系都没有。

简单来说，最重要的是八九寺的想法，她现在对自己的想法与感觉，是唯一重要的事情，我的心情或是不讨厌她的外人（例如羽川）的心情，坦白说一点都无所谓。

无所谓到令人悲伤。

不是地缚灵，而是以浮游灵的形式继续存在，和路边主动搭话的家伙适度闲聊，如果那个家伙觉得这样很快乐，那就够了。

不需要插嘴过问。

之前交战的专家——斧乃木的"姐姐"影缝余弦，是所谓"正义"的体现，敌视吸血鬼这种"不死怪异"，正面断定"这个"是错误的存在。

就某方面来说，没错。

我和她对峙的时候实在无法这么想，但冷静下来就能明白她的意思。

不是因为斧乃木很可爱而这么想，是真的打从心底这么想。

不容分说。

单纯得足以理解。

极端的理论或情绪论，不会产生太深奥的意义，将人类的行动原理解析到极限，答案是"好就是好""不好就是不好"。

至少我未曾希望他人怜悯我这具半不死的身体，更没想过求取同情。

为我悲伤的人，只有我一人就好。

所以，即使影缝或忍野这种技术专家来到我面前，或者举个更浅显极端的例子，即使所谓的神来到我面前，对我说"把你变回正常人吧"，我应该也只会心领好意，摇头拒绝，进一步讲真心话，我甚至觉得这是甜蜜的负担。

我走的路，由我来决定。

一辈子背负，一辈子走下去。

连神也不准插嘴。

所以，八九寺也是如此。

如果她主动把现状的变化告诉我，当然就另当别论，但我真的完全不知道她在想什么。

一无所知。

我和她会开心地聊天，讨论一些有趣的话题，却丝毫没有相互理解。

避免询问最重要的事。

斧乃木托付给我的询问事宜，我肯定不会拿来问她，甚至不会问她任何问题。

因为她什么都不肯告诉我。

你想怎么做？

你把心放在哪里？

你完全不希望我为你做任何事？——我很想知道答案，却没能询问。

即使我如此想为你实现愿望……

"那就为她实现吧，何必装得愁眉不展？呆子，汝这位大爷还在青春期？"

"……"

我吃过晚饭回到卧室思考各种事，回过神来已经是堪称深夜的时段，而且回过神来就发现金发吸血鬼幼女出现在我面前，就像是周围变暗就会自动点亮的感应灯。

总觉得她太任性了。

初期沉默寡言毫无动作的角色形象，连一丁点都不留。

"真是看不下去，大白天就把迷路少女带到家里啾啾啾啾。"

"别用这种复古的形容方式。"

"哦，抱歉抱歉，吾不小心用了江户时代之口吻。"

"没那么复古。"

"想不想看吾模仿德川家继?"

"那是谁?我不知道什么第七代将军。"

"汝明明知道吧?"

也是啦。

我好歹是考生。

"'慢着,如此一来几乎是生类怜悯令啊!'"①

"什么?那个人用这种老爷爷题材风靡一世?"

拜托别乱讲。

何况我觉得时代不符……这个金发女孩,曾是姬丝秀忒·雅赛劳拉莉昂·刃下心的忍野忍待在日本的时间,比对起来应该比家继的时代早一点吧?

"不,吾是在国外听到的,家继之传闻当时早已传遍各处。"

"原来他这么风趣?"

记得当时是锁国时期。

是从长崎传出去的?

"你不要因为没人知道就乱讲话,我这个考生的日本历史知识都被你弄乱了。"

"别生气,老实说,吾不认识家继。"

"你不认识?"

"刚才模仿家继,是参考吾在名古屋城听到之导览语音。"

"……"

也就是说,这家伙来到这座城镇之前,去了名古屋城观光。

玩得真尽兴。

而且有件事我搞不懂,比方说特有称呼或是中日龙吉祥物,这部作品里经常用到名古屋相关的字词。

---

① 德川幕府第五代将军德川纲吉颁布的禁止滥杀令,后来偏激到打蚊子也会被判刑。

看来迟早会用名古屋方言寒暄。

迟早会吃名古屋知名咖啡厅"Mountain"的草莓意大利面。

"总之,吾之主如此花心,令吾闭目不忍正视,这才是吾要表达之意思,原小姐如此,翼姐亦是如此。"

"你是长寿吸血鬼,别用原小姐与翼姐称呼她们。"

你太融入人类世界了。

何况原作没有"翼姐"这个称呼。

和动画互动也要适可而止。①

"咦?所以说,八九寺白天来这个房间的时候,你还醒着?"

"当时睡了一半,但汝这位大爷过于亢奋,因此另一半醒着,总之就像是闭上眼睛金鸡独立那样。"

"别在我的影子里测量体能。"

居然当成健身房。

总之,忍野忍通过我的影子和我联结,因此精神上——更准确地说是身心状况处于互通状态,既然我因为"八九寺来我家"这个离谱状况乐不可支,忍的精神层面也就如同郊游前晚,应该没办法轻易入睡。

基于这层含义,我即使没要求吸血鬼日夜颠倒,却像是逼她过着不规律的生活,我对此感到过意不去。

但我不会道歉。

何况,她并没提到这件事,在我外出找八九寺,并且和斧乃木吃棒冰的时候,她还睡了一觉。

我对此松了口气。

毕竟忍与斧乃木水火不容,应该说斧乃木对忍抱持心理创伤,忍则是对斧乃木抱持非比寻常的反感。

要是她把情绪发泄在我身上,我可受不了。

---

① "翼姐"是《化物语》动画特典副音轨使用的称呼。

应该说，我居然转眼之间就和曾经交战的对象和乐融融，我开始觉得必须解决自己的这个怪毛病。

不过真要说的话，我第一个这么做的对象不是别人，正是忍。

"别生气，金鸡独立是玩笑话，但闭上眼睛并非谎言，吾刚才不是说吗？汝之行径令吾闭目不忍正视。"

"是啦……"

很遗憾，玩少女玩得乐不可支的"吾之主"确实难以尊敬。

"尤其是那个丫头毫无防备睡在汝这位大爷床上时，汝居然没动她一根寒毛，吾打从心底失望汝如此没种。"

"你在对我期待什么！"

忍看起来是八岁女孩，实际却是五百岁的老奸巨猾吸血鬼，她的开放程度，其实连神原都没得比。

年龄与性别也完全不拘。

先不提家继的事，她经历各式各样的时代，自然会变得如此。

"十岁完全是适婚年龄吧？"

"现在的日本并不是这样。"

"吾这么说或许会产生误解，但从繁衍观点来看，吾认为人类应该在初潮之后就结婚。"

"像你这么无法改编成动画的角色，应该没有第二个了。"

难怪她在动画版连一句话都不能说。

但我听说她在广播剧中被迫模仿VOCALOID的说话语气。

"别生气，我的意思是要确实做好生理整顿。"①

"你是爱讲双关语的大叔？"

何况又不好笑。

快被条例管制吧。

接下来的第二季，会抽掉你这个角色。

---

① 日文"生理"与"整理"音同。

"不过……"

忍继续说着。

挂着笑容。

凄怆的笑容。

这是很夸张的差距——落差。

这张笑容就某方面来说，无法改编成动画。

"说穿了，那个丫头即使比不上五百岁之吾，年龄亦和外表不符，那种外形只是享年岁数，实际上应该比汝这位大爷年长。"

"也是啦……"

八九寺真宵。

她在十几年前死亡。

绿灯过马路时出车祸之后，她在这十几年来一直，一直一直迷失于这座城镇。

我没问她生日，不知道她的准确年龄，但她肯定超过二十岁，也就是比我年长。

是姐姐。

"对，所以即使是现代，在法律上也不构成任何问题。"

"幽灵也没有法律可言就是了。"

何况事情没这么简单。

年龄在死亡时固定。

基于这层意义，八九寺的年龄比忍固定许多，堪称比不死之身更加不死。

没有活下去，没有转生，处于死亡状态，所以无法活下去或死亡。

连吸血鬼都会增加岁数，连忍都已经五百岁。

但是，八九寺就是八九寺。

是永远的十一岁。

永远处于死亡状态。

"别计较，总比永远的中二好得多吧？"①

"不准拿这种东西比较。"

一点救赎都没有。

中二是什么？

是指我？

"到头来，最重要的不是法律之类的，是八九寺的意愿吧？"

"无须认真揣摩少女之结婚意愿。"

"唔，立场颠倒了？"

"总之，吾之意思是汝这位大爷烦恼这种事也没用。"

"啊？原来你是这个意思？"

你完全没提到这种事吧？

你几时揣摩过我的烦恼了？

事到如今，不要假装从一开始就很正经，不然我简直像是笨蛋。

"那个丫头想怎么做、想成为何种模样，汝这位大爷思考也没用，甚至不应该询问。"

"甚至不应该询问……"

"并非问了就帮得上忙，即使嘴里说靠干劲实现即可，但是实际上不可能成真，最清楚这种事的不是别人，正是汝这位大爷。"

"……"

"包括原小姐与翼姐之问题，汝这位大爷同样无能为力吧？她们两人终究只以自己之力克服了困难。"

"怎么回事？你在我不知道的时候，和她们两人成为朋友了？"

真喜欢装熟。

真的。

你和羽川反倒应该处于敌对关系，对战场原更是一句话都不

---

① "中二"为日本的次文化用语，意指青春期少年过于自以为是的特别言行。

说吧？

角色设定何时变得这么友善？

"不，这部分不可思议，吾不知为何无法讨厌那两人，恐怕是因为和汝这位大爷联结，因此连爱恨情仇都受到影响。"

"这样啊……"

连这种部分都联结？总觉得达到这种程度，与其说联结更像是心有灵犀。

"等一下，真的严格来说，你在封入我的影子和我联结之前，也就是在春假那时候，我和你就像是组合在一起了，而且，刚开始你是我的主人，我是你的厮役，所以原本是你单方面把我组合进来，换句话说，如同你现在受到我的影响，我在春假时期也受到你的影响，那么我的冷酷角色设定，之所以从春假开始走样，难道是因为……"

"呃……"

"你是不是'呃'了一下！"

本系列写到现在，也揭开了出乎意料的事实。

写续集也有这种好处。

"别计较，回到正题吧，否则闲聊太久会失去读者。"

"是吗？但我想稍微多聊这个部分……"

总觉得这是很重要的话题。

甚至可能撼动剧情根基。

"如果老是闲聊，很可能引起反感哦，翼姐叙事的上一集完全没闲聊，似乎备受好评。"

"唔——也对……"

这次果然也有人提议由八九寺叙事。

检讨过这么做的可行性。

顺带一提，没有采用这个方案的原因有很多，主要是担心八九寺和善良的羽川不同，要是从八九寺的角度铺陈剧情，关于我的描述会很惨。

居然害大家为我费心……

我悲从中来。

"总之，先不提这个时间轴还没发生的事，但你说得没错，我没办法为八九寺做任何事。"

八九寺并不是有敌人。

如果有交战对象，那么只要打倒就行了，但她和大多数的现实状况一样，没有这种对象。

打倒某物或战胜某人可以大幅扭转世界，这种事只存在于游戏或运动界，现实生活中不会发生如此浅显易懂的事。

我与我们非得面对的，甚至不是蛮横不讲理或毫无章法的事物，大多数的状况下，我们面对的只是现实。

现实正是敌人，正是要战斗的对象。

而且，没有人赢得了这种对手。

史无前例。

所有人都在现实面前奋战而死。

人生是一场注定败北的战斗。

"不过，要是吾之主想成为第一人，吾不会阻止。"

"慢着，别对你的主人抱持如此过度的期待……"

"扔着别管即可。"

忍如此说着。

声音寒冷如冰。

"勿深思，勿深究，如同吾或汝这位大爷，事情将顺其自然，亦只能顺其自然，至少不是他人能介入之事，吾与汝这位大爷至今不就因而失败好几次？连那个前任班长亦是如此。"

忍终究没在这时候以"翼姐"称呼。

"多管闲事只会吃苦头，汝肯定见证至今，包括喵与各方面都是如此。"

"你把猫讲成喵了。"

"包括猫与各方面都是如此。"

"只是错别字吗……"

会把"猫"看成"喵",或许这部小说不是用电脑打字,而是用铅笔写在稿纸上完成的。

这样要怎么变成电子书?

"题外话,至今讨论很久却迟迟没定论的电子书,如果取个响亮的英文名字,不觉得可以更加普及吗?"

"英文名字啊,至今并非没有英文名字……所以汝之意思是别使用'电子book'这种不上不下之别名,而是全写成英文?"

"嗯,就像是早期轻小说那样,在特定名词旁边加小字。"

"'电子书'(Plasma Type)。"

"好帅!"

不过听起来超级中二。

Type同时具备"种类"与"活字"的意思,这一点特别高明。

"'电子书'(Text)。"

"直截了当又带点科幻色彩,很不错。"

"'电子书'(Back Board)。"

"把着眼点放在阅读工具是吧?"

"'电子书'(Light Novel)。"

"啊,这听起来最贴切!"

以最佳答案漂亮总结(?)之后,忍耸了耸肩。

"还好啦。"

她这么说。

这种切换态度的方式有点做作。

"简单来说,汝这位大爷应该烦恼其他事,这即是吾之意思。"

"这样啊……"

确实,即使形容成浪费时间有点过分,再怎么烦恼八九寺的事也徒劳无功。

我非常清楚。

不需要他人点明。

不过，我应该烦恼其他事？

什么事？

我的人生没有烦恼。

一帆风顺。

"慢着，这是在纳闷什么？汝这位大爷是高中生吧？学生的本分是用功。"

"……"

咦？

你会讲这种平凡的意见？

慢着，你哪里像是吸血鬼了？

你这样说只是平凡的啰嗦妹妹。

令我想起以前的火怜与月火。

"我一直都在好好用功哦。"

我如此回答。

如同嫌烦的哥哥。

"暑假期间一直躲在我影子里的你，肯定比谁都清楚吧？由羽川与战场原伴读的我，不晓得花多少时间准备考试，不只家继，德川家与源家系谱我都背得出来。"

"别这么说，吾当然知道啊！汝这位大爷不只日本史，包括国文、数学、英文与理化，都是振奋精神埋头苦读，吾很佩服汝如此了不起啊！而且正如字面所述，总是背地默默为汝加油打气，不过，汝这位大爷……"

忍停顿片刻，以非常直截了当，最具效果的方式继续说："暑假作业，汝完全没写吧？"

004

"我是大雄吗！"

我把课本与笔记本摊开在桌上，计算我尚未完成——应该说我几乎没动过的暑假作业分量之后，反复仰头看向上方。

这样下去，我完全就是大雄。

顺带一提，今天是八月二十日。

暑假最后一天，明天就是新学期，现状美妙又绝佳。

该怎么说，这种状况过于完美，讲得不正经一点，我甚至觉得挺有趣的，或许真实世界中踩到香蕉皮滑倒的人就是这种心情。

老套真的很重要。

在任何方面都是如此。

"忍拉Ａ梦，救救我！"

"这个听起来比水轻之名字是怎样？"

忍拉Ａ梦……更正，忍咧嘴露出微笑，照例以邪恶过度的眼神，俯视仰头的我。

世界上没有如此穷凶极恶的哆啦Ａ梦。

"不过，一般听到哆啦Ａ梦，都会联想到音近之土左卫门，毕竟造型又蓝又圆，嗯……这或许是藤子老师构思时参考之人物造型。"

"大众知名角色的造型，怎么可能是溺死的尸体？"[1]

"别这么说，哆啦Ａ梦之诞生秘辛很有名，但是仔细想想不觉得有点假吗？"

---

[1] 土左卫门为日本古代力士名，外形白胖，因此后世以这个名字形容浮尸。

"哆啦A梦的诞生秘辛确实很有名,我也觉得完美过头,但奇怪的是你居然知道这件事。"

太庸俗了。

这家伙几时看漫画的?

"最近很少在公开场合听到这个意见,但以前公认漫画看太多会变笨,我觉得这是愚蠢无聊的偏见,不过看到你就觉得无法全盘否认这种说法。"

"咦?"

"春假时候的你,看起来比现在聪明一点呢?"

"咦?"

慢着。

你表达不满也没用。

春假时期的你,绝对不是会说"咦?"的角色。

肯定不是。

"不过,吾之主,笨蛋应为汝这位大爷。"

忍称呼我是主人,又称呼我是大爷,却也说我是笨蛋。

用词豪放不羁。

"汝刚才大声质疑自己是大雄,但是在这个时代,已经没有角色会把暑假作业荒废到这种程度了,即使老套很重要,这也老套过头吧?"

"慢着,可是最近的《光之美少女:甜蜜天使》就有这样演啊?"

"汝就是因为升上高中还在看光之美少女,才会落得这种下场。"

"什么?如果你对光之美少女有意见,就说来听听吧。"

"吾是对汝这位大爷有意见,所以给吾乖乖听好。"

说得真不留情。

不过,《光之美少女:甜蜜天使》真的很好看。

即使当然是因为有初代才能演到这一代,但如果不怕造成误解,我敢说这是历代光之美少女中最好看的一部。

我还为了看这个节目早起。还录下来了。

我只有周日会感谢妹妹们叫我起床。

"这是哪门子考生?"

"别这么说,喘口气很重要。"

"以'喘口气'这种荒唐动机看电视或看书,对作者很失礼吧?"

"哪有作者会像固执的拉面店老板一样讲这种话?"

希望没有。

应该没有创作者会正襟危坐请他人欣赏作品。

"有人大肆主张深夜广播节目为考生之友,但一想到主持人多么认真地在做节目,就绝对没办法在读书时听广播吧?若有人说他用 iPad 边听音乐边工作,会被音乐人干掉吧。BGM?演奏者会暴怒质询自己为何是背景,自己几时成为汝这家伙之幕后乐团。"

"我并不是不懂你的意思,但我讨厌如此暴戾的世界。"

反倒有人认为,所有的工作都是服务业。

"先不提动机,我在看光之美少女的时候确实应该察觉到,自己的暑假作业居然荒废到这种程度……混账,这样下去,寇布拉查① 就要来这座小镇了!"

我平常每天用功准备考试,所以完全没有意识到忘记写作业这回事……不知为何,我好像忽略了基础中的基础。

"居然把动画台词当真……汝这位大爷哪里像考生了?不过,汝这位大爷,话说回来,仔细想想,今年播映的是《光之美少女:甜蜜天使》吗?"

"别在意。"

主要是用这个视点来看,很多地方都会出现矛盾。

矛盾不已。

"像是神原就很辛苦,篮球规则一直在修改,我之前脱口说出

---

① 《光之美少女:甜蜜天使》中的反派角色。

‘什么时候从上下场变成四节制啊……’这句话，结果被战场原大笑一顿。"

"汝只以《灌篮高手》记规则，才会落得这种下场。"

忍没有安慰我。

"话说这是怎么回事？那个正经女或傲娇女没提醒汝作业没写？"

"忽然用这种恶毒绰号称呼她们，我不同意，不过这部分暂且不提，因为她们两个……"

我继续说着。

差不多该坐直身子了。

老是假装闹别扭也没用，该面对现实了。

和现实战斗吧。

因为我已经满十八岁。

我是大人了。

大人不会闹别扭。

"因为她们两个，是会在暑假之前写完暑假作业的类型。"

"吾对此亦不以为然。"

忍一副无可奈何的样子。

我则是对你不以为然。

你庸俗的速度太快了。

"换句话说，她们认为我理所当然也是暑假前就写完作业……"

"这样啊，好，汝这位大爷，吾有一个好点子。"

"嗯？"

"哈哈哈，以为吾会坐视汝这位大爷面临危机？"

忍明知我扔着作业没写，却直到最后一天的最后关头才告诉我，而且肯定是以明知故犯以及看好戏的心态，等着看我如何面对关键时刻，这样的她却摆起架子挺起胸。

"只要让吾吃甜甜圈痛快吃到饱，吾并不是不会传授方法。"

"你从什么时候开始打这个主意的？"

这种交涉手腕太刁钻了。

但我也没有抵抗的余地。

"好啊，我答应，所以告诉我吧。"

"向正经女或傲娇女借作业回来抄即可。"

"……"

明明说是好点子，这个构想却肤浅得像是可以捡贝壳的退潮海滩。

水面甚至不到脚踝。

"那是什么表情？汝这位大爷刚才不是说她们早就写完作业了吗？"

"我确实说过。"

"既然如此，就反过来利用那两个爱上汝这位大爷之女人，从她们之纯粹善意乘虚而入，请她们帮忙即可。"

"不准讲得这么难听！"

我这样也太恶毒无情了。

这是不可能的。

"我要驳回这个提议。"

"为何？"

"因为她们两人绝对不会借给我抄。"

羽川正经八百的程度不用多说，即使求她也只会被骂"自己的作业要自己写"，至于战场原，或许拜托一下就会借给我抄，但那个家伙难得改头换面，我不想在奇怪的地方刺激到她。

不知道她会以何种契机，恢复为"以前的她"。

"我不想说'什么嘛……这样不就像是以前的你？'这种话。"

"既然不想说这种老套台词，那汝这位大爷只要忍着别说就行吧？"

忍看起来不太理解羽川与战场原的"恐怖"，所以听不懂我的意思,但即使听不懂,也表现出某种程度的理解。

"既然如此,就问其他朋友借来抄吧。"

她这么说。

"……"

说得好残忍。

我不记得把你养育得如此残酷。

"你居然相信'其他朋友'真的存在?你几岁啊?"

"五百岁,而且汝别把朋友讲得像是圣诞老人一样。"

忍这么说。

圣诞老人源自基督教的圣·尼古拉斯,她或许光是说出这个名字就会被净化,但她视这种既定法则为无物。

"咦?这么说来,你老是说自己五百岁,但你真的刚好五百岁?不是吧?"

"嗯,到了这把年纪就不会在意琐碎之岁数差距,所以只是讲个大概。"

"我想也是,所以正确年龄是几岁?"

"正确年龄是五百九十八岁又十一个月。"

"太笼统了吧!"

讲个大概应该是六百岁吧!

不准装年轻!

应该说,不准乱讲话!

"既然你活这么久,肯定有相当程度的智慧吧?能不能帮我写作业?不,我不奢求全部帮我写,一部分就好,这样的话,即使不能让你吃甜甜圈吃到饱,至少可以等特价期间多买一些请你吃。"

"很抱歉,吾之智慧无法适用于日本之统一学习制度。"

"架子摆这么大……"

而且超级大。

完全搞不懂她的个性究竟是变圆融还是变别扭了。

"那你的智慧适用于何种学习制度?"

"葱绑在脖子上可以治感冒。"

这是奶奶的生活小秘诀吧?

忍讨厌被当成高龄长者的程度,和她讨厌被当成虚构青少年的程度相同,可以的话我不想这样吐槽她。

她原本是贵族,所以自尊心很强。

感觉像是高贵的高龄长者。

"汝在想某些失礼之事?"

"不,完全没有。"

"总之,吾不会帮忙写作业。"

忍这么说。

一副盛气凌人的样子。

不准嚣张。

"你活了六百年到底在做什么?难道什么都没学?"

"人类光是活着就是一种学习。"

"你是吸血鬼吧?"

人类哪活得了六百年?

"慢着,吾并非挖苦,汝这位大爷有其他朋友吧?例如那个刘海姑娘或猴女。"

"不行,千石很惨,那个家伙真的很离谱。"

暑假期间,我好几次有机会和她一起玩,所以聊过这件事,当时我觉得(误认)自己会好好把作业写完,所以稍微高姿态地问她:"千石,你好好写作业了吗?"

"是吗,她如何回答?"

"'啊?历哥哥,难得进入快乐的暑假,为什么非得要辛苦写作业?'"

"……"

"对,那个家伙一开始就不想写。"

"她是大人物。"

"她说'我只要等暑假过完被骂一顿就能了事'。"

"当然会被骂吧,讲得好像在庇护某人或某种东西一样。"

"'念书这种事,想念的时候再念就好。'"

"所以说,她为何要把这种自甘堕落之事,讲得像是至理名言……而且汝这位大爷出乎意料模仿得很像,令吾很不高兴。"

忍这么说。

我意外遭受波及。

"我最近才发现,千石只是内向文静,并不认真也不聪明,而且不是乖孩子。"

"唔……"

"那个家伙的笔记更好笑,她似乎学过书法,字写得非常漂亮,还以为她来自铃里高中书道部,但答案全是错的。"①

"确实很好笑。"

"其实不是好笑的事情,何况这是我的偏见,不过只要字写得好看,就觉得这个人似乎很聪明。"

顺带一提,羽川的字写得超漂亮。

明明没有学书法。

我吐槽过她是不是电脑字形软件。

再顺带一提,战场原的字写得颇为潦草。

令人会心一笑。

"那猴女呢?"

"神原看似那样却很认真,我觉得应该会乖乖写作业,但我们年级不同。"

"啊,对哦,那么刘海姑娘即使写了作业也没意义。"

忍如此回应。

---

① 《铃里高中书道部》是以书法为题材的漫画作品,曾改编为日剧。

对于五百岁,更正,对于将近六百岁的她来说,区区几岁或是区区初高中的差异,似乎是琐碎小事。

度量真大。

"唔……除此之外,汝这位大爷之朋友还有……"

"别数,我不想对抗残酷的现实。"

"一、二、三……"

"别用手指数,单手就能数完。"

"啊,对了,找妹妹帮忙亦是方法。"

"不,那两个家伙也是初中生。"

"有些作业连初中生也能帮忙写吧?例如绘画日记。"

"高中不会出绘画日记这种作业。"

啊!不过我懂她的意思。

若说可行不可行,答案是可行。

不提火怜,月火只要交涉得宜应该愿意帮忙,那个家伙很聪明,应该会成为十足的战力。

"不过我身为哥哥的自尊,不容许我找妹妹帮忙。"

"汝这位大爷靠吾这种幼女提供主意之时间点,就毫无自尊可言。"

"忍星王子,救救我!"

"改得这样,完全看不出原本出处。"

夸张过头了吗?

出处当然是《梅星王子》。

"从读者对'梅星'与'酸梅'这个双关语品味之评价,就可以测试此人是否为藤子老师之真正书迷。"

"你从刚才开始就对藤子老师的话题有点严格。"

"怎么可能,吾是真正之书迷。"

"你或许是真正的书迷,但要是这样,真正的书迷就是一种讨厌的书迷。"

"藤子老师偶尔也会失常。"

"这种贴心真令人火大!"

言归正传。

我看向书桌上的作业山。

我的学力(多亏两位优秀的家教)当然有相当程度的成长,讲得夸张一点堪称飞跃性的成长(太夸张了),暑假作业的课题难度都比较低,我并非完全无法应付。

只要有时间,甚至称得上不足为奇。对,只要有时间。

但我没有时间。

八月二十日,星期日。

看向时钟,和忍快乐闲聊之后,已经是晚间十点。

暑假只剩短短的两小时。

究竟是哪里做错了?

不应该带八九寺来房间里玩?

不应该和斧乃木吃棒冰?

还是不应该这时候和忍聊天?

也可能不是今天的问题,必须追溯到更久以前,我不应该和贝木起冲突,或是和影缝交战。

像这样看就觉得,我嘴里说学生的本分是用功,实际上不只暑假作业,我一直脱离这样的本分。

与其说脱离本分,不如说脱离正题。

或许总是在闲聊。

或许尽是令人看不下去的乏味文字。

"唉,不能让那个时钟现在忽然故障反过来走吗?"

"不可能。"

"把电池反过来装,应该就会反过来走吧?"

"汝这位大爷在物理课上学了什么?"

而且墙上的时钟是电子数码钟。

要是反过来走，就会成为超自然现象。

"别说六百年，活十八年应该学得到不少事情吧？"

"不过打坏液晶银幕，就能让PM变成AM吧？"

"若是这样能有所解决，就这么做吧。"

"可恶……至少在昨天……不，只要在今天早上察觉就好了，剩下两小时根本无从着手。"

"哈哈哈，很遗憾无法吃甜甜圈吃到饱，但光是看汝这位大爷如此痛苦挣扎，吾就已经满足喽。"

"这个虐待狂……"

老实说，怎么办？

其实以阿良良木历的状况，并不能像千石那样"只要被骂就能了事"。

由于一、二年级胡作非为（其实不到胡作或非为的程度，羽川只是擅自误解，我只不过是经常逃课不上学，没做愧对良心的事），老师们对我的评价很差。

羽川与战场原如今"改变形象"，旁人也觉得和我有关（哎，这部分我不太能否认），换句话说，要是我没写作业，我在教职员室的信用肯定会下降，或许会大幅影响我今后的校园生活。

讲正经的，可能会关系到能否正常毕业。

如果考上志愿大学，却拿不到高中毕业证书，这种应考结果也太惨了。

"这样不就得大学与高中两头跑了！"

"不，一般来说无法上大学吧？"

"喂，心啦A梦，把时光机拿出来吧，我要回昨天一趟。"

"汝这位大爷，要拿藤子老师玩文字游戏无妨，但别把忍这个字省略成心。"

忍真的很不高兴地说。

她不喜欢忍野给她的防风眼镜安全帽，不过似乎不讨厌忍野忍这个名字。

"那么,忍,拿出来时光机。"

"吾拿不出那种东西。"

忍说完,忽然将视线投向窗外。

"不过,若想穿越时光,吾并非无法协助。"

"啊?"

"汝想回到昨天吧?"

接着,她将视线移回我这里。

一如往常笑得凄怆。

以极为随便,像是玩游戏的语气说:"来吧。"

005

两小时后——也就是暑假刚好结束的八月二十一日凌晨零点,我与忍位于北白蛇神社范围内。

北白蛇神社是我以前受忍野之托,和神原一起来贴神秘符咒,并且时隔数年再度遇见千石抚子的地方,在这座小镇可以算是"气袋"的场所。

记得也形容成"怪异的聚集地"。

其实我至今也一知半解,总之就是这样,我只清楚知道这里是我搞不懂的地方,清楚到令我抗拒。

"总之正因如此,此处是很适合之场所,极端来说,地点挑何处都无妨,不过在汝这位大爷熟悉之场所比较好。"

"唔——我确实熟悉这间神社,不过老实说,我对这里没什么美好的回忆……"

毕竟吃过苦头。

也曾经发生过分的事。

和神原、和千石，以及……

"如果能把熟悉改成儿时玩伴该有多好。"①

"哪里好？"

"我这种程度的人，光是说出'儿时玩伴'这个脸红心跳的词就会高兴。"

"真是无可救药之人生。"

"有药救！"

"'儿时玩伴'明明也可以正常用在同性对象上。"

"同性的儿时玩伴？这是怎样，这有什么意义？这小子早上会来叫我起床？"

"总之，应该会吧……"

"不能去补习班废墟？"

"影缝余弦那个暴力阴阳师上次大闹，稍微搅乱了该处灵力，穿越时光时，可能会因为失败而跳到五亿年前。"

"这样我会死掉。"

五亿年？

我不知道当时属于什么纪，但绝对不是人类能生存的环境。

"何况穿越时光这么简单吗？我是一时兴起听话跟你来到这里，但这种事完全属于科幻领域吧？我终究无法承认这种事做得到。"

"汝这位大爷是傻瓜？"

忍这么说。

真的露出无奈的表情。

"既然有怪异，当然亦有时光旅行吧？"

"……"

唔……

---

① 日文的"熟悉"和"儿时玩伴"只差一字。

有吗？

"世间亦有穿越时光型之怪异，呃——就是……叫什么名字来着？就是名字很像饿者髑髅之家伙。"

"你说的就是饿者髑髅吧？"

而且，饿者髑髅应该做不到这种事。

肯定不是这种和时间有关的妖怪。

光是外表就不一样。

那可是骷髅呢？

"假设饿者髑髅是这种怪异，吸血鬼肯定做不到这种事吧？我听都没听到过。"

"哎，吸血鬼确实不是这种怪异，但吾为怪异杀手之怪异，甚至被喻为怪异之王，要做并非做不到。"

"是吗？总觉得很可疑。"

"不愿意也无妨啊。吾亦不是想做而这么做，只是汝这位大爷哭着恳求想回到昨日，吾才抱持游戏心态尝试看看。"

"……"

慢着，我也不是那么认真地想回到昨天。

问我想不想回去，我当然想回去，但我不记得拜托忍带我回去，也没有哭，何况穿越时光这种事……反正只是忍信口开河吧？

只是随口这么说却无法回头吧？

你其实现在快哭了吧？

我心想她肯定到最后都会以幻觉之类的说法打马虎眼，没插嘴就跟着她来到这里……但忍完全没有愧疚的样子，甚至一步步进行准备。

她在黑暗之中，检查鸟居周围的状况。

并不是贴符咒或是绑绳子，单纯只是在检视，如同古典推理小说的名侦探抵达案发现场时的搜证。事实上，这种行径莫名令我感到肃穆的气息。

即使觉得她说谎，也稍微认为有可能。

但是所谓的穿越时光，相较于飞天、以无法置信的速度奔跑，或是足以粉碎地球的拳击力，我觉得完全属于不同等级。

"相同。"

忍就像是解读了我的想法——不，我们实际上通过影子联结，所以她可以在某种程度读我的心——没有停下检查的动作就如此回应。

"使用庞大能量，就可以穿越时光，理论上连现代科学也敢保证。"

"慢着，这只限于从现代前往未来吧？记得理论上不可能回到过去……"

"未来与过去不是都一样？"

"……"

看来只要活久了，讲出来的话也不一样。

我心里觉得不可能，但是听到她如此充满自信的断言，实在难以反驳。

"毕竟有人说过，老了就无法分别昨天与明天。"

"这是三十岁之后可能出现的颇为严重的症状吧？"

"好，总之就选这个鸟居吧。"

忍说完转身看向我。

慢着，就算她选这个鸟居，但是就我看来，忍和刚才没有两样，不像是对鸟居动过什么手脚，这只是一座平凡老旧的鸟居。

即使是几乎处于人类状态的我，似乎也能一脚踢断的脆弱鸟居——我这样形容终究会遭天谴吧。

但我觉得这座神社里甚至没有神能对我施以天谴，至少如果我是神，肯定会早早撤离这座弃置的神社。

"'如果我是神'这种想法，亦快超脱常人范畴了。"

"等一下，忍，即使某种程度上在所难免，但是别擅自解读我的想法,这样我没办法贸然想入非非了。"

"不准贸然想入非非。"

"啊!完了,你不准我想,我的思绪反而往那边去了,连衣裙、香肩和若隐若现的锁骨,使我的想像之翼尽情翱翔。"

"只是这种程度就无妨。"

"……"

"金发幼女,听起来过于妖艳迷人,汝这位大爷之前称吾为金发女孩吧?"

"啊啊,因为女孩这个词范围太广,听起来有点混淆。"

具体来说,我是为了区分八九寺与忍,才使用不同的称呼。

这是内幕。

顺带一提,套用这种区分方式的话,斧乃木是女童。

"所以,这个鸟居……"

"支配混沌之赤红黑暗!速速召唤把玩时光之球体!反复点燃终焉之灯火,以满溢之雷灌注天际!黑之行者、灰之泳者!以罪孽深重之讳名,自愿成为搬运者吧!"

"居然开始咏唱咒语?"

我着实吓一跳!

应该说好怀念!

现在没人这么做了吧!

这是大约二十年前的表演风格吧?

忍(不知为何以日文)继续咏唱冗长的咒语,不知道在哪里发动了什么奇怪的东西。

不经意一看——内侧。

鸟居的内侧。

现在也老朽至极的平凡四方形,成为看不到另一头的扁平漆黑的一面墙。

毛骨悚然的程度令我退后一步。

内心也退避三舍。

甚至失去自我。

我连忙绕过鸟居走到另一边，从反方向可以极为正常地看到内部，看到参拜道路以及道路前方的主殿。

我再度绕过鸟居回到内侧的方向一看，果然看不到鸟居后面的阶梯，只有黑暗。

"慢着，感觉不是黑暗……真的是墙壁吗……这是什么？难道和异次元联结？"

"正是如此。"

忍如此断言。

毫不犹豫予以肯定，即使是说谎也不可能说得如此断然。

"这是吾首度尝试，不过很顺利，即使化为幼女几乎失去所有力量，吾依然了不起，如果不是黑色墙壁，而是达利画作那种浮现大量时钟之光景就更加完美。"

忍说出这种从容的感想。

慢着，居然说自己"了不起"……

但她确实了不起。

"不过，既然你的力量足以创造异次元，就不能说你失去力量吧？"

这随便就是宇宙规模，是太阳等级吧？

记得羽川说过，核能也不足以扭曲时空，既然这样，忍光是咏唱一段复古咒语，就能创造出比起时光机更像任意门的这种东西，她的力量到底有何等规模？

等一下，这样不对吧？

我们所在的这个世界，属于会为各种事情烦恼或悲伤的世界观，但基本上会保障生命安全才对。

这个法则几时修正的？

"并非吾之力，若是吾之力何须咏唱，吾刚开始不就说了？这是地点之力，吾只是把那个讨人厌夏威夷衫小子所说，聚集在此处如同怪异素材之灵体能量，稍微转变成热能罢了。"

"这是什么冒牌科学？"

我个人认为"灵体能量"这个词的可疑程度匹敌"真正的友情"。

"这种能量似乎很美味，吃了应该能成为养分，不过究竟是汝这位大爷之请求，而且是以美仕唐纳滋的甜甜圈为交换条件，所以吾才放弃享用。"

"以你的角色设定，傲娇会成为反效果。"

印象好差。

"话说还是快走吧，吾恐怕无法再度开启这个闸门，再一分钟就会关上呐。"

"语尾居然用'呐'……"

这种老人用语模棱两可。

而且我觉得，即使是五百年或六百年前，日本人也绝对不会这样说话。

追根究柢，这应该是某处的方言吧？

不提这个，"闸门"这个词的可疑程度也是满分，完全没有可信度，我甚至比较相信跳进抽屉可以穿越时空。

"一分钟？等一下，我还没做好心理准备。"

"无须准备，正常跳进去即可。"

"啊？这么简单就行？"

"只不过是穿越时光，用不着如此紧张。"

"……"

总觉得因为忍讲得过于轻松又简单，我也跟着变成这种心态。

彼此的心情差距大到对不上，甚至以为内心动摇的自己很胆小，感觉像是被同学邀约上街夜游的初中生。

唔，但我或许真的过于畏缩。

我这半年经历这么多风风雨雨，如今应该没什么好怕的。

只不过是穿越时光。

或许应该抱着轻松的心情进行。

只是以随兴出游的心情回到昨天,将作业速战速决,仔细想想,相较于吸血鬼袭击,这种事的危险程度肯定很低。

"OK,那就走吧!"

我以什么都不想的轻松心情,像是振臂高呼般举起手。

"好!出发!"

忍也很来劲。

她表面装作若无其事,但她刚才说这是第一次,或许内心意外地期待。

"啊,对了,汝这位大爷。"

"什么事?别在这时候阻止我鼓起匹夫之勇跳进这面黑色墙壁。"

"不,是那块表。"

"嗯?"

"那块手表,汝这位大爷明明不是左撇子却耍帅戴在右手的表,借吾一下。"

"用不着说得这么详细,我听得懂。咦?为什么要借手表?"

"先别问。"

忍说着对我伸出手。

我不晓得她想做什么,但要是相信忍所说,这道闸门(笑)一分钟后就会关闭,她应该没时间详细说明理由。

我听话地拿下明明不是左撇子却耍帅戴在右手的表,放在忍的手心。

"嗯,挺古老的。"

"这是别人送的,我没说过由来?"

"不,之前听过,所以才要借。"

忍说完就把手表收进连衣裙口袋,再度把手伸向我。

"？"

我感到纳闷时，忍说"汝在做什么？"把手伸得更近然后牵起我的手，而且是十指相扣的情侣牵法。

"哦？哦哦？哦哦哦？"

"慢着，别因为这种程度就脸红心跳，汝传过来之情绪，连吾都会不好意思，我们不是每天二十四小时共同生活，连洗澡上厕所都在一起吗？"

"没有啦，像我这种正经八百的人，只要和异性牵手都会脸红心跳……"

"少啰嗦，好了，快跳进去吧，吾之时间观念薄弱，只能靠汝这位大爷带路。"

"啊，这样啊。"

原来如此，她一个人做不到。

忍可以轻易穿越时光，所以我觉得她至今应该有好几次使用机会，但如果需要他人协助，难怪她至今未曾使用。

好吧，忍，我就带你去吧！

前往未知的世界！

我们即将前往的世界，其实是已知的，也就是过去的世界，但我以这种方式鼓足干劲，踏入鸟居内侧的黑色墙壁。

完全不晓得这个行为所代表的意义。

006

坦白说，即使实际踏入黑色墙壁，执行"穿越时光"这种异想天开的行径，我只把自己的行径当成虚构，抱持半信半疑的态度。

应该说，我完全不相信。

毫无讨价还价的余地。

我对于自己的不配合感到极度抱歉。

这种不信任感并非毫无根据,原因也无需特别说明,忍至今好几次做出这种异想天开的提议,我明知是异想天开,依然抱持半玩乐的心态,也就是当成游戏陪她玩。

例如制作永动机。

或是推翻相对论。

或是前往镜中世界。

就像这样,也就是所谓的游戏,家家酒。

所以我难免预估这次也是类似的行径,说穿了就是我瞧不起忍。

俗话说,凡事习惯就好。

但"习惯"是最恐怖的事。

忍野忍——她是怪异,是怪异杀手,是吸血鬼,是铁血、热血、冷血的吸血鬼,是姬丝秀忒·雅赛劳拉莉昂·刃下心,我自认记得这一点,却完全没放在心上。

忘记她即使失去力量,即使是幼女外型,她依然是她。

换句话说,暑假已经结束却完全没写作业的我,就像是考试之前会想整理房间或外出旅行,以逃避现实的心态接受忍的提议,心境上已经不管三七二十一。

也可以说是不顾后果。

或是形容为自暴自弃。

所以,我完全不相信"穿越时光"这种超自然的行径。

不过在钻过鸟居时,我没有思考"回到昨天吧"这种如意的事,反倒是可能再度被忍调侃"汝之青春期还要持续多久",思考着八九寺的事。

今天(但已经是昨天了)她破例离开"道路"来我房间玩,但她基本上住在"道路"上,一直待在那里。

而且一直维持现状。

维持现状的她是否幸福？我不知道。

她的幸福是什么？

对她来说，什么事情是"好事"？

我完全不知道。

我甚至不知道八九寺的愿望，说真的，像她这么不说真心话的人非常罕见。

在怪异之中也非常罕见。

是的，那孩子从一开始就老是说谎，完全不透露自己的事情。

把一切藏在心里。

封闭在自己的壳中。

就像是蜗牛。

或许我没资格说别人。

因为我也是如此。

直到春假受到羽川开导，我也一直封闭在自己的壳中，要是没认识羽川，我甚至无法想象自己是怎样的人，如今会成为何种人格。

也不愿意想象。

我当然不会狂妄认为自己在八九寺心中的地位，等同于羽川在我心中的地位，我不可能有这种自不量力的想法。

这也未免过于自以为是。

不过，我无法压抑自己思考是否能为她做些什么。

五月至今总共三个月。

想到那名可爱的少女，在这段期间多么地抚慰我的心灵，我就希望自己至少也能稍微抚慰她。

或许这真的是多管闲事。

也是自不量力。

不过……

"……喂，汝这位大爷，快起来，别因为这种程度之打击就昏迷。"

"……"

身体被晃动之后，我醒了。

觉醒。

"什么嘛，原来是梦。"

"并不是！"

被踢了。

这幼女对我小小的搞笑非常严格。

甚至不惜施暴。

"做什么啦，我正在表演'梦结局'这个前所未见的崭新点子，你居然用凉鞋踹我的头？"

"吾原本想以高跟鞋踹，不准自豪表演这么有名之结局手法。"

"唔……那个……"

我仰望着天空，看来我正仰躺在地上。

天空一片湛蓝，换句话说，是白天。

白天？

现在是白天？

"咦……现在几点？"

"十二点，中午时分。"

忍看着我的手表如此回答，手表不知何时戴在她手上，而且是右手，怎么回事？是在挖苦我？

"穿越时光果然会产生些许误差，很难精准地回到二十四小时之前。"

"……"

我环视四周——其实我现在并非处于能够环视四周的状况，而是如同受困于山中，好奇怪，记得我原本是在北白蛇神社里的……

为什么背上有阶梯的触感？

"既然以那种力道从鸟居往外跳，当然会从阶梯摔落，哈哈哈，吾还以为会和汝这位大爷互换身体。"

"你几时看那部电影的？"

这段场面太过知名，我也只知道这段场面，但终究没看过整部电影。

是忍野告诉她的？

那座废墟，总不可能有蓝光播放机吧……

不过，原来如此。

我以跳进黑色墙壁的心态用力冲刺，照道理自然变成从阶梯跳下去。

根本就是自杀行为。

"吾亦吓一跳，没想到汝这位大爷，会朝着那种角度之阶梯施展三级跳。话说，吾亦是受害者，一起从上头滚了下来，看。"

忍说完拉起连衣裙裙摆。

膝盖擦伤。

唔哇，流血结痂了。

"看起来好痛……既然是我的责任，老实说我必须道歉。"

"哎，这种事无需道歉。"

但她依然掀着裙摆。

"不过，这种小伤没办法立刻治好吗？你即使失去力量，好歹也是怪异吧？"

"想治好当然治得好，但吾认为这样可以吸引某方面之族群。"

"这是卖点？"

"嗯。"

"要是你这么想，我会觉得刚才白道歉了。"

"所以吾不是说无需道歉吗？"

忍说着放下连衣裙。

膝盖就这样被盖住，盖住之后，我觉得那样确实在某方面挺不错的。

仔细一看，我自己也是到处擦伤，我现在处于吸血鬼性质薄弱的时期（这部分依循生物节律），没办法立刻治好。

总之，这是正常状况，要说痛当然会痛，但是忍着点吧。

"这里是……半山腰吗？"

这条阶梯没有平台，近乎拓荒小径（形容成残破的登山小路或许比较正确），无法正确判断所在位置，不过大致就是如此。

看来摔得很重。

"所以，真的成功穿越时光了？这里是毫无变化的山上，我完全没感觉。"

山上风景不可能只隔一天就有差异，老实说，看起来都一样。

"那还用说，当然成功了。"

忍听到我的质疑，一副无可奈何的样子瞪着我。

"吾出生至今未曾失败。"

"你未免大言不惭过头了吧？"

搞不懂她的自信来自哪里。

你肯定反复经历多次失败，才成为现在的状态，光看你现在被封在我这种极东岛国极平凡高中生的影子里，就是你这大名鼎鼎的吸血鬼无法挽回的一大败笔。

"不，吾绝对未曾失败，吾保证。"

"自己保证有什么用……"

"要是穿越失败，从明天起可以称呼我为失败忍。"

"别贸然做出这种约定……"

这家伙明明活了这么久，讲话却不考虑后果。

因为活很久才会这样？

"不过……这部分很难确定，听你这么说我就想到，记得昨天……从真正日期来算是前天吧？前天八月十九日似乎也是这种晴天……慢着，该不会只是正常从阶梯摔下来昏迷十二小时吧？"

那就糟糕了。

不仅没写作业，连开学典礼都没参加。

羽川不会放过我的。

超恐怖。

"搞不懂，汝这位大爷为何如此不相信吾？"

"为什么搞不懂？"

"吾确实对汝这位大爷做过许多事，却未曾抱持恶意陷害吧？吾每次总是为了汝这位大爷着想而做出恶行。"

"做出恶行就不太对吧……"

"而且汝这位大爷为何对吾使用平辈语气？吾比较年长，必须好好使用敬语。"

"现在才计较？"

确实，你将近六百岁，我只有十八岁。

但我没想到你会在这种时候要求敬老尊贤。

"基于现状，汝劈头怀疑吾之态度就令人遗憾，在思考成功或失败之前，汝应该好好对吾之善意致谢吧？"

"这样啊……"

"'忍小姐，谢谢您的协助'，来，说一次。"

"你从这部作品一开始到现在，角色定位从来没稳过……"

我认为这无法解释成你是容易受他人或环境影响的怪异……同样是怪异，八九寺就稳固维持一贯的角色定位。

差别究竟在哪里？

"吾认为，差别之处在于吾和汝这位大爷联结。"

"不要讲得像是我的责任。"

"但确实是汝这位大爷之责任吧？"

"不不不，我的意思是说，即使真的是我的责任，也别讲得像是我的责任。"

"哪有人这样逃避责任，这个软脚外交之家伙。"

忍这么说。

说得好过分。

小时候没人教你不能说真话?

"不过,你说得确实没错,你的出发点都是为我着想,这部分我可以相信。"

其实在这个世界上,为人着想正是最危险的事,没有其他话语比"这是为你好"更强加于人,但现在不能把时间浪费在这种幼稚的议论上。

战场原说过,是否能对他人强加的善意给予正面评价,就是自己成熟度的表现,战场原居然说得出这种话,代表她有所长。

这是最令我这个男友高兴的事。

所以我也要成长。

即使没什么值得道谢的,我还是向忍道谢。

"忍小姐,谢谢您的协助。"

"这张笑容真可疑……"

确实。

我不用看镜子也知道,脸上笑容假得可以。

"无妨吧,这是思念着爱的笑容,完全没有可疑的要素。"

"就是因为用词过度,听起来才会假惺惺吧?思念、爱与笑容,三选一即可。"

"如果是这三个选项……我要选爱。"

我抱住忍。

热烈拥抱。

用力拥抱。

"哈哈哈,汝这个可爱家伙,嗯嗯,好,看在这一抱,吾就原谅汝这位大爷刚才之无礼发言。"

忍没有抗拒。

而且还原谅我了。

所以我才说她器量过大。

"慢着，应该像八九寺那样好好挣扎吧？要是你不阻止，我可是不会停的哦？能保护你的家伙只有你自己哦？"

"吾未曾保护自己。"

"……"

我们生活的时代差太多了。

无法拥有共同的伦理与常识。

我也要说一下忍野，既然有空传授怪异知识（或是有余力介绍"转学生"）给这个家伙，应该先教她这方面的事。

真的是如此。

不过，忍在姬丝秀忒·雅赛劳拉莉昂·刃下心的时代，除了我就只制作过一个眷属，所以应该相当克制。

那么，这段话或许只是在搞笑，或者是类似初中生的虚荣心。

"来！想要的时候随时来抱我吧！"

"慢着，仔细想想，要是做出这种事，就不知道你几时会吸我血吧？"

我放开忍，将一直跪着的双脚站直，看向阶梯上方的鸟居。

重新体认到，我是从非常高的地方摔下来的。

摔死也不奇怪。

这种摔法或许会被当成常见的登山意外处理，但要是在镇上的小山遭遇这种意外，会对不起留下来的家人。

"忍。"

"何事？"

"回去的时候，也是从那个鸟居回去就好？"

"嗯？嗯，总之就是这种感觉。"

"为什么回应得这么含糊？"

"没有啦，这么说来，吾并未仔细想过如何回去……"

忍说出恐怖的话。

呃，等一下？

这么说来,忍说过,为了开启穿越时光的闸门(总觉得用到很多诡异的词,但我不再介意),忍并非利用己身之力,而是使用北白蛇神社这个怪异聚集地的力量……

"既然这股力量已经用掉,该不会再也打不开那种闸门了吧?"

"哈!"

忍对我的担心哼笑置之。

这态度令人不悦,却非常可靠。

"那个……"

但她没有说下去。

真不可靠。

为什么要条件反射地虚张声势?

"喂,忍,等一下……我们该不会无法从过去世界回到原本世界吧?"

"不,放心放心,吾之主,这方面无须担忧。"

忍有点打肿脸充胖子的感觉,却维持强势态度双手抱胸。

"想想看,此处是昨天之世界吧?从此处之时间来看,吾利用神社聚集之怪异素材开启时光隧道是明天之事,所以此时之灵能量尚未被使用,可以用来开启闸门。"

"'时光隧道'这个词我已经懒得吐槽,总之就当成读者们也不计较吧。"

也可以形容为置之不理。

或是叙事者放弃控场。

"咦?这样不会产生时光悖论(Time Paradox)吗?要是我们今天把这股能量用掉,明天的我们就无法回到今天吧?"

"……"

啊。

沉默了。

她沉默了。

"呃……这个嘛……"

我能做的只有旁观,两人就这样沉默约五分钟,忍终于主动述说自己的见解。

"吾想起来了,没错没错,回到未来不必逆流而上,花费之能量比前往过去少,这个原理和鲑鱼相同,因此回程不用消费那么多能量,亦能保留吾等明天来到这里所需之能量。"

"这样啊……我觉得这种解释有点牵强,不过暂且当成这样吧。"

争论这种事也没用。

而且姑且还算具有说服力。

不过,我稍微思考。

思考"时光悖论"这个有些危险的可能性。

"Time Paradox?汝刚才亦说过这个莫名其妙之词,这是什么?"

"慢着,不懂'Paradox'就算了,你好歹听得懂'Time'的意思吧?"

居然装傻。

你刚才明明也说过时光隧道(Time Tunnel)这种词。

"哦哦,没有啦,吾还以为汝这位大爷在讲香草。"①

"怎么可能,这两个词的知名度天差地远。"

"汝真是啰嗦,哼!"

忍扔下这句话。

"那暂停一下,吾现在开始想。"

"慢着,不用想了。"

要对规模这么小的搞笑做反应很辛苦,所以我主动说明。

"所谓的'时光悖论',指的是穿越时光产生的矛盾。"

"'矛盾'是什么意思?"

---

① 日文"时光(Time)"与"百里香(Thyme)"同字。

"等一下,我至今和你的对话之中,肯定出现过'矛盾'这个词。"

"汝这位大爷偶尔会说之冷门字词,吾总是左耳进右耳出。"

"知道了知道了。"

要是我认真吐槽她目前为止应该用过这个词,真的有可能造成悖论现象,所以我以正常方式向她说明"矛盾"的意思。

"很久以前,在某个地方……"

"很久以前是多久?某个地方是哪里?"

"……"

你是鬼灵精的小朋友吗?

我不予理会,何况我不知道答案。

"有一个商人,同时贩售一把能刺穿所有盾牌的矛,以及一面能挡下所有矛的盾牌,一个路过的孩子问了他一个问题:'商人阁下,若以这把最强之矛刺这面最强之盾,会成为何种结果?'"

"这个小孩的说话语气,这么像古典风格之名侦探?"

"大叔!用这把矛刺这面盾会怎么样?"

"不准模仿江户川柯南。"

"你居然听得出来!"

吓我一跳。

原本以为这家伙只看早期电影,没想到意外地不容小觑。

"别计较,总之这个孩子问完之后指着商人说:'盾要是被最强之矛刺穿就不是最强的,矛要是被最强之盾挡下也不是最强的,所以大叔,你这番话在理论上有所矛盾!'"

"这个小孩在这时候使用'矛盾'这个词很奇怪吧?"

"嗯,换句话说,这就是时光悖论。"

出乎意料地漂亮收尾了。

其实不在我的计划之中。

"实际上,我觉得悖论现象早在矛盾这个词发明之前就存在了……你知道所谓的芝诺悖论吗?"

"芝诺?不知道。"

"这样啊,反正这不是必须知道的事情。"

"但如果是齐诺就知道。"

"……"

真的是个鬼灵精的小朋友。

如果不是吸血鬼,我早就打下去了。

"总之,吾明白悖论与矛盾之意思了,不过汝这位大爷到底想说什么?"

"所以说,举个例子吧,从现实来看,我接下来不是要回家写作业吗?但要是我在暑假期间写完作业,就失去穿越时光的动机,所以我不会穿越到八月十九日这一天,那我当然不可能写完作业……看,这不就矛盾了?"

"?"

"居然听不懂!"

忍就只是俏皮地歪过脑袋。

我没有讲得很复杂吧?

完全不复杂。

"别过度思考这种小问题比较好吧?《哆啦A梦》亦未曾把这种事视为问题。"

"慢着,我认为应该有。"

"唔——或许吾跳过艰深之剧情了。"

"你果然不是真正的书迷。"

一点都不是。

我如此说着,将视线移向山麓方向。

"到头来,这次的穿越时空是哪一种?"

"哪一种?什么意思?"

"穿越时空大致不是分为两种吗?也就是本人在场以及本人不

在场两种。"

"什么意思？如同汝这位大爷在高中教室之立场？"

"我都会待在教室里！"

不会忽然出现又忽然不见！

别这样。

我不是在讲这种悲哀的事情。

"换句话说，我回家会不会遇到'昨天的我'？还是说，现在这个我就是'昨天的我'？"

"呼……"

"不准睡觉！"

"ZZZZZ……"

"不准睡得更熟！"

"嗯，不清楚。"

忍放弃装睡，以一副非常嫌麻烦的样子回应。

眼神像是在说我明明是男人却锱铢必较，一辈子都没办法结婚。

多管闲事。

"这种事直接确认即可，回家进入自己房间，看看自己是否在房内，即可确定是何种类型。"

"哎，也对……"

在这里绞尽脑汁也没用。

何况现在甚至还没证实我们成功穿越时空，依然很可能只是我抱持着世界最愚蠢的妄想，在这里和幼女争论。

"啊，不过现在是十九日中午十二点吧？我应该不在家。"

"是吗？到了这把年纪，琐碎记忆完全储存不了。"

"我记得这时候刚好去书店买参考书了。"

"想太多，汝这位大爷是去买闲书。"

"你的记忆明明有储存吧？"

"别这么说，吾很佩服哦……那个前任班长和刘海姑娘平常都会光顾那家书店，汝这位大爷却习以为常在那里买那种书，实在是心很大……话说，她们目击过好几次哦？"

"这种事你应该当时就说吧！"

此外，不准用偏激来形容，我买的都是很正常的闲书。

"不过，自来水笔就太夸张了吧？"

"闭嘴，不准提自来水笔的事。"

我中断对话。

这里不是用来揭发我怪癖的地方。

"这样啊……既然这样，总之先到书店看看吧。"

以最坏的状况，我可能会目击到自己买闲书的场面，上演一出颇具冲击性的特异剧场，不过这方面还是死心吧。

"再不快一点，那个急性子家伙就会回去了。"

我说着开始下山。

我不晓得自己正确来说位于山上的哪个位置，但应该不会花太多时间下山。

忍也跟在我的身后。

应该说，她是跟随我的影子行动。

如同绑着牵绳的状态。

这举例挺过分的。

"呃……咦？忍，你怎么知道现在的时间？"

"嗯？"

"你戴的手表来自未来，不可能显示这个时代的正确时间吧？"

"不不不，吾刚才从太阳位置推测时间调整过了，不知道时间会很困扰，因此才会要求汝这位大爷拿下手表借吾。"

"这样啊……"

既然如此，那只手表就不值得信任。

因为时间是你调整的。

"啊，对哦，看手机就能知道时间。"

"嗯？是吗？手机时间也是未来之时间吧？"

"我看看……"

我从口袋取出手机。

其实我前几天才换新机，而且是和战场原一起换情侣机，顺带一提，我还加入了神秘的情侣特惠方案，她独自展现笨蛋情侣的模样，老实说我有点不敢领教，但我怕到说不出口。

不提这个，看向画面显示的时钟，时间是"八月二十一日（一）AM0：15"……嗯？

慢着，换句话说，这是未来的时间，代表我穿越鸟居至今不到十分钟。

看天空就知道，现在不可能是凌晨零点。

"嗯，这么一来，总之证明吾等成功穿越时空了。"

"不对，可能是你在我昏迷半天的这段时间里偷改手机时间，应该说很有可能。"

"汝这位大爷丝毫不信任吾，吾为何非得做这种如同整人大爆笑之行径？何况手机时钟无法轻易调整吧？"

"不，你可能利用世界时钟的功能，把手机改成巴西时间。"

"汝这位大爷，这种程度之质疑，已经不是不相信、说谎或没有真实性之等级，汝只不过是讨厌吾吧？"

忍露出受伤的表情。

话说，原来你也能露出这种表情。

有点可爱……

"抱歉抱歉，我没有这个意思。"

"是吗？真的？"

忍泪眼汪汪地注视着我。

极度引人同情。

"真的真的，绝对没错。"

"既然这样,说汝喜欢吾吧?"

"我说过,你这种角色风格完全不对吧!"

傲慢的吸血鬼呢!

预谋自杀者呢!

沉默寡言的少女呢!

只有碎片也好,稍微保留一下吧!

"慢着,但吾认为不应该对吾太冷淡哦?吾之立场是最接近恋人之朋友吧?"

"我自认没有对你冷淡,但我觉得我们完全不是这种关系。"

"那吾在汝这位大爷心中是何种地位?"

"不准问这么深入,大概再四集就会拿这件事当主题。"

"这是时光悖论之发言。"

"你明明刚学会这个词,居然随便就拿来用?总之,我先回答刚才的问题,先不提现在显示的时间,只要下山收到数字电视信号就好,电视节目与地面数字信号绝对不会出错。"

"居然如此信任地面数字信号?"忍边说边拭泪,"地底类比信号真可怜。"

"地底类比信号?这种听起来很诡异的电视信号不存在。"

"天上塔塔酱听起来很好吃吧?"

"似乎很好吃,但这种酱不存在。"

"骑乘 Dental(牙科)广播呢?"

"骑马的牙医?"

这段对话毫无内容。

我们在进行这段对话时成功下山。

心情上如同上山闭关结束回到城镇的修行者,实际却丝毫没这回事,我们就只是爬到附近的小山上然后下山。

我在此时受到很大打击。

"哦哦!居然会这样!我骑来这里的菜篮自行车不见了!被偷

了吗?！还是被拖吊?！这攸关我身为自行车骑士的声誉问题啊!"

"慢着,莫名夸张到这种程度之反应是怎么回事?现在是昨天,汝这位大爷将吾塞在菜篮里,踩着踏板骑来之自行车,于此时不在此处,汝这位大爷是在明天深夜,才把那辆机器停在此处。"

"啊,对哦……是吗?"

"哈哈哈,这就证明吾之穿越时空成功了,如何,现在可以道歉喽?别害羞,率直面对吧,吾随时都会原谅汝。"

"唔……"

慢着。

菜篮自行车被偷走或是拖吊的可能性依然比较高……虽然这么说,如果是拖吊就算了,要是真的被偷,就等于我拥有的数辆自行车全都没了,既然这样,我衷心希望忍务必成功穿越时空。

就这样,我拉出手机天线,连接数字信号。

只要电视节目,例如气象或新闻报道今天是"八月十九日",我就得相信忍说得没错。

到时候就跪地磕头道歉吧。

我做出相当卑微又充满男子气概的决定,然后操作手机……咦?

咦咦咦?

完全收不到信号?

?

"忍,你把我的手机玩坏了?"

"呜哇啊啊啊啊!"她终于放声大哭,"吾受够了!吾最讨厌汝这位大爷了!随便了啦!"

"你闹别扭的方式真的很幼稚。"

"哒!"

忍自己发出音效拔腿就跑,却在我的影子边缘绊脚跌倒,看来她因为情绪激动,完全忘记自己只能在我的影子范围内行动。

"慢着,抱歉抱歉,对不起对不起对不起,我并不是要弄哭你。"

忍整张脸趴在柏油路面上，我一边关心她对我的态度，一边怀着诚意道歉，搂住她的腰扶她起来。

忍面向我，她真的在哭。

不是八九寺或月火那种假哭，这反而令我不敢领教。

"可是，我确实接收不到数字电视……唔——该不会是在跌落阶梯时摔坏了吧？"

那就令我忧郁了。

这是我和战场原的情侣机，现在的战场原——改头换面版本的战场原黑仪，不会因为这件事而生气动粗或谩骂，应该只会展露悲伤情绪，我想到这里就更加忧郁。

我不愿意自己被定位成经常害女生哭泣的角色。

"操作本身很正常啊……嗯？"

咦？

重新看向显示画面，发现手机收不到信号。

都下山了还收不到信号？

"奇怪，这附近应该满格啊？"

"满格这种形容方式已经过时了。"

"不，肯定还有人用。"

我反驳忍的话，继续操作手机……看来真的收不到信号，代表所有功能几乎都无法运作。

"怎么回事？该不会是基站被炸掉了吧？"

"汝这位大爷之想像力真惊人。"

"哎，那就没办法了……总之先去书店吧，即使没自行车，走路也不会很远。"

"啊，那么那么那么，骑肩膀骑肩膀！"

"你化为幼女的程度也太夸张了吧？"

距离感很难拿捏。

之前和妹妹骑肩膀走在路上，被影缝笑得好惨。不对，当时好

081

像不是她骑我,是我骑她?

那段记忆对我不利,所以我记不得了。

不过,由于刚才害她哭(应该说被她抱怨),我难以拒绝她的要求,所以我到最后还是让步(其实几乎没有抵抗),就让忍坐在我的肩膀上。

好轻!

这家伙简直是空壳!

"你几公斤重?"

"嗯,吾可以自由控制体重,看。"

"好重!"

好厉害!

好像重蟹!

慢着,能够自由控制体重的妖怪,记得是另一种吧?好像叫做什么石……记得只要承受重量走回家,就会得到等重的金银财宝。

"嗯?或许是多心吧,吾明明增加重量,汝这位大爷之脚步却似乎变得更稳健?"

"你多心了,我不是因为金银财宝就改变身体状况的贪心鬼。"

边聊边走一阵子之后,前方出现一群女初中生。我心想"不妙,她们会报警"而提高警觉,不过仔细想想,我只是让孩子坐在肩膀上,应该不会遭到那种下场(如果是妹妹那一次,别人看到肯定会报警)。

不过,我们这副模样还是很可疑。那群女初中生用夸张的眼神盯着我们。

"天啊,好可爱!"

"好像洋娃娃哦!"

"头发好软好轻盈呀!"

……

忍大受欢迎。

这些女初中生，面对传说中的吸血鬼毫不畏惧。

从连衣裙造型的制服来看，她们是我母校的学生，也就是千石的学友吧？

"啊，不过这样刚好。"

我想到了。

在前往书店确认这次的时光悖论是Ａ型（本人在场）或Ｂ型（本人不在场）前，先进行刚才无法以手机确认的事情，也就是询问她们今天是几号，确定我们是否成功穿越时光吧。

"同学，请问一下，今天是八月二十一日星期一吗？"

感觉有点唐突，但我直截了当询问这群女孩。

随即……

"咦——完全不是哦！"

她们这么说。

不用看就知道，忍正在我头上露出洋洋得意的模样，就像是暗示"喂，死小鬼快向我道歉"这样。

不过，女初中生们的这句回应，有某一部分令我在意。

"不是"也就算了。

"完全不是"？

完全？

"那么，今天是几月几日？"

我如此询问。

战战兢兢地询问。

"怎么啦，大哥，讲得像是来自未来一样。"

这名女孩说出意外敏锐的感想。

"今天是五月十三日。"

并且如此回答。

随口回答。

忍在头上炫耀的气息有点变化，不过真的只有些许变化，类似

"咦，日期差挺多的，但不算是太大的过失"这种感觉。

确实不是太大的过失，不可能是太大的过失。

既然达成历史上的伟业，真的成功移动到过去，那么对于忍来说，回到一天前或三个月前，都不是太大的过失或差别。

老实说，我在她们出现在正前方的时候就预料到了，居然能在暑假期间，看到身穿制服的女初中生一起放学的光景，这怎么想都不对劲。

所以实际上，我预测我们有可能回到暑假之前的时间，我自认直觉还算敏锐。

不过我有预感，我这个敏锐的直觉还会告知一件事。

警报声持续作响。

接下来，我把手机收不到基站与数字电视信号这件事放在心上，再度询问。

"今年是公元几年？"

"那个……"

女学生回答了。

她回答的是距离现在——应该说距离未来十一年前的公元年份。

007

打听到女初中生的姓名与联络方式（电话与住址）之后，我们进入市区，但我们无须重新确认，不需要进行像样的实地考察，也用不着做出"我的城市大冒险"这种行径，就明显认知到她们所说的毫无虚假。

毕竟是我住了十八年的小镇，镇上的风景自然烙印在脑海。不过既然相隔十一年，镇上的风情堪称完全不同。

和山上不一样。

话是这么说，却不是哪里有着明显差异。

具体来看，各处当然有所改变，例如该有的建筑物不见了，不该有的建筑物出现了，真要说的话，几乎所有地方都不一样，但是问题不在这里，重点在于整体空气的感觉就不一样，计较这种细节的差异没有意义。这里所说的空气差异，当然不是大气污染这种环保方面的感想，而是更加基本、更加彻底的差异。

明明是相同的街景，却仿佛是陌生的城镇。

这样的城镇就在眼前。

以素昧平生的面貌，迎接我们。

如同事不关己地迎接外来的访客。

即使如此，即使内心早已承认，我依然进行垂死挣扎，在最后造访阿良良木家，使得确认成为确信。

我未曾觉得自己家年代久远，但是看到这栋明显盖好没多久的住家时，我无法否认这是十一年前的世界。

如同凶手面对铁证时的心情。

何况，斧乃木不久之前才以"例外较多之规则"破坏玄关，而此时眼前的玄关却若无其事维持着重修之前的古典美设计，忍说谎的可能性至此消失。

即使忍是能创造物质的吸血鬼，再怎么样也不可能打造出整座城镇等级的质量。

说到忍。

说到我个人心目中的偶像小忍。

"……"

她从刚才开始就一直不发一语，也不肯和我视线相对。

这是初期的角色形象。

她恢复角色形象了。

不对，刚开始的她会用锐利目光瞪我，但现在她没这么做，只是尴尬又无力地移开视线，彻底释放"看，我已经如此愧疚，所以别找我说话，再怎么样都不可以责备我"的气息。

"哎。"

我出声感慨。

远远眺望自家，一边感慨。

书店在这时候还不存在（还没成立），所以现在还无法断言是A型还是B型，不过即使这里是十一年前，我却像这样维持十八岁的外形，其实就可以推测出这属于A型，也就是"本人在场"的时光旅行。

如果是B型，我没有成为七岁男童就很奇怪。

仔细想想，当我看到手机显示"未来"的时间时（而且我的衣服没有变成昨天那套时），就可以做出这个推测，但事到如今讲这个也没用。

换句话说，要是我的行动过于光明正大会有危险，可能会遭遇"本人"——也就是这个时代的我，但如果是昨天、前天或几个月前就算了，十八岁的我遇见七岁的我，也不可能认出彼此。

同时，这也代表我不必避人耳目，我在这个时代做出任何事，也没有任何人会有"咦？有两个阿良良木历？哪个是复制人？"的想法。

所以，我基本上以光明正大的态度，伫立在自家附近。

而且牵着忍。

顺带一提，我们牵手并非相亲相爱的证明，当然也不是现在就要尝试跳向黑墙穿越时空，而是为了避免这个家伙逃走。即使她无法脱离我的影子范围，要是她沉入影子，我就没办法拉她出来。

"哎，忍，刚才怀疑你，我真的很抱歉。"

"……"

"我太愚蠢了，居然不相信你的说法，我明明比任何人都清楚你多么了不起，穿越时空这种小事，你当然做得到，反倒是做不到才奇怪，因为忍野忍正是无所不能的代名词。"

"……"

"说真的，你堪称吸血鬼的借镜，不过镜子照不出吸血鬼就是了，哎，果然成功来到十一年前了，其实我原本担心只回到一天前的话是否来得及写完暑假作业，课题分量预设以三十天完成，我却只有两天的时间，即使熬夜也不晓得是否写得完，我内心甚至能以害怕来形容，害怕是否会白费你的一番好意。"

"……"

"然而不愧是忍，即使我怕成这样没找你商量，你却这么贴心，想必我的不安都被你看在眼里了，因为有十一年的时间当然写得完，时间太宽裕了，我甚至敢断言可以写完十一年的暑假作业，不过这终究是我大言不惭就是了，忍，谢啦，你真的帮了大忙，我非常感谢你，对你道谢多少次都不够，但还是让我再说一次吧，谢谢你！"

我深深低下头。

忍继续移开目光。

"所以……"

然后我抬起头。

我自认脸上挂着愤怒的表情。

"你确实能带我回去吧？"

"当、当当、当然。"

忍久违地发出声音。

明显在颤抖。

"完全符合计划，吾认为汝这位大爷写作业大概要十一年，所以特别贴心提供这份关怀。"

"哪要这么久，这样也太温吞了吧？"

我甚至懒得露出愤怒表情，当场蹲下。

这就是所谓的抱头不知如何是好。

"慢着，你是笨蛋吗？慢着，你是笨蛋吗？慢着，你是笨蛋吗？"

我实际上真的抱着头这么说。

"如果只是一天前，就算回不去也能想办法处理，可以慢慢突破这个难关，解决这个危机状态，前提必须是 B 型就是了，可是这里是十一年前，连货币都不一样，夏目漱石是谁啊？"①

"即使不是通过货币，好歹也该认识夏目漱石吧？何况无论如何肯定是 A 型，所以一样吧？"

"不一样，十一年前连手机都不能用。"

在这个年代，手机本身已经开发成功，但这种乡下地方还没有基站，而且使用的系统应该不同。

坦白说，我所使用手机的电信公司，十一年前还没成立。

"要不是请刚才的女初中生们分一杯茶给我，我连水都没得喝！"

"汝这位大爷之社交能力意外地高，不过只限定女生。"忍这么说。"哎，我能理解汝这位大爷之心情，别讲得像是吾之责任。"

"现在这种状况，如果不是你的责任，会是谁的责任？"

"不不不，吾之意思是说，即使真的是吾之责任，也别讲得像是吾之责任。"

"……"

这家伙的个性真是不得了。

啊，不过我最近似乎也说过类似的话，大概是和我联结造成的影响吧……

也就是说我们很像。

或许我们出乎意料在联结之前就如此相似。

"听好，不准责备吾。"

"我又没讲到这种程度……"

---

① 日本千元纸币上曾印有夏目漱石的肖像，2014 年后改为野口英世。

"吾会哭给汝看哦,放声大哭哦,再多责备一句试试看,吾将大声哭喊自己被这个男高中生绑架,呼呼呼,知道接下来会如何吗?汝这位大爷会被带往警局,却完全无法证明身份,在这个十一年前之世界,汝这位大爷不可能现年十七岁,因此将被视为无业未成年游民,永远成为阶下囚。"

"你还不是一样无法证明身份?"

我们的可疑程度同级。

此外,这个传说中的吸血鬼,尽全力的威胁方式居然是"哭给我看",光是这个事实就令我差点落泪。

太悲哀了。

"唉,算了。"

"哦,怎么啦,原谅吾了?脾气真好,那吾也原谅汝这位大爷吧。"

"慢着,我不是这个意思,何况你要原谅我什么?"

"唔……吾想想,这样好了,春假那件事就原谅汝吧。"

"不准用这种无聊的失误当代价原谅我!"

居然拖延到现在。

只有春假的事情要好好清算。

总觉得我们现在完全和睦相处了,但还是要做个了结。

非得珍惜才行。

"仔细想想,这也是宝贵的经验,如果穿越时空只是回到一两天前,就没什么实际的感受,但是回溯这么久就有趣了,总之正如前面所述,暑假作业非得放弃不可,不过能享受十一年前的世界也不错。"

"哦,汝这位大爷愿意这么说?"

"前提是保证能回去哦?"

要我一辈子住在这里,与其说不想,不如说根本做不到吧?

这是不可能的任务吧?

"因为那些女初中生不可能养我一辈子。"

"汝这位大爷考量这种荒唐事的时候，吾已经看清汝这位大爷人品多差了。"

"回到现代之后，不晓得那些女生几岁了，还会记得我吗？"

"得视情况而定，但这种事不重要吧？"忍这么说。

实际上，忍似乎对本次失败相当懊悔（不晓得明天开始应不应该叫她失败忍），但好像已经从这个打击中振作起来了。

振作速度意外地快。

但也可能只是虚张声势。

"总之，汝这位大爷，讲正经的，吾认为确实可以回到现代。"

"是吗？"

"按序说明吧，首先是那间北白蛇神社，吾是利用该处灵能量来到这个时代，然而如汝这位大爷所知，那个地方成为'聚集地'储存能量之原因，到头来是因为吾来到这座城镇。"

"啊啊，确实提过这件事。"

复习一下，她这个怪异之王造访这座城镇，使得"脏东西"如同磁力吸引而聚集在那里，要不是忍野预先察觉，即使爆发妖怪大战也不奇怪。

总之这是另一件事。

不过，忍是在十一年后来到这座城镇（这个时代的忍肯定还在某国流浪寻死），所以那间神社还不是什么聚集地，只是一间老旧的神社。

"咦，那不就不可能回得去了？"

"别如此急着下结论，吾确实无法借用灵能量，但只要使用吾内部能量即可。"

"内部能量……可是你几乎失去了吸血鬼的力量，所以能量微乎其微吧？"

"所以说，汝这位大爷让吾喝点血即可，如此一来，吾就可以自行开启闸门，回到十一年后之未来。"

"啊啊……"

原来如此。

有这一招啊。

"即使吾处于全盛时期，亦难以回到过去，但如果只是回到未来，吾即使处于不完整状态依然有办法，若是一次穿越十一年太吃力，大约以三年为单位，一边休息一边穿越即可，好啦，汝可以称赞吾了，不然亦可以给个感谢之吻。"

忍说完闭上眼睛，把嘴唇凑过来。

完全是花痴模式。

"话说回来，汝这位大爷似乎理所当然地把'花痴'当成日常用语，但从字面及意义层面来看，吾认为这个词用在男性和女性身上有着极大差别，这样真的会被管制？"

"我很想吐槽你会第一个被管制，但是这个指摘确实很中肯，老实说，我不想深入讨论这个议题……"

感觉谷崎润一郎的著作《痴人之爱》，也不能以这个书名出版了。

即使是名著。

"啊！"

"汝这位大爷，怎么了？"

"我想到一个好点子，这个时代从现代来看是十一年前，这方面的管制还很松，所以去书店就能买到很多现在买不到的古典名著！"

那家大型书店还没成立，或许得出一趟远门，但是有许多书籍值得我这么做。

"哈，说什么古典名著，只是想买管制宽松时代之闲书吧？"

"错错错！"

"这个时代之少年漫画杂志尺度不小呢。"

"不准把话题扯到这里！"

先不提管制之类的事，即使是已经绝版，如今非常珍贵的漫画也能轻松购得。

文库本也不像现在这样，字体大到难以阅读！

文库本也不像现在这样，字体大到难以阅读！

文库本也不像现在这样，字体大到难以阅读！

文库本也不像现在这样，字体大到难以阅读！

我居然重复主张四次。

无论如何，只要确定回得去，梦想就变大了。

买股票吧？

趁机赚大钱吧？

接下来即将是资讯产业泡沫经济时代，趁这时候买IT产业的股票会狂涨吧？

啊，不行，我没有这个时代的货币。

何况我凡事以钱为出发点，这种想法好肤浅。

要活得清高一点。

"总之忍，先不提要怎么度过这段时间，难得有这个机会，我们就玩一两天再回到原来的时代吧？"

"汝这位大爷要这样做就这样做吧……但是暑假作业就不管了？"

"老实说，我体认到想回溯一天却回溯十一年的风险比较大，所以我放弃了，这问题姑且保留，等我们平安回到现代再想办法。"

"嗯，嘴里说放弃，吾总觉得只是把问题搁置，但确实是这样没错……嗯？"

忍说到这里忽然停顿。

诧异的我沿着她的视线一看，在忍和阿良良木家门口之间，有一名幼儿。

嗯，我收回前言，干干净净彻底收回。

我认得出来。即使是七岁，即使是十一年前，我也认得出来。

经常有人说，自己是最熟悉自己的人，前方的幼儿是这个时代的阿良良木历。

"唔哦！超可爱！吾可以从后面抱住他袭击吗！"

"你快点被扭送法办吧。"

这个家伙果然危险，即使在这个时代也轻易处于管制范围内。

不晓得究竟是谁的影响。

008

我与忍就像这样，基于这种只能形容为"顺其自然"的演变，一下子来到十一年前的世界，确认肯定回得去之后，我不否认我一下子放下了心中的大石头，甚至很现实地想痛快玩一下，但是当我们远离阿良良木家，实际准备享受过去世界的时候，却毫不意外地被迫面对现实。

现实在过去世界也是敌人。

仔细想想，如同我没办法买股票，也一样没办法买书。

去邻近城市的书店看霸王书终究不太好，我提不起这种兴致，即使想看早期言辞犀利的电视节目，这个时代也还不会在街头摆电视给行人看。

基于这层意义，接下来要说的和刚才相反，街景确实是十一年前的街景，但是说穿了顶多只会觉得怪怪的，差距并未大到引发乡愁或怀念的感觉。

我知道这么说很任性，不过既然要失误，干脆回到战前时代比较有趣。

"要是回到战前，汝这位大爷这种可疑人物，转眼之间就会被军方逮捕，进行视人权为无物的拷问。"

"啊啊，会这样？会变成这样？"

"吾之主只要内心变得从容，讲话就变得危险，作风也大胆起来了，吾反而认为汝应该庆幸来到这种适度宽松之时代，那个……这时代已经有美仕唐纳滋了吗？"

"不久前才庆祝创业四十周年，我觉得肯定有，而且也肯定吃得到这个时代才有的甜甜圈。"

"哦哦！"

"抱歉这番话引你上钩了，但我身上没钱。"

"上钩也没得吃？"

"嗯。"

我的钱包有张万元纸币，不过是新版钞票，所以不能用。

和千元纸币上的野口英世或是五千元纸币上的樋口一叶不同，万元纸币使用的是福泽谕吉，所以肯定会被当成伪钞。

即使不会遭受拷问，我也能预见自己会被军方当成"拥有高级印钞技术的神秘高中生"而逮捕。

我原本觉得即使纸币不行，硬币或许可以使用，但硬币上面刻着年号。

我抱持一丝希望，检查手头的每一枚硬币，可惜都是未来的年号。

这伪币也打造得太精巧了。

"哼。"

忍如同带路般边走边说。

进一步来说，我觉得这里的柏油路面接缝处比现代少很多。

不过这种事真的不重要。

"意气风发启程，却早早处于无事可做之状态，早知如此，刚才在汝这位大爷家门口，即使不能偷抱男童时代之汝，吾亦可以选择远远地以眼神宠爱一番。"

"没这种选择，不准说得这么恶心。"

我没什么目的地，就只是跟在忍身后回她的话。

"而且小忍，这也是时光悖论的一环，我完全不记得自己六七岁时，见过未来的自己以及金发幼女，即使远远眺望，要是对方目击就完了，会和未来产生矛盾。"

"啊？六七岁之记忆哪可能还留着，像吾连去年之事情亦记不得。"

"所以我想问，你这样没问题吗？一二十年前的事情就算了，连去年也……"

"老实说，过三十岁之后，吾之记忆就以年为单位连接不上。"

"三十！那不就和普通人一样了！"

"姬丝秀忒・雅赛劳拉莉昂・刃下心这个名字，吾三次会不小心记错一次，老实说，改成忍野忍这种短名字令吾松了口气。"

"话说在前面，你就是因为这个名字，才会被封进我的影子束缚。"

如此回答的我，不禁觉得这孩子越来越笨了。

"虽然不该由我自己说，但是这时代的阿良良木少年很聪明，甚至比现在还聪明，先不提记不记得，一个不小心可能会看出我或你的真面目。"

"汝是如此聪明之孩子？只是将往昔记忆美化了吧？"

"不不不，当时的我以鱼来比喻的话是拿破仑鱼。"

"这样很厉害吗？汝以鱼做比喻，听起来就一点都不聪明了……没有任何鱼令吾觉得聪明。"

"这样的阿良良木小弟，如今完全是一条玉筋鱼。"①

"某些鱼长大后会成为更气派之名字，汝却反过来了。"

"不提这个。"

我停下脚步转身向后，也就是看向远方的阿良良木家。

其实已经看不见了。

---

① 玉筋鱼在日本的另一个汉字别名是"小女子"。

忍虽然在带路,但她被我的影子束缚,只要我停下脚步,她也非得跟着停步。

实际上,忍并不是要为我带路,只是因为太阳位置的缘故,她非得站在我前面。

"先不提是否记得,我听说过一个理论,要是在穿越时光时遇见自己,两个人都会消失,原因我不太记得了……好像是物质与反物质,还是生灵(Doppelgänger)之类的,总之回到过去时,务必要避免遇见自己。"

"啊?那只是科幻小说之定论吧?既然实际上几乎无人能穿越时空,就不可能成为理论。"

"话是这么说……我不否认我直接引用了科幻小说的知识,但还是小心为上……"

我不想在过去的世界里消失。

这种状况下,也可能是对方消失,但要是以前的我消失,就代表现在的我依然会消失……唔——搞不懂。

穿越时光的理论有多复杂。

尽是复杂难解与牵强附会。

可以前往未来,却不能回到过去,我认为原因在于科幻作家过于怠慢,无法解决这种乱七八糟的悖论。

"不准怪科幻作家……哪有此种怪罪方式。"

"在这种状况下难免想怪罪。"

"不,汝这位大爷应该无须担心这种事。"

忍忽然说出这句话。

应该不是担心我因为察觉无事可做,导致内心出现不安情绪。

"吾要趁现在招供,汝这位大爷至今所说之时光悖论云云,吾完全听不懂。"

"啊?"

我大吃一惊。

被她的真话吓到。

"咦,可是我好好说明过,你直到刚才也好好和我讨论过啊?"

"吾是佯装听得懂,适度点头回应,当成耳边风巧妙搭腔。"

"喂!"

在动画的人物介绍里,我经常被加上"剧中唯一的吐槽角色"这种莫名其妙的定义,但我这次毫不客气直接吐槽。

喂!

"我说你啊,在堪称对话剧,以交谈为主的小说里,不应该有这种适度搭腔的角色吧?你说你是趁现在招供,不过很抱歉,现在经过的时间还不足以超过时效啊?"

现在才经过几个小时而已。

你的时效难道只有几秒钟?

"不不不,这几个小时才重要,看,太阳下山,即将进入逢魔之刻。"

"别把黄昏时段讲得像是世界末日。"

"换句话说,即使失去力量,现在依然是吾这个怪异活化之时段,吾终于清醒,脑袋终于灵光了,终于可以理解汝这位大爷复杂奇怪之理论。"

"很抱歉,真的很抱歉,我讲的事情并不艰深。"

"从结论来说……"

忍双手抱胸。

明明比我矮却使用高姿态目光,照例利落地扬起下巴。

"无须担心时光悖论。"

"无须?"

"完全。"

"完全……"

"如同担心天空是否会坠落,要说这是勇气还是杞人忧天,答案是后者。"

"慢着，如果真要二选一，当然是杞人忧天……"

但我们并没有讨论这种二选一。

而且，忍不知道"矛盾"这个词，却知道"杞人忧天"这个词，听起来也很怪，这两个词即使意义不同，但应该属于相同类别。

"嗯，总之是全无与杞人忧天，无须担心任何事，但是此话题不能站在马路中间讨论。"

忍只先说结论就示意要带我走，听她这么说，就发现不该站在马路上讲话，否则不晓得几时有车辆经过，或者是会和他人擦身而过。

我在忍的催促之下跟着走。

话说，十一年前的马路有点危险。记得这里在未来已架设护栏，但我不确定。

走到有人行道的路段时，我们适度配合阳光方向，调整为并肩前进，这样比较方便讲话。

在这种场合，我走在靠马路这边没什么特别含义。

"哎呀，不过话说回来，这样真好。"

"嗯？什么意思？"

"吾是说，像这样光明正大走在路上真好，吾正如字面所述置身于黑暗，但这个时代无人认识吾与汝这位大爷，能像这样自由自在真痛快。"

"这样啊……"

对哦。

忍的举止从刚才开始就莫名可疑，即使这是偶然造成的结果，但是大幅度穿越时光，使得忍得到短暂的自由时间，她的心情因而亢奋起来了。

对哦，忍因为金发幼女的外观很抢眼，加上封在我的影子里，所以和白天的光线无缘。

"慢着，吸血鬼不是理所当然要置身于黑暗吗？"

"嗯？啊，说得也是。"

"我在八九寺来房间时就在想，而且至今也不经意想过，你基本上是黑暗世界的居民吧？夜行者怎么可以开心享受阳光，太阳不是你的敌人吗？"

"唔——难道吾尚未睡醒吗……"

忍搔了搔金发。

这个动作真够俗气。

"既然这样，等到吾脑袋恢复正常，也就是太阳完全西沉再说明比较好。"

"不，老实说，我想早点听你说时光悖论相关的事。"

"这样啊，细节或许有差异，但吾还是大致说明吧，命运这种东西，基本上依循某个大方向，而且无从改变。"

"什么？"

"会发生之事肯定会发生，不会发生之事绝对不会发生，会发生之事因为该发生而发生，不会发生之事因为不该发生而不发生，这番话之意思并非命运永远不变，只是大方向不会改变。换句话说，吾与汝这位大爷在这个过去世界做任何事，世界都会把这种程度之差异视为误差范围，并且擅自修正，总之只要别做得太夸张即可。"

"太夸张是指？"

也就是说，光是我遇见我自己，并没有达到"太夸张"的程度？

"嗯，举例来说，汝这位大爷一开始之目的，是要完成暑假作业，因此假设汝回到一天前，在另一个汝没发现之状况下可以悄悄写完作业。但要是汝做得到，根本不用刻意回到过去，只要以毅力熬夜写作业即可，或者是即使写不完亦不会遭受严厉责骂。"

"啊？"

这是怎样？

慢着，忍说命运的大方向是固定的……记得像是什么世界律、宇宙意志、阿卡西纪录（Akashic records）还是某某人的大预言，各种超自然理论都提过这一点,不过,连穿越时空的时候也适用?

嗯?

"等一下,既然这样,我回到过去写作业不就没意义了?如果回到过去写得完,就没有回去的意义;如果回到过去也写不完,一样没有回去的意义吧……"

"嗯,没有哦。"

忍没使用古人语气,而是用孩子的语气,变成小忍。

不晓得是在搞笑,还是个性少根筋。

真可爱。

"吾只是因为汝这位大爷拜托吾回溯时间,吾为了甜甜圈才协助实现愿望。"

"原来如此!"

真是简单明了的动机与目的。

说得也是。

这家伙不可能认真担心我的作业问题……像她现在指摘这一点,真要说的话比较像是为了挖苦我。

即使不会对我有害,也不可能对我有益。

"此外,吾只是一时兴起,想试试至今仅当成知识听闻之'穿越时光',毕竟这是吾这辈子想挑战一次之事。"

"你要留下回忆,用不着波及我吧!"

"还不是汝这位大爷提议的?"

"你是利用他人无辜妄想的黑心投机企业?"

我讲得拐弯抹角,不过这种人简称骗子。

"所以反过来说,即使我在过去写完作业,未来的我还是会基于别的原因回到过去写作业?"

"这么说来,《GS美神》不太重视穿越时光的能力。"

"不准凡事都想用漫画来说明。"

不过,只靠科幻小说理论的我没资格这么说。

这段对话真是不着边际。

"总之,讲得消极又死心一点,过度在意细节亦没用,只能做吾等做得到之事,做不到之事就是做不到,这一点无论在现代还是过去都相同。"

"都相同……"

听到忍这么说,我并非无法理解。

对抗"命运"这种天大的对手总是无法如意,这个道理不只适用于穿越时光抵达的过去世界。

即使在过去的世界,现实依然是敌人。

我们和现实的战斗,总是注定败北。

"忍,我知道了,换句话说,身为命运内部一分子的我们,终究不可能做出改变历史或未来之类的蛮横行径,对吧?"

"说穿了,正是如此。"

嗯。

以刚才的例子,假设现在的我遇见七岁的我,就必须依照法则有一人消失或是同时消失,那么到头来,现在的我肯定无法遇见过去的我。

即使我拥有这个时代的货币,肯定会受到某种阻挠而无法购买IT企业股票,同样的,也没办法在书店买到珍贵的书。

"也就是说,可以认定不会产生蝴蝶效应吧?"

"什么是蝴蝶效应?"

"你不知道?"

"奶油裹粉油炸的食物?"①

"听起来挺好吃的。"

感觉会是炸起司条的味道。

不对,奶油下锅肯定会融化。

---

① 日文外来语的蝴蝶(Butterfly)和造词炸奶油(Butter-fry)音近。

"这个理论是说，初期要素的些许条件差异，会造成后期的巨大变化，唔……"

我只听羽川说过，所以只有依稀记得难以说明，好像是中国有只蝴蝶振翅，导致巴西出现龙卷风……不过老实说，要是问我变成这样的过程，我只能举双手投降。

我原本想打电话问羽川，但手机没信号，而且这个时代的羽川没有手机。

这里的羽川肯定才六岁。

……

好想见她。

现在见到她并不会改变命运，不会导致我将来没能认识羽川，既然知道这一点，我必须见小羽川一面。

反正不能见到的话肯定见不到。

小羽川。

听起来好迷人。

"喂，汝这位大爷色眯眯笑什么？快好好解释青斑蝶效应给吾听。"

"你的搞笑品味太好，我不知道该从哪个方向吐槽。"我说完继续回答，"也就是说，变化球看起来是在打者前方才变化，实际上却是投手投球的瞬间就在变化。"

"啊啊，原来如此。"

"你听懂了？"

我刚才说得很笼统呀？

顺带一提，变化球源自球的旋转，以及旋转产生的空气阻力，因此棒球与垒球的变化球投法不太一样。

"嗯，那就无须担心，不会产生什么纹黄蝶效应，如果世界光是蝴蝶振翅就会改变，那么无须蝴蝶振翅也会改变，就是这么回事。"

"是吗？我不太懂……初期差异成为今后的严重祸根，这个理论我很容易接受,比方说车子的方向盘就是这样。"

"那吾就学汝这位大爷,打个浅显易懂之比方吧。"忍以此作为开场白继续说,"会因为漫画或电玩影响而犯案之孩子,即使不受漫画或电玩影响亦会犯案。"

"……"

这个比方真危险!

不过浅显易懂!

"哎……原来如此,我姑且说声原来如此吧,确实可能是这种状况,即使事出必有因,也不代表除去因素就会改变结果。"

这么说来,记得战场原也说过类似的事。

战场原的烦恼,到最后是依赖我而得以解决,但是实际解决的人或许不是我,我只是凑巧在场,即使当时在场的不是我,或许也会演变成相同的结果。

反过来说,正因如此,战场原才会庆幸那个人是我。

这也代表着一个意思,人们能以自我意志改变的事物,只有自己的人生,无法改变命运或世界这种大规模的东西。

嗯。

就某方面来看,这个话题果然很空虚,却也能令人感到某种安心,就像是自己所搭乘的交通工具,在稳定性这方面受到保障。

"这样啊,那我就稍微松口气了,归根究底,光是我或你这种程度的个人行动,不会造成天大的问题吧?"

"否则深思熟虑如吾,身为慎重象征之吾,怎么可能只因为汝这位大爷拜托,以及吾想吃甜甜圈之欲望,就随兴快乐举办这场时光之旅?"

"也对,再怎么说,也没人比你深思熟虑又慎重了。"

"但夏威夷衫小子曾经警告吾绝对不能这么做。"

"等一下!"

我内心大受打击。

忍的惊爆发言，足以让我认为这是在所难免的而原谅自己。

"啊？啊？啊？所以你用这种轻浮的态度，做了忍野阻止的事情？"

"是啊，有什么问题咪？"

"语尾不准加咪，你在模仿谁？"

现在似乎要讨论相当严肃的事情，不准打马虎眼。

我们肯定可以抱持更强烈的危机意识讨论事情。

"没什么，当时夏威夷衫小子出面阻止，我们所以吾并未做到此等程度。但现在那个夏威夷衫小子走了，就代表吾可以做了吧？"

"你的思考逻辑跟虫子一样单纯。"

你说不定不是吸血鬼，而是蚊子。

单纯到即使有人说你没有思考系统，我也不会讶异。

连黏菌都会多想一下。

我不禁毫无意义地环视四周。

环视过去的世界。

环视忍野以"绝对不能来"这番恐怖话语阻止，我们却还是前来的这个世界。

"真的假的……那个家伙叮咛不能做的事情，基本上绝对不能做吧？你只露出天真无邪的笑容，完全不觉得自己做错事，不过我还是问一下以防万一吧，你知道自己做了什么好事吗？"

"不知道。"

"好！你不知道是吧，这句话我收下了！不过我知道，我知道了，嗯，不怪你，我不会怪你。"

这也没办法，毕竟她是笨蛋。

从春假和她来往将近半年，我终于明白了，真的很抱歉，我居然花这么久才理解这种自明之理。

你真的是个笨蛋。

从变成幼女之前就是，始终如一。

不是受到我的影响。

"咦,不过忍野当时没说什么吗?有没有说绝对不能做的理由?"

"天晓得,或许说过,但吾不记得了,依照吾之推测,可能是因为如果发生太夸张的事情,历史将会改变。"

"……"

"放心,所以吾才说这是杞人忧天啊,愚蠢之家伙,如同汝这位大爷刚才所说,吾与汝这种程度之个人行动,有可能发生太夸张之事吗?"

"哎,我觉得应该不会……顺便问一下当作参考,所谓'太夸张的事情'是指哪种事情?举个例子吧。"

"就是无法挽回之事态……比方说,朝这个国家之中枢发射核弹……不对,这种行径从世界角度来看,似乎也同样无法挽回?"

"当然无法挽回,会有一个国家因而消失。"

"这颗星球上不是经常有国家消失吗?"

"你偶尔讲话带刺,对话气氛都变沉重了。"

"国家消失之光景,吾看过很多次哦,不然吾想想,若是发生某件事害得一颗星球消失,历史或许就会大幅改变,例如毁掉太阳。"

"OK。"

好吧,我接受她的说法吧。

既然得做出这么大规模的事情才能改变历史,我就可以百般放心无须担忧。

这里只有一个写不完暑假作业的高中生,以及爱吃甜甜圈的金发幼女。

不可能做出足以影响星球的事情。

何况历史或许即使如此也不会改变,从不断膨胀的整个宇宙来看,连这个银河也不是什么大问题。

所以，我们不再抱持任何不安，这样的我们实在愚蠢。

到最后，我忘记了。

忘记忍野忍是堪称独一无二，力量足以扭曲现实的传说吸血鬼；忘记我是曾经奇迹似地战胜这个吸血鬼，独一无二的眷属。

我们是有可能改变世界、改变历史、改变宇宙、改变命运的恐怖双人组。

这种话不应该由我自己说，却只能由我自己说——我居然完全忘了这一点。

009

在某个时代，部分怪人之间流行"不做第一，只做唯一"的说法，这句话听起来很棒，而且在精神脆弱时具备很好的激励效果，不过冷静思考就会发现，这番话并非完美到无从批判。

最常听到的质疑，就是成为唯一或许比成为第一还要困难，大多数的情况下，每个人的同质性都很高。

"一人"和"多人"没什么太大的差别，几乎只能通过竞争保有个性。

基于这层含义，或许该说"不做第一，只做唯一"的主张过于正确，却也因而得不到什么救赎。

紧接着第二个疑问，在于人们或许必须知道"唯一"多么孤独、"独一无二"多么落寞、建议他人这么做有多么残酷、强迫自己这么做有多么凄惨。

要求自己成为"唯一"的这个命令，光想想就觉得毛骨悚然。

或许结交越多朋友，人类强度就越是下降，不过我最近开始觉得，即使人类强度会下降，还是应该结交朋友。

我开始有这种想法。

教导我这件事的人当然是羽川翼，但肯定还有一人。

我认为是八九寺真宵。

独自迷路十几年，持续处于"唯一"立场的她，教导了我这件事。

所以——

"我们去拯救八九寺吧。"

这个想法自然浮现。

不经意浮现。

得知时光悖论绝对不会发生、不容发生之后，我的脑中立刻浮现这个想法。

没有原因，没有契机。

在普通人行道的正中央浮现出这个想法。

真要说的话，我是在看到人行道专用号志时浮现出这个想法。

"啊？汝这位大爷刚才说什么？"

"我说，我们去拯救八九寺吧。"

忍诧异询问，我则是重复同一句话，如同借此叮咛自己并下定决心。

"嗯，我思考过了，我们为什么是回到十一年前？为什么是回到五月十三日，也就是五月的第二个星期六？即使穿越的时间坐标出现误差，我觉得这种误差也太奇怪了，我们原本要前往一天前，如果是出错前往一小时前、一年前还可以容许，把标准尽量放宽，即使误差达到十年，我也可以接受，但我们来到的世界是十一年前，准确来说是十一年又三个月前，我认为我们精准来到这个时间点，肯定是基于某个原因，会变成这样当然是因为你第一次穿越所以不够熟练，但我总觉得还有其他的原因。"

"原因……为何会如此认为？"

"只是直觉。"

"直觉……"

"或者说预感吧……我觉得这不是误差，反倒是调整，我有这样的预感，不是因为不顺利而变成这样，是因为'顺利'才变成这样，不，这是我对于过去的想法，所以与其形容成预感，不如形容成后悔或许更加正确。"

"……"

忍欲言又止。

以这个家伙的个性，肯定是想讲别的事情打岔消遣我，却因为看到我的表情而打消念头。

我觉得，我的表情就是如此迫切。

实在不像是想到好点子的表情。

"这只是推测，但明天应该是八九寺的忌日。"

"那个迷路姑娘的忌日？"

"我不确定，八九寺只说是十几年前的事，没有讲明是十一年前，可能她觉得讲得太详细也没有意义，或是她单纯只是不记得了，你之前提到的六百岁记忆话题终究太极端，但十年前的事情不记得也很正常，我只有一件事可以确定——明天是母亲节。"

母亲节。

八九寺真宵死于母亲节。

死因是车祸。

"换句话说，如果我的推论正确，八九寺将会在明天车祸丧生，地点是在她造访相隔两地的母亲家途中。"

"记得确实是如此。"

"所以……"

我这么说。

而且是看着交通号志这么说。

"所以，拯救她吧。"

"……"

"难得来到过去的世界,我一直思考能够做些什么,要买绝版书或股票也行……不过该怎么说,应该有其他更具意味、更具意义的事情。"

我不太会形容,不过真要说的话,就是做一些……命中注定的事情。

"我觉得或许做得到。"

"刚才不就讨论过做不到吗?既然不会产生时光悖论,就表示吾等做不出'太夸张'之事吧?"

忍以稍显无奈的语气这么说。

这番话听起来有点距离感,像是跟不上我的正经态度。

"嗯。"

我点头回应。

我并没有忘记这一点。

"总之按序听我说,首先我想到的是战场原,我思考自己是否能为战场原黑仪,为我的女友做点事情。"

"被爱情冲昏头?"

"不,该说冲昏头吗……你要这么解释,我也没办法。在这个时间点,战场原肯定不是住在现在的民仓庄,而是我只听她提起过的那栋'豪宅'……"

"嗯,记得那栋'豪宅'如今已成为道路。"

"对,所以我想用手机拍下那栋'豪宅'昔日的样子,当成伴手礼送给她。"

"这件事可行吧?或许回到现代,手机资料会因为某种神奇力量而消失,但是值得挑战,何况应该没有风险。"

"嗯。"

关于"神奇力量"这个连可疑都称不上的名词,这时候就别讨论了吧。

"手机即使失去通话功能,拍照功能应该还能使用,总之,或许在拍照的瞬间,会有某种历史方面的要素妨碍,不过如你所说,这件事值得挑战……但我觉得这么做也没什么意义。"

"啊?为何?那个单细胞生物不会开心?"

"居然说她是单细胞生物……"

我感受到敌意。

是我多心吗?

"不,仔细想就觉得她应该有旧家的照片,总不可能是屋子烧掉被迫搬走吧?"

"哈哈哈,也对,不可能发生家里失火这种事情,再怎么说也太不幸了。"

"记得战场原家的书柜有类似相簿的书……所以拍照没办法当成伴手礼。"

"或许正因如此,照片可能会成为很好之伴手礼,不过基本上,汝这位大爷之说法很正确。"

"然后我想,或许可以在十一年前的这个时候,解决战场原的烦恼。"

"嗯?说到那个姑娘之烦恼,不就是重蟹……不对,并非如此,不是蟹,而是家庭之……"

"对,家庭的问题。"我抢先回应,"包括母亲沉迷邪教以及协议离婚,总之包含这些在内,我觉得或许能赶在问题发生之前斩除祸根。"

"应该办不到,这样会改变一个人之命运……不,是多数人之命运。"

"我想也是,应该不行。"

我没有反驳忍的否定意见,无法反驳。用不着多说,光靠我这个人不可能做出这种天大的事情。

不可能。

"或许值得挑战,但也可能造成更严重的后果,我很清楚介入他人家务事有多么危险。"接着我做个补充,"而且我完全想不到该如何改善战场原家的状况,何况还得从十一年前的这时候布局。"

就我听到的说法,战场原家在这个时代,还没有发生太严重的问题,甚至堪称蜜月期。

父亲、母亲、女儿。

现在是三人会一起到天文台观星的时期。

"如果这里是两年前的世界,我就可以把来到这座城市的贝木狠狠揍一顿,但如果是十一年前,那个说谎骗子大概还是大学生吧,即使现在痛殴那个家伙,历史应该也会在接下来的九年修正轨道误差。"

"而且,吾认为汝这位大爷连大学时代之贝木亦敌不过,肯定会遭受反击,伪钞被搜刮得一干二净。"

忍说得好毒。

嗯,总之我没反驳。

老实说,即使是小学时代的贝木,我也不觉得我有胜算。

"我希望能做什么事就尽量去做,战场原曾经乐观地对我说,正因为经历过不幸的时代,才有现在和我交往的幸福时光,就算这样,她和重蟹共度的那两年,我也觉得沉重到反常,但这应该是我'做不到'的事情。"

"应该如此。"

"同样的,我也不认为能解决羽川家的问题,不,如果只讨论可能性,我并不是无法介入羽川家的问题。"

此时的羽川六岁,那么以她的状况,问题早就"发生"了,战场原家是因为问题还没发生,所以解决问题的难度超高,但如果是已经发生的问题,并非毫无方法可行。

可是……

"可是,我觉得绝对不可能成功,羽川家的病灶,超越了区区高中生或吸血鬼能够处理的范畴。"

"是啊。"

忍同意我的这个说法。

毫不犹豫。

"障猫或黑羽川还好，那个前任班长亦令吾吃过不少苦头，可以的话，吾不想有所牵扯。"

"嗯……而且我觉得一个不小心，只会导致状况恶化……虽然不是重提贝木的话题，但我不觉得自己赢得了六岁的羽川，想做什么都会被她巧妙地蒙混过去。"

"是啊。"

"我很想见小羽川，但要是因而成为罪犯就不好了。"

"还得考虑此等可能性吗……"

哎，最后一句是玩笑话。

战场原家就算了，我无法具体想像羽川家"改善之后的状况"，那个家应该也有比现在好的时期……但我不认为是在十一年前的这时候。

战场原认为经历不幸的过去，才有幸福的现在，但羽川肯定没有这种价值观。

完全没有。

她甚至讨厌这种价值观。

这已经达到自我否定的程度，到最后，羽川最讨厌的不是别人，正是优秀、幸福的自己。

这份厌恶，诞生出白猫。

这份憎恨，诞生出黑猫。

"如果有我做得到的事，我就很想做，但肯定都是我'做不到'的事情。"

"是啊，嗯，吾认为这种想法正确，像是猴女或刘海姑娘那边，汝这位大爷同样不可能帮得上忙，这部分正如那个讨厌之夏威夷衫小子所说。"

没人救得了别人。

人只能自己救自己。

"嗯，不过……"

忍讲得像是在为这个话题做总结，不过到目前为止都只是前言，完全帮不了战场原与羽川的我何其窝囊，然而……

然而，这部分不同。

"我认为我救得了八九寺。"

"汝这位大爷说得莫名确信，为何如此认为？毫无证据能证实吧？"

忍这么说。

"因为那个家伙遭遇的车祸是偶发事件吧？不是家庭之类的问题，不是某种事物持续累积，察觉时再也来不及挽回的那种问题，只要回避这一瞬间的偶然，应该就能避免吧？"

"慢着……考量到汝这位大爷之心情，以及汝这位大爷和那个丫头之关系，泼这盆冷水令吾过意不去……虽然不太想说，但吾认为这么做亦没用，她和傲娇女或前任班长之案例相比，并没有汝这位大爷所说之明显差异。"

忍真的讲得很含糊。

她不只是从话语，还经由影子和我的想法甚至情绪相通，所以更加难以启齿。

"比方说……是明天吗？吾不知道汝这位大爷会使用何种方法，总之假设汝成功避免那个迷路姑娘受害，使得明天不是那个丫头之忌日，这种事确实有可能做得到，但吾认为以这种状况，只是把意外发生时间延后到隔天或是隔两天。"

"……"

"总之，那个迷路姑娘会以某种方式，可能不是以车祸方式丧命，这个既定事项大概不会改变，汝这位大爷所做之事仅为延后，仅为拖延。"

忍这番话很沉重，但我也早已预料这一点，我终究不会打这种如意算盘。

八九寺会死。

不知道是明天还是后天，但这是无从改变的命运。

然而……

即使如此——

"这样就行了。"

"？"

"换句话说，只要八九寺不是在'明天'死亡，只要不是在'母亲节'死亡，她就不会成为怪异吧？"

那名少女——八九寺真宵，正是因为没在母亲节见到母亲而迷途。

也就是说，只要她明天平平安安，没遭遇车祸，如愿以偿见到母亲——

那么，她将会心满意足。

即使死亡，也不会迷途。

在死后，不会维持着死亡状态。

"……"

忍听到这里，沉默了。

我以为她可能会一笑置之，全力批判我的肤浅想法，但是看来至少没有如此。

我的说法，还算是切中要点。

"有趣。"

这是忍片刻之后说出的感想。

"有趣，老实说，吾认为值得一试。"

"你这么认为？"

"嗯，不，吾之意思并非保证能成功，甚至觉得正常来说会失败,是以'原则上会失败'为前提,但若以失败为前提就值得一试……或许吧。"

讲到最后有点不太可靠,但言外之意是肯定了我的点子。

"怪异是跳脱命运框架之存在,吾是最佳例子,因此吾亦可以强行穿越时光,基于这一点,要是能够回避关键事件,或许可以避免化为怪异。"

这么一来……

是的。

八九寺真宵将不用在这十几年里独自一人,不请任何人协助,甚至拒绝所有主动搭话关心的人,比任何人都更孤单地迷失、徘徊于这座城镇。

我无法拯救她的生命。

但我能拯救她的命运。

我要拯救那个孩子。

"基于风险管理之意义,若那个丫头成为怪异之下场亦属于命运一部分,这么做依然毫无建树与意义,既然母亲节这一天是重点,或许误差并非一两天,而是拖延到明年,而且……"

"而且迷牛注定要迷途吗……哎,这方面的概率或许比较高,但如果命运固执到这种程度,我和你就不可能像这样精准穿越到十一年前母亲节的前一天。"我抱持坚定的决心继续说,"我们来到这里的理由,并不是为了写暑假作业、买绝版书或是买股票,而是为了拯救八九寺。"

是的。

这就是我们的命运。

我以坚定、肯定的语气这么说。

以命运为理由的人,终究会踏上凄惨的末路。我完全没有从历史中学到这个教训。

010

我搜索记忆。

调出一个又一个的情报。

记得八九寺的母亲姓纲手,我听她提过。

而且,我同样记得这位纲手女士家,就在羽川与战场原家附近,在我依然不晓得正确读音,和八九寺初遇的那座浪白公园附近。

那里是她的目的地,肯定也是她出车祸的区域。

记得她说是在过马路时被车撞到的?

当时信号灯是绿灯……总之这部分无需回想,我从一开始就知晓,这只是在说明状况。

我清楚知道八九寺的目的地,知道她前往的终点,但我不知道她生前住在哪里。

是邻市?还是其他地方?

既然是小孩背着那么大的背包走得到的地方,距离肯定不会很远……我是这么推测的,不过话说回来,我没问八九寺中途是否搭过电车或公车。

从她的语气听起来似乎是一直徒步,但这种事无法确定,而且那个小学五年级学生也可能为了面子不说真话。

我的记忆也可能出错。

我刚才随口宣称只要防止出车祸就好,我以为既然知道是明天发生的车祸,就可以轻易防止,不过实际按照现实条件思考,就发现意外地困难。

唔……

果然没有那么顺心如意,该怎么办?

"吾有个好主意。"

"啊？真的假的？小忍，有好主意请告诉我吧！"

"砸坏这座城镇的所有红绿灯！"

"这样会增加车祸概率啦！你是恐怖分子吗！"

"别生气，反正汝这位大爷是少女都恐怖之分子。"

"不准讲得这么妙！"

就像这样，我们的摸索陷入瓶颈。

与其说是迷路，更像是走进死路。

无路可走。

总之还有一个晚上，现在焦急也于事无补，所以我决定先找到纲手女士家。

即使在走路，即使在迷路，我也可以顺便思考。

在未来的母亲节，八九寺对我说过纲手女士的住处，我也姑且前去那里看过，但我当然不可能记得，所以得从头找起。

"汝这位大爷。"

"什么事？"

"一件事。"

忍这么说。

宣称走得很累，以拥抱姿势（不是新娘抱，是普通的正面相抱）和我紧贴的忍，走到一半时提议一件事。

"直接忠告那位住在纲手家之丫头母亲，作为车祸防范措施之一，这样如何？"

"啊？"

"反正现在正要确认纲手家位置吧？那就在找到时按门铃提醒这件事即可。"

"'您离婚之后由男方收养的女儿，会在明天母亲节偷偷前来找您时出车祸，请打电话叮咛她小心一点，啊，对了，想顺便请教八九寺家的住址'这样？"

"嗯，有何问题？"

"也对，我想想看，随便下结论可能会误判，唔，这样如何呢？这样有问题吗？还是没问题？唔……有问题！"

应该说，问题很大。

如果对方报警就完了。

不过，比起砸坏红绿灯的点子，这个做法还算实际。

"我觉得，我们不能见到纲手女士。"

"为什么？"

"没有为什么……仔细想想，八九寺在父母离婚之前，肯定住在这座城镇，即使不能直接请教纲手女士，或许可以向附近的人打听……"

在我思索可以询问路人时，在这个绝佳的时间点，我与忍察觉前方有个人影。

不对，不应该形容这是绝佳的时间点，反倒堪称最差的时间点。

因为，我现在抱着金发女童。

而且前方的人影同样是女童。

年约六岁的女童，一边看书一边前进。

戴着眼镜。

绑着一条麻花辫。

看起来就正经八百。

"真是超可爱的女童……慢着，这不是羽川翼吗！"

"呀啊！"

小羽川尖叫着和我拉开距离。

拉开距离时，还把手上的书扔向我。

正中忍的脑袋。

"咿啊！"

忍像是被杀虫剂喷到的虫子一样坠地。

整个过程只有短短一秒。

"你、你是谁！为什么知道我的名字！不，用不着回答我也知道，你是变态！"

"……"

劈头就被小羽川讨厌了。

我内心受创到好想跪地。

但我真是了不起，即使羽川才六岁，我也认得出来。

我以为我认得出七岁的阿良良木历，在于对方是我自己，但即使是他人，我也出乎意料认得出来……不对，或许因为她是羽川，因为她是在我心中占有很大分量的羽川，我才认得出来。

即使是十一年前，也很难找到如此正经八百的人吧。

话说回来，阿良良木历目击羽川翼的便服了。

因为是小学生，没有穿制服！

"呀呼！羽川的便服太棒啦！"

"呀啊！"

小羽川不知所措地乱跑。

那个羽川在害怕！

在怕我！

"汝这位大爷……冷静点，吾非常能体会汝之感受，但不能忘记原本之目的，要是这时候被逮捕，明天之前不可能走得出警局。"

"唔……"

蹲在地上的忍提出这个忠告，使得我勉强克制住正要冲向小羽川的冲动。

忍耐忍耐忍耐忍耐忍耐忍耐忍耐！

"这个人是怎样，好恐怖……站得直挺挺还流着血泪……居然有这种高中生……这个世界果然黑漆漆……"

小羽川的害怕没有底限。

心理创伤很严重。

"小、小妹妹……"

我尽可能装出绅士的真挚声音,向小羽川搭话,但失败了。

总之,至少请赞许我的努力。

"别害怕,你戴着名牌,所以我知道你的姓名,对了,我想问个路。"

"……"

怀疑的眼神。

没办法,毕竟小羽川没戴名牌。

我说了毫无意义的谎言。

唔哇!虽说是女童,但羽川以"看着陌生人的眼神"看我,令我好难受,如果她是用"看着怪人的眼神",至少还能有点快感。

"知道这附近有姓纲手的人家吗?"

"……"

小羽川默默指着右方。

哦哦。

原来真的知道,不愧是羽川,从幼童时期就不得了。

"谢谢,你真是无所不知呢。"

"我不是无所不知,只是刚好知道而已。"

小羽川说完就快步跑走,像是要逃离我的身边,不对,实际上确实是逃离。

"你觉得刚才这样会改变历史吗?"

"不会吧,只有汝这位大爷之好感度会改变。"

忍说完就起身,仔细想想,忍在刚才的混乱中完全无辜,却被书打中又从我身上滑落,好惨。

她即使这样依然没生气,不愧是六百岁的大度量。

"那种程度之互动,不会影响历史。"

"不过,在过去世界遇到熟人,我还是会在意后续的影响,而且对方是羽川,不晓得结果是好是坏……羽川会不会因为刚才的相遇，在将来成为我的女朋友？"

"不会。"

忍断言了。

不知为何，语气强硬到没必要的程度。

"何况万一发生这种事，那个姑娘也会将不如意之记忆……"

"啊？"

"不，没事，总之无须担心，既然得知纲手家在哪里，那就快走吧。"

"也对。"

然后，我按照小羽川指的方向前往纲手家，并且在中途想到一件事。

我在十一年后，问过羽川相同的问题，而她当时断然回答"不知道"。

十一年后不知道的事情，有可能在十一年前知道吗？不，或许十一年后的羽川，只是顺应状况假装不知道，我抱持这个想法，按照小羽川指引的道路前进。

再怎么走，也没有找到纲手家。

我们最后抵达的地方是派出所。

"被骗了……"

羽川从小就很精明。

011

俗话说"塞翁失马，焉知非福"，老实说，我不太喜欢这句话，但我在这家派出所问到了纲手家的位置，也顺便问到了八九寺家的位置。

说到方法,其实也没什么。

"不好意思,我想问个路。"

就只是向值勤警员求助。

这是毫无巧思的正当选择。

与其说是不管三七二十一,我的心情更像是死马当活马医,也就是抱持着搞笑的态度做出这件事。

"啊,纲手家吗?就在……"

女警察毫不迟疑地告诉我了。

真的假的?

我内心抱持质疑,但是相较于现在(现代),这个时代确实疏于保护个人情报。

"纲手女士真的好辛苦,离婚之后一下子就变老了,即使表现得很坚强,疲倦也写在脸上,这也在所难免,毕竟她很疼爱自己的独生女,唔——她孩子叫做什么名字?等我一下,我很快就会想起来,我在职务上的记性很好,对对对,叫做真宵,是个可爱的孩子,她却没什么机会和女儿见面,哎呀,我处于中立立场,并不是在责怪她的前夫……"

我就这样听她讲个不停。

大约一小时。

出乎预料掌握到八九寺家(这种状况下应该是纲手家)的实情。

即使是疏于保护个人情报的时代,我终究觉得那位女警察口风太松了。

在现代有可能吃上官司。

"话说回来,你是纲手女士的什么人?"

女警察在最后的最后,像是回想起职业道德般如此询问。

"朋友。"我如此回答,"我是真宵的朋友。"

我自认做出帅气的总结,但是"年幼少女之朋友"这个诡异的身份,似乎让女警察稍微眯细双眼质疑,所以我后来全速逃走。

半吸血鬼少年全力狂奔。

这是难得一见的光景。

"好,女警察画了一张住宅区地图给我!我只要有这个就无敌了,真要说的话,就像是超级玛丽兄弟里吃到星星的马里奥!"

"这个比喻犀利到要讲得如此激动?"

全力狂奔之后,我与忍来到那座公园。

我坐在浪白公园长椅上,打开手绘的住宅区地图(画得超漂亮)边看边说:

"话说回来,超级任天堂与超级玛丽兄弟,哪个比较早出?"

"嗯?"

啊,没事。

我瞬间迟疑,但答案很明显是超级玛丽兄弟。

甚至就是因为有超级玛丽兄弟,超级任天堂才会是超级任天堂。

"别这么说,把超级任天堂简称'超任'之品味,实在令吾赞叹……真希望吾之旧名亦能像这样巧妙简称……"

"简称'那个名字'?"

我曾经发誓再也不以那个名字称呼忍,所以使用含糊的指示代名词。

"呼,忘记本名之吸血鬼吗……"

"慢着,别讲得这么帅气。"

这只是你的记性问题。

我们就像这样闲聊,重新审视住宅区地图。

纲手家。

以及八九寺家。

"距离没想像的远……小学生走这段路可能有点吃力,但是用不着骑自行车。"

总之这么一来,不用担心得搭乘电车或公车之类的大众交通工具。

勉强举出一种可能性,如果那个小学生奢侈地搭计程车,我就不知道该怎么做了,但若她真的做出这种事,我也会打消拯救她的念头。

只会觉得这样很荒唐。

"所以找出八九寺家与纲手家之间的最短路径,监视路上的斑马线就行吧?"

"不不不,汝这位大爷,这就难说了。"

我像是事情告一段落,抱持着说出来就能跨越所有难关的心情说出这句话,忍却像是建言般如此回应。

顺带一提,长椅上的忍不是坐在我旁边,而是坐在我的大腿上。

肩胛骨靠在我的胸口。

要是趁现在偷舔脖子,这家伙应该会吓一跳吧?我漫不经心想着这种事说:"怎么了?我的想法有什么问题吗?然后只要找地方睡一觉,迎接明天的到来就好,我觉得可以去补习班废墟睡。"

"那个……"忍抬头仰望我,"即使是最短路径,从八九寺家前往纲手家的路上,要横穿之马路肯定不只一条。"

她这么说。

"啊,对哦,说得也是,如果加上要纵穿的马路,数量就更不得了。"

"没有纵穿这种说法。"

"不过在十字路口,肯定有某个方向是纵穿吧?如果斜着走就是斜穿。"

"斜穿马路……听起来真帅气。"

"子弹马路听起来也相当帅气。"①

"会联想到《骇客任务》。"

"你连这部也看过啊……"

---

① 日文"纵越"与"子弹"音同。

"顺带一提，汝这位大爷，天桥和斑马线亦为过马路之设备，此外还有地下通道，将这些全部考量在内，需要监视之据点多不可数。"

"不对……要在天桥或地下通道出车祸很困难，而且要是我住的城镇发生这种规模的车祸，我肯定也有印象……"

毕竟这时代的我是神童。

"忍，你怎么对道路交通的知识这么熟？"

"听那个夏威夷衫小子说的。"

"啊，原来如此。"

这么一来，就得质疑忍野为何对道路交通的知识这么熟……但忍野即使无所不知也不奇怪。

有种"不是无所不知，只是无谓知道而已"这种感觉。

"顺带一提，依照二〇〇四年之调查，全日本之斑马线为一百七十二万五千零十五条，若只计算有红绿灯之斑马线，则是九十八万七千三百二十六条，现在应该已经超过一百万了。"

"哇！这样啊！"

"不过，这数字是吾胡诌的。"

"为什么要在这个情况下说谎！"

我着实佩服了一下！

连其他部分的可信度也忽然消失了。不过，怪异吸血鬼本来就没有可信度。

"可信度和泰普尔枕头，发音挺像的。"

忍说着把金发后脑勺靠在我身上。

原来女生不用喷香水就这么香，我思考着这种毫无意义的事情。

"唔……"

接着我双手抱胸。

准确地说，她就靠在我胸前，所以我是把双手交叉在忍的胸前，在旁人眼中只像是我紧抱着她。

"不过我只有一个身体，只能从众多斑马线中挑一条了。"

"若是真有必要，吾可以将汝这位大爷之身体拆散。"

"哪有这种必要！"

"会像涡虫那样再生吗？说不定碎尸万段可以增加到一百人左右。"

"八九寺好像也说过类似的事情……不过，仔细想想……"

并不是因为收起地图，也没有基于什么特别的契机，但我察觉到别的可能性。

"仔细想想，八九寺不一定会以最短路径，从八九寺家前往纲手家，而且按照后续演变，那个家伙应该严重迷路吧？"

"啊——说得也是。"

想到她之后成为怪异的状况，或许应该推测她并不是走最短路径，忍也同意我的观点。

"但要是她到处绕路走，我们根本无从监视啊……"

讲得夸张一点，全日本的斑马线都得列入考量。

我看向公园一角的住宅区地图看板。

八九寺在那一天——在十一年后的母亲节，看着那块看板。

独自一人，孤零零看着那块看板。

"怎么办？明明托羽川的福，我们好不容易找到了纲手家与八九寺家……"

"与其说是托前任班长之福，吾认为汝这位大爷可以光明正大炫耀是托自己之福。"

"是吗？"

"嗯，至少那个丫头绝对不是基于这个心态，引导吾等前往派出所……"忍在这时候扬起嘴角，露出不太凄怆的笑容说，"汝这位大爷，吾有秘计。"

"妙计？"

"嗯，吾为神机妙算忍，梦幻之联手演出。"

"以你的状况，真的可以套用在那个时代。"

而且我就是因为你的秘计才来到十一年前,先把这个无可撼动的现实处理一下。

求求你别保密。

麻烦提供原始码。

不过托她的福,我才有机会拯救八九寺,所以我不想过于追究。

"哎,所以说,我们无须在斑马线等候,既然知道八九寺家在何处,只要在八九寺家门口埋伏,等那个家伙要前往纲手家再跟踪即可。"

"为什么没搞笑!"

出乎意料的正常秘计,使我蛮横不讲理的吐槽爆发了,由于我双手交叉,只能以下巴压着忍的发旋转啊转,是一种特别的吐槽动作。

"只、只要跟踪,每、每当经过斑马线都提高警觉,就能防止她受害……"

忍似乎被按得很舒服,没有抗拒的样子,而是软绵绵笑眯眯继续说明。

"跟踪未成年少女,在旁人眼中当然很可疑……但这里是十一年前之时代,对这种诡异行径应该还很宽容。"

"嗯……"

诡异行径是吧?

哎,确实很诡异,却是妙计。

"若要更加确实保障那个迷路姑娘之安全,就趁她走出家门时全力袭击,做某些事情令她怕得躲在家里,使她明天一整天不敢离家,此种做法亦不错。"

"你说的某些行径是哪些行径?"

居然要我袭击。

即使是十一年前,我做出令小学生躲在家里的奇特行径,也肯定会被逮捕。

会被刚才的女警察逮捕。

"忍,如果迫不得已,这个方法并不是不可行。"

"原来并非不可行?"

"总之这是最后手段,在迫不得已的时候,我也下定决心背负犯罪污名,但是基本上,这种做法与其说太过火,不如说没有意义,并不是只要防止车祸发生就好,我想让八九寺活着见到住在纲手家的母亲。"

想见母亲。

这是八九寺的心愿。

也是她迷途十几年的理由。

"虽然要视那位女警察的年资而定,不过就她所说,纲手女士的独生女,应该没在去年或前年出车祸,十一年前的母亲节,果然是八九寺的忌日,所以我们果然是为此而来到这个时代,只要让八九寺明天见到母亲,她就会无怨无悔……即使后来出车祸也无怨无悔,毫无眷恋地迎接自己的死期。"

反过来说,即使能够在这个时候阻止车祸,如果她还是无法见到母亲,八九寺将来死亡之后依然会迷途。

她无法避免死亡。

这是无法撼动的命运与历史,既然这样,我们只能接受。

但是……

所以我想避免的,是接下来这十年的后果。

"确实,这么一来至少不会成为怪异,也就是说果然只能使用跟踪狂作战。"

"现在就给我更换作战名称。"

"那就叫运动鞋作战。"①

"运动鞋?为什么?"

---

① 跟踪狂(Stalker)与运动鞋(Sneaker)音近。

"运动鞋英文为'Sneaker',此字来自鬼鬼祟祟之'Sneaking',穿胶底运动鞋走路时不会发出声音,所以取这个名称。"

"原来这名字的来源么不正经……"

我低头看向双脚。

脚上正是运动鞋。

完了,我无法正眼看运动鞋了,看起来像是罪犯专用鞋。

这种鞋子真不适合我。

"好,那今晚早点睡,明天一大早就到八九寺家门口埋伏,那附近应该有电线杆能藏身吧?"

"总之,即使没有基站,至少也有电线杆吧,不过……"

忍的语气没有特别变化,但无须加上这个转折词,我就知道她会说出某些消极的话语,她就是洋溢着这种气息。

"汝这位大爷明白吗?"

"嗯?明白什么?如果是紧抱你的安心感,我当然非常明白,我在这层意义很感谢你。"

"在这层意义,汝这位大爷不用刻意道谢。"忍这么说,"吾在问汝这位大爷,是否明白此时拯救她之意义。"

"嗯?意义?这部分我们不是讨论很久了?不要老话重提了,并不会产生时光悖论的现象……"

"不,吾不是说时光悖论之问题。"

要是八九寺真宵没有化为怪异,要是迷牛不迷途,要是她没有迷路……

"汝这位大爷,将无法在十一年后见到那个丫头哦?"

"……"

"不会在母亲节那天遇见那个丫头,后续之快乐闲聊与谈天都会变得不存在哦?汝这位大爷……真的明白这一点?"

当然。

这种事,我当然明白。

012

我预定今晚学习忍野,在那栋补习班废墟过夜,但我的如意算盘落空。

不对,仔细想想,这种事显而易见。

十一年前的这个时代,补习班废墟还不是废墟,而且这家补习班——记得正确名字叫做"睿考塾"——甚至还不存在。

前往当地一看,就只是一片杂木林。

杂木林!

"伤脑筋……睡在这种树林里,不晓得会被虫子咬得多惨……不对,搞不好还有被野狗袭击的危险。"

"慢着,既然没有建筑物,就应该打消在此处过夜之念头吧?为什么只在这时候不懂变通?"

忍如此吐槽。

吐槽得好。

"不过,感觉还是有点奇怪……对我来说理所当然存在,讲得奇怪一点就是熟悉又亲近的那座废墟,如果恢复成新建物就算了,居然连盖都还没盖……"

换句话说,虽然不晓得正确日期,不过从这时候算起的不久之后,那栋四层楼建筑就会完工,成为某些孩子的校舍,接着因为经营惨淡而倒闭——此处将会面临这样的命运。

但是只看这片杂木林,不可能预料得到这种未来。

"连这里倒闭也是命运的一部分吧?总觉得啊……"

"人事物皆有过去,皆有往昔,正因如此才有现在,并且延续至未来,不就是这么回事吗?包括汝这位大爷与吾,这个定理从未改变。"

"好啦,既然这样该怎么办?我生性娇弱,在陌生或不习惯的地方会睡不着,我是那种换枕头就失眠的类型。"

"明明根本就没有枕头吧?"

"不,我觊觎你的大腿枕。"

"如果汝这位大爷想要,吾不会拒绝……"

原来不会拒绝。

真的不能随便对这个家伙开玩笑。

"而且,为什么生性娇弱之家伙会考虑睡杂木林?"

"说得也是。"

"这样根本不是娇弱(delicate),简直是删除键(delete key)。"

"这种比喻并不高明。"

不提这个,此处已经不是我所知道的地方了。

更正,是还没成为我所知道的地方。

"算了,以最坏的状况要我熬夜也行,真要问我是否想睡,其实我不太想睡。"

我是吸血鬼体质。

我现在的生物节律,与其说是普通模式更像简易模式,吸血鬼性质非常薄弱。

所以我的身体堪称是普通人,但恢复力与治疗力还是维持不错的数值。

基于这个原因,我其实不太需要以睡眠来"休息",我准备考试的进度很顺利,最大原因当然是受到羽川与战场原的熏陶,但我觉得能将部分睡眠时间用来读书,也是我的优势之一。

想到这里,就觉得这种做法像是使用禁药,难免对其他考生抱持罪恶感,但我也背负相应的风险,所以这件事暂且不提。

"我原本想等明天清晨再过去,但是趁今晚确认地点吧。"

"八九寺家?"

"不然还能是哪里？"

"没有啦，吾想说或许是要确认美仕唐纳滋之地点。"

"为什么这时候还妄想这种称心如意的事情……"

话说回来，这就不一定了。

在补习班连八字都没一撇的这个时代，那家甜甜圈店已经开了吗？

"顺便问一下，你不睡？"

"夜晚是吾之时间。"

"也对，不过这样的话，你明天白天不会困？"

"说得也是，不对，吾之睡眠偏向于兴趣或嗜好，努力一下就能醒着。"

"这样啊……"

"努力一下。"这四个字挺含糊的。

忍比任何人都随性，或许不会努力。

如果她能醒着，当然是一大助力，不过……

"总之以吾之状况，可以睡在汝这位大爷之影子里，可以趁夜晚多睡一会，等到明天再大显身手。"

"……"

看来她似乎跃跃欲试。

但我看不出她的心境。

"放心，没什么心境。"

忍对我露出笑容。

这张笑容怎么看都坏心眼。

"只是因为和汝这位大爷独处，令吾莫名回忆起春假，不禁就亢奋起来了。"

"这样啊……"

哎，也对。

忍潜藏在我的影子里，所以我必然觉得和她共同生活了好久，不过这种两人独处的状况，这种两人独处的"心境"，我也很怀念。

毕竟不只是和战场原或羽川的交流，学校有许多学生，回家也有妹妹们与父母。

即使我再怎么不擅长和他人相处，我也很难在物理层面独处。

所以没能两人独处。

对哦。

春假是吧……

我经常把春假那两周形容为地狱，但那个地狱并不是只有痛苦。

是的。

那段假期是令我痛苦难熬，只会满怀后悔回忆的一大要素，是如此惨痛的地狱。

即使如此，依然有一部分快乐的回忆。

确实包含这样的成分。

不幸不可能反转成为幸福。

但是那里除了不幸，还有幸福。

不是互为表里，而是各自独立。

"忍。"

"何事？"

"来接吻吧。"

"吾怎么可能答应！为何用这种初三女生之方式要求？"

忍瞪大眼睛。

金色的双眸。

"为什么？你刚才不就索吻了吗？"

"那真的是开玩笑！要是做这种事被发现，吾会被傲娇姑娘她们干掉吧？汝这位大爷或许忘了，吾现在基本上只是普通幼女啊？"

"慢着，但你不是打赢黑羽川了？"

"因为对方是怪异。"

"唔……"

这方面的强弱平衡好难懂。

比人类弱,却比怪异强?

好像猜拳。

但人类之间也是如此。

"这样啊,不要接吻?"

"不要,要也是百年后。"

忍这么说。

真有耐心。

这块嘴边肉也让我等太久了。

"我也搞不太懂你的基准……意思是不能放感情进去?那我刚才想接吻不是基于别的意义,只是西方社会的问候方式。"

"这种事和吾无关,何况接吻没有什么别的意义。"

忍说出这种意外纯情的意见。

唔。

看来是幌子。

"那么,总之出发吧,最好能在八九寺家附近找到睡觉的地方。"

"是啊。"

"最坏的状况下就和八九寺家打交道,留我们住一晚。"

"即使是吾亦知道不可能。"

后来,我们朝八九寺家前进。

按照女警察画给我们的地图,没有迷路。

不像十一年后的母亲节那样迷路。

母亲节——初遇八九寺的那一天。

要是我的尝试成功,"那一天"就不会来临。

我不晓得世界会如何修正,最后会如何符合逻辑……但我和八九寺的邂逅,我和八九寺的友情将变得不存在。

这样就能正确。

这样才是正确。

因为怪异原本就是"不存在"的东西，存在于世间才奇怪。

"忍，我想确认一件事，关于刚才的话题，我成功拯救八九寺之后，会完全忘记八九寺吗？"

"天晓得，吾不知道。"

"居然说不知道……真不负责任。"

"吾没有责任。"

忍如此断言。

这丫头居然有脸讲这种话。

"不要凡事都问吾，吾亦是首次进行时光穿梭。"

"时光穿梭……"

这是崭新又奇怪的形容方式。

应该说老套。

"总之照常理推测，未曾遇见那名少女却有记忆，这样很不自然吧？"

"慢着，你断言不会发生时光悖论，但如果是这种状况呢？要是我忘记八九寺，我当然不会想拯救八九寺，换句话说就没办法拯救八九寺吧？"

这套理论反复打转好复杂，但我觉得应该是这么回事，那我即将进行的计划，不就全部徒劳无功？

"要是时光悖论无论如何都不会发生，汝这位大爷就得做好心理准备，或许接下来再怎么努力，再怎么进行不是徒劳之努力，都救不了那个迷路姑娘。"

忍这么说。

她正搂着我的脖子（忘了说，照例是那种无尾熊抱法，她似乎喜欢这个姿势）。

"吾觉得不能挫汝这位大爷之气势所以一直没说，要是命运之强制力有在运作，应该就是这么回事，毕竟这个时代之迷路姑娘不是怪异,而是人类,即使汝这位大爷再怎么想拯救,努力带那个家伙前往母亲家,也会遭遇某种阻碍无法成功,吾想过这种可能性。"

"这样啊……"

"嗯?怎么了?"

"没事,我只是下定决心了,换句话说,如果无论如何都会这样……"

我说出自己的结论。

"只要造成时光悖论就行吧?"

既然任何事物都会改变,那我连命运也要改变。

013

八九寺家没有值得一提的特征,是先建后售的独栋住宅,总之八九寺这个姓氏不常见,因此这里不可能是同姓的别人家。

我们抵达时已经是深夜(我刚才发下豪言壮语,但最后还是迷路),这个住宅区如今鸦雀无声。

每一户人家都没有开灯。

只有路灯散发耀眼光辉。

"可以的话,我想在今晚确认八九寺的身影,可惜为时已晚。"

"嗯,既然屋内没灯光,代表迷路姑娘和她父亲都睡了,话说他们是父女俩相依为命吧?"

"是啊,她没有兄弟姐妹,我也没听她说过父亲再婚……或许只是没听她说过,但如果是这种状况,她没告诉我才奇怪。"

这样会不合逻辑。

姑且也有别的可能性,就是他们家有爷爷奶奶三代同堂,但即使如此也无妨。

"我认为家里只有他们父女两人，总之，万一父亲再婚，而且再婚对象有孩子，这个孩子又和八九寺年纪相近，我也不可能把八九寺认错。"

"即使两人像得如同双胞胎？"

"这就……"

"应该只是吾想太多，但无论是百万或千万分之一，提防所有可能发生之状况绝对没坏处，毕竟不晓得会遭遇何种阻挠。"

忍这么说。

忍自己应该不相信这种微乎其微的可能性，但她不得不对我如此忠告。

对于成为现在状态的她来说，这种可能微乎其微。

简直是奇迹。

"OK，今晚就思考这件事打发时间，专心检讨所有可能性吧，忍，几点了？"

"唔……"

忍看向右手的手表，男用手表和忍娇细的手腕完全不合，与其说手表不如说是手镯。

"十一点，PM。"

"嗯。"

"这个时代之7-11大概打烊了。"

"这里的年代没那么早。"

"顺带一提，在一般观念中，7-11如同吾现在所说，是因为刚开始是早晨七点开店、晚间十一点打烊，所以取名为'7-11'，不过汝这位大爷知道这其实是后来追加之设定吗？"

"啊？"

"其实这个名字，来自创始人们当时组织之足球队队名，因此刚开始那五年，第一个字之拼音并非Seven。"

"哇，原来是这样！"

我不知道这件事!

原来如此,是足球队的队名啊!

既然这样,原本的拼音是什么意思?

"不过,这是吾胡诌的。"

"为什么要说这种谎!"

"就知道汝这位大爷会上当。"

"不准用测试当理由骗我!"

总之,现在是十一点。

只是确认一下现在的时间,为什么非得用掉一页篇幅?就是因为这样,羽川才会威胁到我的叙事者地位。

必须随时提醒自己要无恙推进剧情。

"话说回来,'无恙'看起来完全不像实际语意,会觉得是'无心'之意思。"

"所以说,不要动不动就对字词起反应,这样花多少页篇幅都讲不完,我想想,总不能一直呆呆站在这里……"

附近有电线杆。

而且是适合藏身的电线杆。

气派到令人以为有神明的电线杆(这是影射日本神明都以"柱"来计算,这是单位笑话,我只是试着说说看,这种笑话难懂又不好笑,甚至有轻率的感觉)。

但我当然不想在这里站岗整晚。

从周围环境来看,待一晚应该不成问题,但是这个住宅区漆黑幽静,似乎不太适合盯梢,这是气氛问题。

若是有点纷乱的感觉就好了。

是的。

最好有那种……妖怪可能现身的纷乱感觉。

"那就按照预定找地方睡吧。"

我为求谨慎,再度确认八九寺家的位置,走到门牌前面再三确认之后离开现场。

就这么抱着忍。

慢着,一直抱着她到现在,我不可能感觉不到重量哦?

"不过,肋骨摩擦胸口的这种触感,令我感觉不到重量……"

"汝这位大爷把人类不该有之真心话完全泄漏出来喽。"

"唔,危险危险,在现代不能说这种话。"

"在江户时代亦不能说这种话。"

"那个时代不是结婚年龄低到夸张吗?还会把小男孩叫成'稚儿'。"

"还好啦。"忍一脸正经点头回应,"亦即不同时代有不同之常识。"

"附近有浪白公园那种规模的公园就好了,要是能够不造成他人困扰,应该说不造成他人反感就顺利过夜是最好的。"

"嗯,总之以吸血鬼之立场,塞在道路侧沟睡觉,感觉很像是躺在棺材里,还算是颇能推荐,但如果送报小哥看到这幅光景,会从一大早就心情不悦,汝这位大爷也会过意不去,是这个意思吧?"

"是啊。"

我很高兴你能理解人类社会的世故常理,不过"塞在道路侧沟睡觉"是人类绝对想不到的点子。

名副其实的夹缝型构想。

很遗憾,八九寺家附近没有这种公园,或许有,但不是当地人的我们找不到(早知道应该预料到这一点,先向那位女警察打听),在我们总算找到符合内心条件的公园时,已经超过深夜十二点了。

也就是进入关键之日——母亲节。

"小忍的杂学专栏!知道吗?其实父亲节比母亲节早!"

"我提出质疑。"

"啧,被发现了。"

总之,或许是因为我们进行这种对话(也就是"小忍的伪杂学专

139

栏"）而浪费更多时间，实际上，我们离八九寺家不太远。

要是能使用手机的 GPS 功能，就可以确认现在的位置。我们经常随口提到昔日生活多美好，但是像这样真的来到十一年前，就发现各方面果然很不方便。

昔日生活并没有那么美好，这是当然的。

虽然这么说，却也确实并非尽是坏事。

这座公园（和浪白公园不同，是名字很好念的公园）有许多游乐器材，是如今从日本各地撤除的各种令人怀念的游乐器材。

唔哇！是那种会旋转的设施。

原来如此，这个外形看起来确实危险。

"天啊，我兴奋起来了，忍，来荡秋千吧，比赛谁能把鞋子踢比较远！"

"就是因为有人做出这种事，这个器材才会从日本各地撤除吧？"

看到公园游乐器材而兴奋的高三生，被外表八岁的幼女训诫。

总之，半夜在公园玩真的会有人报警，即使忍愿意配合，还是别这么做比较好。

"啊！不过我好想玩单杠的后翻上杠，小学之后就没玩过了，现在舔单杠还是有血味吗？"

"血味？"

忍双眼发亮。

似乎触动吸血鬼的心弦了。

搞不懂什么东西会让她感兴趣。

"对哦，血含有铁质……既然这样，吾空腹时亦可以大口吃铁活下去。"

"这种撑场面的方式也太严苛了……"

我觉得喝水都比较像吸血。

应该吧。

总之，我们当然不会笨到在公园玩得忘我，不过在这种状况下，有许多游乐器材的公园救了我们。

因为我们可以躺在模仿水管的游乐器材里，也就是在能够遮风避雨的状态下过夜。

"不过里面好窄，身体贴在一起了，完全不知道究竟吾是汝这位大爷之被子，还是汝这位大爷是吾之被子。"

"都不是，如果嫌窄，你回到我影子里不就好了？"

"别说得如此冷淡，让吾也感受一下汝这位大爷之肋骨吧。"

"……"

怎么回事？

总之，在六百岁的忍眼中，十八岁的我或许属于男童的领域。

我的锁骨与肋骨陷入天大危机。

我被觊觎了！

类似这样。

设定手机闹钟（手机依然是现代时间，我是计算小时数后设定闹钟）之后，我们就为了明天而就寝。

吸血鬼忍必须日夜颠倒，我对此感到过意不去，但我还是希望她明天能陪我说话。

014

"哪睡得着啊！"

我随着这声大喊清醒。

比手机闹钟设定的时间早三十分钟。

忍也连带一起清醒，应该说被我吓醒。

"怎、怎么回事，汝这位大爷……怎么了？"

"没事，抱歉抱歉……"

我背痛到不禁这样大喊着起床。

居然庆幸这个时代还没撤掉游乐器材，我也太伤感了，即使是在补习班废墟和千石与神原一起睡的时候，我也没有像这样全身酸痛。

春假时，我是真正的吸血鬼，所以完全没在意这种事⋯⋯天啊，忍野太扯了，或许任何人只要流浪久了，都会习惯睡这么硬的床。

应该说，我选择睡在水泥管就是一大败笔，不只是硬，重点在于这是圆形构造。

之所以向往睡在水泥管里，我认为基本原因是哆啦A梦，既然这样，就可以拐弯抹角怪罪到哆啦A梦。

可恶的哆啦A梦。

"小心，你还好吗？"

"'小心'这绰号大概来自心啦A梦，但这样听起来像是普通日本小孩之名，何况真要说的话，吾比较像是小雄。"

"所以，还好吗？"

"嗯，吾没事。"忍如此回答。

嗯，忍即使失去吸血鬼性质，原本依然是吸血鬼，能从容应付这种严苛的环境。

"不不不，吾不是那个意思，吾到头来根本没合眼。"

"啊？为什么？因为没办法日夜颠倒？"

"不，并非如此，是因为汝这位大爷睡得很不舒服紧抱着吾，吾才没睡。"

"⋯⋯"

我真的把你当成抱枕？还是被子？

"汝这位大爷一直把吾肋骨当成刮葫演奏，还喊着'羽川！羽川！小羽川！'这种梦话哦！"

"这是假的！"

什么？

"总之，来到过去世界应该会感到不安吧，吾认为这也在所难免，就让汝这位大爷撒娇了。"

"绝对是假的！"

如果是真的，我对你、羽川与战场原道歉再多次也不够！

我这角色差劲透顶，干脆明天死掉算了！

"呼，但我今天非得活着，因为我必须在今天母亲节拯救八九寺。"

"说得如此帅气是怎样，想当成搞笑带过？开什么玩笑，吾之肋骨清楚留下汝这位大爷之手印，来，自己看。"

"很可惜这是小说，所以无法确认！"

"加入插图即可。"

"什么？你是说加入大幅拉起连衣裙给人看的插图？"

"画风是 iPad 版之爱丽丝梦游仙境。"

"也就是会动又能摸？"

"可以用指头掀吾之连衣裙。"

"真下流……好啦，换个心情到八九寺家吧，不用吃早餐也没关系吧？你也忍着点，回到现代我再请你吃甜甜圈。"

"慢着，就说不准擅自更换话题了，别以为凡事只要拿出甜甜圈之名都可以含糊带过，汝这位大爷要请吾吃甜甜圈当成穿越时空之报酬，这早已是既定事项。"

"唔……"

"若要湮灭这个手印，就得请吾吃安东南德。"

"你为什么会知道这家比美仕唐纳滋高级的店……"

谁告诉你的？

无论是过去还是现代，我住的城镇都没有这种店，今后也不会有。

"这种立刻就消失的手印，没办法成为物证。"

"那就用汝这位大爷之手机拍下来当成物证。"

"要是我手机存了这种照片，用不着当成物证，羽川就会和我断交，战场原也会要求和我分手。"

"而且那个女警察会逮捕汝这位大爷。"

"那个人在现代还在当警察吗……"

这样的话，或许可以在那边的世界再会。

人的缘分很奇妙。

"不过，对手机拍照功能习以为常的吸血鬼，大概只有你一个了。"

"而且汝将吾这个吸血鬼之肋骨……"

"对不起，真的很抱歉，拜托别再提这个话题了！"

我对此完全没印象，不过考虑到水泥管里的难睡程度，我有可能因为睡不好而做出这种事，我到最后无法相信自己，正面向忍谢罪。

"总之，既然汝这位大爷会请吾吃大量甜甜圈，而且保证每天都会如此，那么吾亦不打算抱持仇视心态。"

忍一脸满足的表情。

光看她这样，会觉得自己被巧妙陷害了。

毕竟手印这种东西，她自己也能伪造。

"算了……既然刚才可能尽情享受过忍的肋骨，我就以此换得幸福的心情吧。"

"真是乐观之家伙……"

我们爬出水泥管。

今天和昨天一样是晴天。

我这时候说的昨天，是十一年前的昨天。

下雨可以降低跟踪的难度（雨会遮掩声音与身影，而且撑伞会懒得确认身后），我多少有点期待，实际上却没这么顺心如意。

毕竟八九寺也没提到这天是雨天。

我与忍在公园广场做暖身操，放松僵硬的身体（我不晓得忍是否需要做暖身操，但她配合我一起做了），然后前往八九寺家。

现在时间是早上八点。

这时间应该不错。

我在睡觉时没想这件事，但当我们躲在电线杆后面执行监视八九寺的任务时，可能产生的问题，还是在于我们的可疑程度。

即使这个时代法治宽松，要是盯梢太久，附近的善良居民很可能前来搭话。

考量到今天是周日，八九寺应该是在上午出门，但她的个性难以捉摸。

或许出乎意料地在下午五点才出发。

毕竟她说过背包里是过夜用的日用品，所以可能是进行晚出早归的过夜计划。

那个丫头不可能表现出"待太久会造成困扰"这种莫名其妙的贴心。

"真是麻烦的家伙，死掉算了。"

"维持原状不就是死了？"

我们照例拌嘴，却在这方面确实拟定对策。

即使盯梢数小时，也不会被附近居民搭话的对策，就是我给忍喂血。

让她吸我的血。

并不是因为接下来要面临打斗场面，我做出这种就某方面来说算是惯例的行径，是因为喂血能提高我与忍的吸血鬼特性，她的外观也会因而变化。

实际上，要不要变化全看忍的意愿，视她的兴致而定，正因如此，我希望忍的外形能稍做变化。

她现在像是八岁小学生，至少要让她成为约十三岁的初中生。

按照我们现在的目的，其实最好是让她一鼓作气化为成人，但要是如此接近"原本的形态",我与忍都会无法承受阳光。

身体会着火。

至少会严重灼伤。

必须留下人类的特性。

得像个受到阳光恩惠而活的人类。

"咦?所以成为初中生有何意义?话说在前面,即使在世人眼中像是和初中生打交道,但汝这位大爷依然看起来可疑啊?"

"慢着,不是这个原因。"

忍说得没错,高三学生和初一学生交往,恐怕也会遭受强烈批判,但她错了,我并不是为了这种目的。

我并不是想用忍享受各种年龄的乐趣。

"还记得昨天那些女初中生吗?"

"忘了。"

"给我想起来!"

"啊啊,那些家伙?原来如此,吾明白汝这位大爷之企图了。"

"哦哦,忍,你挺聪明的。"

我觉得她绝对不明白,但还是催促她说明。

我与忍都是过于依赖兴致行事。

"换句话说,汝这位大爷和那群女初中生交谈之后,被女初中生之魅力点醒。"

"说了不是了!"

"所以汝这位大爷回到现代,首先会做的就是造访刘海姑娘家……不对,用不着这么做,汝这位大爷家里就有两尊初中生妹妹。"

"不准用'尊'当成妹妹的单位。"

而且千石就算了,要是觉得妹妹有魅力会很不妙。

"'千石就算了'是吧……"

"嗯?啊!是啊,毕竟她才初二,话说最近她有时候看起来莫名成熟……"

"所以那个家伙之行为，意外地逐渐产生效果中吗……"

"你说的'那个家伙'是谁？听起来好像最终大魔王……难道是贝木？"

"不，没事，吾不想提及，所以回归正题，把吾变成初中生有何意义？让吾想起那群女初中生有何意义？"

"所以说，如果是带着幼女外形的你，路人就容易以此当成理由前来搭话，但我希望你能陪我一起盯梢，所以聪明的历哥哥就想到一个点子，只要你成长到初中生程度，你外表的美丽要素就胜于可爱要素，洋溢出难以靠近的高贵气息，令人惶恐不敢前来搭话，是一位让任何人着迷的妖艳美女。"

"……"

咦？

我只是说理所当然的事，初中生忍怎么脸红了？

怎么回事，身体不舒服？

取回吸血鬼特性之后，太阳果然是强敌？

我觉得成长五岁应该不成问题啊……

"没事吗？"

"嗯？嗯嗯？啊、啊啊，没事，好、好了，继续说吧，更加称赞吾吧！"

"啊？慢着，我并不是在称赞你……那个，所以说，如果是和幼女外形的你在一起，路人就容易前来搭话，但如果是和初中生外形的你在一起，即使同样引人起疑，我觉得他们只会远远观察，不敢主动搭话。"

"不敢主动搭话？为什么为什么？"

"没有为什么啊，因为你太美丽……"

"具、具体来说是哪里美丽？"

"啊？应该说是整体吧，像是轻盈柔顺的金发、细致光滑的肌肤，眼型与唇型即使留着稚气却完美无瑕，四肢长度与比例也堪称无懈可击，如果达芬奇活在现代，他想画的肯定不是蒙娜丽莎，而是你。"

"死相！"

被踢了。

被忍以吸血鬼之力踢了。

我也化为吸血鬼，所以应该相互抗衡不会太痛才对，我却重创到仰躺倒地。

她这一脚的力道到底多认真？

怎么回事，她在生气？

"咦？我说错了什么吗？"

"没有没有，汝这位大爷完——全——没说错，好了好了，既然汝这位大爷这么说，吾当然不介意帮这个忙，由吾提供强力协助吧！"

起身一看，初中生忍的服装从标准款式产生变化，忍只要取回此等力量，就能随心所欲"调整"名为服装的"现实"。

她这次更换的服装，完全就是昨天遇见的女初中生们的制服。

和千石一样的连身款式，也就是我初中母校的制服。

唔哇，这是什么超稀有卡片？

忍的制服打扮……

"这样他人就比较不敢搭话吧？而且在这个国家，制服等于是身份之保证。"

"啊、啊啊，确实没错。"

我并不是没想到这一点。

但我认为忍像是《恋爱班长》的女主角一样，相当执着于时尚造型，不会穿学校制服这种许多人在穿的衣服，所以这个提议我没说出口就自行驳回。

忍居然主动表现出如此合作的态度……我明明没用甜甜圈当诱饵，究竟是什么原因让她心情变好？

搞不懂。

真神秘，不可思议。

要是知道真相，就非常有利于今后和忍建立良好关系了。

"不然，要不要也帮汝这位大爷准备一套制服？"

"啊——那就麻烦你了。"

恭敬不如从命。

光是穿制服就能降低可疑程度，这个国家在这方面的观念从十一年前就没变，令我觉得有点不安。

我请忍制作直江津高中的男生制服，再度钻进水泥管换装，这么一来，我们就是正要前往补习班的男高中生以及留学的女初中生，怎么看都没有可疑之处。

顺带一提，忍在我换装的时候，不知为何模仿起当年的羽川，进一步更换为两条麻花辫加眼镜的造型，或许是想打造认真学生的形象。

仔细想想，根本不知道高中生与初中生会基于何种理由走在一起，但我们预先说好，万一还是有人搭话，就以忍寄宿我家为借口强行解释。做好准备的我们，就这样再度来到八九寺家门前。

虽然没有指定位置，但我们还是自然站在电线杆旁边开始盯梢。昨天小羽川拿来扔我之后忘记拿的书，我就这么捡起来带在身上，因此在这时候拿给忍看（她变成奇怪的文学少女）。

我则是假装在玩手机（这个时代没有这种造型的手机，正因如此，我看起来像是在打电玩的高中生）。

我们等待八九寺走出家门。

等待着背起大大的背包，肯定满怀不安与期待情绪准备造访母亲家的八九寺真宵。

放心，依照我的判断，她肯定会在上午出发，我们不用等太久。

恐怕不用等三十分钟，我就会见到她。

见到生前的八九寺真宵。

015

"怎么没出门！"

我在刚过上午十一点时放声大喊。

明明刚换手机，却差点气得把手机摔到地上。

"那家伙到底要我等多久啊！"

"汝这位大爷不适合盯梢，现在才经过数小时。"

"话是这么说……有必要的话，我确实不惜盯梢十小时，就算这样，按照八九寺的说法，我不免觉得应该是上午……"

正如预料，制服历加初中生忍的组合，没有人前来搭话，金发美少女忍免不了引起注目，但路人只是不时偷看我们，没有停下脚步注视。

或许麻花辫出乎意料地有效。

毕竟金发麻花辫看起来就非比寻常。

我个人觉得这个造型还不错。

但是为了让忍变装（变身？），我与忍的吸血鬼特性都提升了，所以果然难以忍受阳光，明明实际时间是五月，不可能过于闷热，却有种关在桑拿房的感觉。

忍看起来面不改色，但她肯定很难受。

总觉得忍好可怜，我似乎想得太简单了，不应该让忍变装。我内心并非没有这种悔意，但现在后悔这种事也没用。

毕竟先人说过，与其不做而后悔，不如做了再后悔，仔细想想，这句话相当不负责任，到头来应该是别做后悔的事情才对。

总之，事到如今就是比耐性。

和八九寺真宵比耐性。

就下定决心杵在这里,不惜等到明天吧!

"两位同学,请教一下。"

就在我重新下定决心的下一秒,某人向我们搭话。

由于完全出乎意料,而且我认定今天应该不会有人搭话,所以这时候的惊吓程度可想而知。

"呃、啊,在。"

我勉强挤出声音回应。

全力佯装若无其事。

忍依照事前的结论,假装成听不太懂日文的留学生继续看书。

后来仔细想想,她看的是日文书(英文著作《梅溪河岸》的日文译本),所以这种蒙混方式有矛盾。

"哎呀哎呀,怎么了?找我们这两个毫不可疑的人有什么事?"

我随口如此回应。

咬字清晰到不必要的程度。

我在演舞台剧?

"想听我解释我们多么不可疑?明白了,请容我做个说明,我们当然不是什么吸血鬼,只是容易出汗而已。"

"慢着……这种事无所谓。"

眼前的壮年男性看起来很焦急,不知所措。

似乎完全没察觉我与忍多么可疑。

"两位看到过我女儿吗?"他如此询问,"我女儿小学五年级……绑两条马尾,应该背着一个很大的背包……"

"……"

我瞬间移动视线看向八九寺家,发现外门与玄关门完全开启。

似乎有人从里面冲出来。

慢着,现在不应该形容得这么含糊,不应该假装自己是考量所有可能性的智者,从屋内冲出来的明显是这位伯父。

这位伯父是八九寺家的人。

而且，他在寻找的小学五年级女孩，应该是八九寺真宵。

"呃……不，没看到。"

我内心的动摇程度，和眼前的伯父没什么两样，但我还是尽量掩饰避免显露于言表，维持平静的态度回应。

何况虽说是掩饰，但我真的没看到。

明明一直在这里盯梢却没看到。

"那位女孩怎么了？"

"她、她是我女儿……"伯父转身看着自家继续说，"她似乎离家出走……以为她迟迟没起床，到房间一看，她只留了一张字条，按照内文，似乎是清晨五点左右离家的。"

"八九寺！"

我不由得大喊她的姓氏。

这位伯父——八九寺先生大概以为我在叫他而吓一跳，但我无暇在意他的反应。

"那个家伙到底怎么回事！"

居然在清晨五点出发？

是要出海捕鱼吗！

完全没想过会造成对方的困扰！

满脑子只想尽可能待在母亲家！

八九寺真宵，这女孩在生前就不按常理出牌。

016

我建议八九寺先生先冷静下来，他应该也不想被我这个素昧平生的高中生如此劝诫，但他惊慌失措到必须依靠我这个素昧平生的高中生，我不能扔着他不管。他不可能知道我们从早上九点就在这里监视他家，一看到我们就前来询问女儿下落，由此只能判断他极度失常，一个不小心恐怕会造成某些意外。

总之我向他提出忠告，可以先打电话给女儿的朋友问问看。

不切实际的忠告。

即使我觉得八九寺肯定是去找母亲，也不能建议他联络离婚的妻子家。

不能让他怀疑我。

仔细想想，今天是母亲节，就算我不说，他应该也想得到女儿是去找母亲。

"说、说得也是……我告辞了。"

八九寺先生说完就回家了。

先不提玄关门，但他连外门都没关。

我目送他进屋，然后奔跑。

将忍抱在腋下全速冲刺。

"混账！早知道再怎么引人起疑，也应该通宵躲在那根电线杆后面！"

"与其这么说，或许这亦为命运之强制力，吾即使嘴里唠叨，依然觉得应该能将丫头之忌日延至明日，然而看起来，她果然命中注定非得在今日车祸丧命不可。"

抱在腋下的忍，不知何时已经恢复为幼女外形，似乎是考虑到这样比较好抱。我见状把她从腋下扛到背上，改为最基本的背小孩姿势。

并且将身体往前倾。

这样受到的空气阻力比较小。

而且我处于吸血鬼模式，身体能力全面大幅提升，我原本不想把能力用在这种地方，但这次堪称不幸中的大幸。

现在的我，跑一百米不用五秒。

然而——

我心里很清楚，即使用这种速度，我也追不上六小时前就离家的八九寺，从八九寺家走到纲手家不用一小时。

即使考虑到是孩子的行走速度，依然来不及。

她很有可能已经出车祸。

来不及。

除非回溯时光。

"这是什么命运！我哪能认同这种命运！"

"汝这位大爷，话说在前面，即使失败，也别以游戏世代之观念想回溯时光重来一次，若汝这位大爷坚持要这么做亦无妨，但穿越时空可能再度失败，最坏的状况，即使并非回到五亿年前，也可能穿越到恐龙时代再也回不来。"

"这我知道……"

这种机会不可能有好几次，天底下没这种好事。

这是仅此一次的奇迹。

不是加分关，只是游戏里偶发的臭虫。

不可能重现。

"可恶！"

所以我明知来不及，依然没有停下脚步，继续全速奔跑。

途中，我想到八九寺的父亲。

父亲。

离婚之后甚至无视法律，不让八九寺和母亲见面，在家里也从来没提到母亲，试着让八九寺忘记母亲，他是这样的父亲。

该怎么说，我从八九寺的前述说法，想象她的父亲如同凶神恶煞一般，然而这位父亲发现女儿"离家出走"而慌乱的样子，和我的想象毫无共通点。

很普通。

他只是一位普通的父亲。

原来如此。

那就是父亲。

父亲是如此担心女儿,甚至不怕他人见笑。

怎么回事,有种不可思议的感觉。

真要说的话,我心情上是站在母亲纲手女士这边,八九寺先生则是敌人,是撕裂八九寺与母亲关系的坏蛋。

然而现在,我也想为他拯救八九寺的生命。

即使只有一两天也好,甚至几分钟也好,我想让他和女儿共度更长的时间。

"汝这位大爷!"

要不是忍如此大喊并勒住我的脖子,我肯定会看漏。

这时候的我正察觉到一个事实,只要在转弯时巧妙调整角度,忍的肋骨就会恰好摩擦我的背,就像是用不求人抓痒一样舒服。

进一步来说,我旁边是那座公园。

浪白公园。

这时候的我,正头也不回地经过八九寺家与纲手家路径上的浪白公园。

忍从后方勒住我的脖子,就这么把头往右扭,强制移动我的视线。

我因而发现有一名少女正若有所思地看着浪白公园设置的住宅区地图导览板。

一名少女。

绑着双马尾,背着大大的背包,外型令人联想到蜗牛。

莫名洋溢着哀戚的气氛。

可爱的女孩。

"……"

我想刹车却失败了。

自然而然地跌倒。

我正以人类不可能达到的速度奔跑,因此我跌倒的样子简直像是出车祸。

　　运动细胞大幅提升的忍，在我跌倒之前就跳起来分离，如同表演月面空翻一样，在空中翻好几圈之后有惊无险地着地（不对，有够危险），我不会觉得她这样很冷漠，也不会认为她除了勒脖子，肯定有其他方式让我停下脚步。

　　何况我现在化为吸血鬼，跌倒造成的擦伤转眼就会痊愈。

　　"忍，往这里。"

　　我压低声音，明明距离这么远不可能被八九寺听到，依然小心翼翼牵着忍。八九寺附近没有能藏身的地方，因此我们这次躲到树后。

　　一会儿躲电线杆后面，一会儿躲树后面，今天的我真忙。

　　"忍，贴紧一点，不然会被发现。"

　　"收到，肋骨肋骨。"

　　忍像是念着诡异的咒语，和我紧贴在一起。

　　"是她……没错吗？吾是条件反射地阻止汝这位大爷前进，但是老实说，吾几乎无法辨别他人。"她这么说，"仅以她背上之巨大背包判断。"

　　"总之，那并不是女孩会背的大背包。"

　　特征很明显。

　　为了以防万一，我想象自己是忍者，从树后再度确认这名少女，彼此距离很远，但是这种事丝毫不造成影响。

　　并不是基于我对八九寺的情感，而是我的视力在物理层面，不，在非物理层面提升到夸张的程度，这是化为吸血鬼的影响。

　　现在的我，甚至可以分辨一公里外幼女上衣的花样。

　　"需要强调是幼女吗？"

　　"我只是举个浅显易懂的例子。"

　　"确实浅显易懂，一下子就能明白汝这位大爷之人性……更正，怪异性。"

　　我将忍这番话当成耳边风，确认那个女孩是八九寺。

"……"

该怎么说,虽然理应如此,但她和我十一年后遇见的八九寺一模一样。

毫无差别。

即使如此,我依然觉得活着的八九寺和死去的八九寺,在某方面有所差异。

或许正是生与死的差异。

"我原本以为,她很可能是已经出车祸化为怪异的八九寺……"我看着专注审视住宅区地图,不知为何以夸张动作摇头的八九寺,并且对忍述说想法,"看起来应该不是,该怎么说,虽然很难形容,但她充满生气。"

"嗯,总之,吾同意。"

忍如此回应。

既然她这个能将怪异转换为能量的怪异杀手这么说,那就应该没错。

"毕竟影子与轮廓都不是蜗牛形状。"

"那是动画版的呈现手法。"

"但有件事无法理解,那个清晨五点出发之丫头,为何还在这座公园闲晃?"

"她应该不是在闲晃吧……"

"她已经出发六小时……不,甚至更久了啊?"

忍看着手表这么说。

她的表情堪称险恶,似乎真的无法理解原因。

"说到清晨五点,刚好是汝这位大爷最专注演奏吾肋骨之时间,大概是副歌之独奏部分。"

"你应该有其他更好的形容方式。"

"说到六小时,大概是汝这位大爷清醒之前,弹奏吾肋骨之总小时数。"

"如果这是真的,你的肋骨不要紧吗?"

不会只以手印了事吧?

如同吉他会断弦,弹断肋骨也不奇怪。

"喀喀喀,好夸张的合约手印。"

"这种比喻并不高明。"我说完回答忍的疑问,"这只是我的推测……"

"嗯?"

"她应该是迷路了,毕竟她说过,这是她打从出生第一次出远门……"

我们确实预先考量到八九寺可能迷路,却终究没想到会迷路到这种程度。

不过,这应该要解释为幸运。

这份幸运拯救了我们。

我想拯救八九寺,却觉得自己得救。

"……"

八九寺看着写有纲手家地址的便条纸,反复审视住宅区地图,这一幕令我不禁感到似曾相识。

那张便条纸,她拿给我看过。

就在母亲节那天。

我不禁回想起初遇八九寺的那一天,而且到目前为止,这一幕并非幻视,是十一年后发生的现实。

接下来,必须将这一幕改变为真正的幻视。

由我亲手改变。

"我回想起来了……当时就像那样不知所措,我温柔地上前询问,并且带她前往纲手女士家……"

"汝这位大爷最重要之记忆出错喽。"

"你怎么知道?"

当时的你肯定还抱着双腿坐在补习班废墟。

难道是我的记忆也经过影子传给你了？

这样的话，我不就连一丁点的隐私都没有了？

"放心，即使是我，不，正因为是我，所以绝不会在这种严肃场面重蹈覆辙。"

"是哦……"

"我不会动用暴力。"

我说完之后，思考接下来该怎么做。

要慎重以对。

慢慢想吧。

按照当初的预定，我要在八九寺前往纲手女士家的途中低调跟踪，过马路时低调站在她的身旁，正如字面所述如影随形，也就是把自己当成生手特务，但保护对象八九寺自己迷路到这种程度，我非得更换方针不可。

搞不好用掉今天一整天，八九寺也走不到纲手家。

"唔，我有点子了。"

我决定今后的方针了，应该说在我颇为苦恼时就寻得了方针。

重点只在我是否下定决心。

我从树后现身，走向住宅区地图导览板，也就是八九寺的方向。

"打算怎么做？"

"没怎么做，我要带她到纲手女士家。"

"什么？要和她接触？"

"这也没办法吧，要是她继续迷路到处乱晃，出车祸的概率会暴增，我这么做有什么问题吗？"

"应该没有，吾没有建言，亦没有忠告，但真要说的话，以防万一别自报姓名，毕竟这个时代亦有阿良良木历。"

"好，既然这样，总之就叫我肌肉绪方吧。"

"居然对肌肉有强烈憧憬，汝这位大爷之嗜好，正逐渐进入常人无法理解之领域。"

别说进入，甚至有可能超越。

真恐怖。

总之，要和不认识我的八九寺见面，令我非常紧张，但我已经有过一次经验，肯定能表现得更好。

我当然不会使用暴力，还要好好为她带路。

请各位对成长的我拭目以待。

后来我避免发出脚步声（？），蹑手蹑脚（？）避免对方发现，小心翼翼（！）接近到八九寺身后。

幸好八九寺全神贯注，反复看着导览板与手上的便条纸却难以理解而混乱至极，因此没有察觉到我。

我就这么从八九寺身后，全力掀起她的裙子。

裙子盖住她的背包与上半身。

"呀啊！"

八九寺当然放声尖叫。

这声尖叫听起来莫名怀念，但八九寺就这么头也不回全速冲刺。

小朋友的冲刺。

虽然这么说，她的脚程看起来远胜全国小学五年级学生的平均水准。

"啊！糟糕！"

"这不只是糟糕之程度吧？"

"可恶！居然这样！如果以漫画来比喻，我根本是《城市猎人》的冴羽獠吧！"

"讲得这么好听，真要说比较像是《福星小子》之诸星当吧？"

忍如此吐槽，她似乎偏袒小学馆。

"话说，请不要把接下来这番话解释为批判，但吾认为冴羽獠这名字，中二程度无与伦比。"

"这句话除了批判还能怎么解释……混账！这就是所谓的历史强制力吗？只要我想拯救八九寺，肯定会受到阻挠！"

"刚才那只是自作自受……"

我无视忍过于中肯的吐槽,始终诅咒着无情的命运。

我追着八九寺。

八九寺跑得再快,也不可能超越吸血鬼的脚程,我转眼就看到她的背影。

我预测会在刚离开公园的时候追到她,总之得先追上她,解释我不是可疑人物。

这个说服工作很辛苦。

不对,等一下,我掀裙子的时候,八九寺头也不回就一溜烟跑掉,肯定没看到我的长相,那我只要想办法绕到前方伪装成他人登场,或许就能挽回刚才的过错。

我打着这个算盘,稍微放慢脚步。

"啊……"

就在这时候,出乎预料的事情发生了。

冲出公园的八九寺,维持原速跑到马路上。

是斑马线。

然而,现在是红灯。

红色。

停止的颜色。

就在这时候,一辆卡车毫不减速地疾驰而来。

017

漫画里经常有这种剧情。

车子即将撞上孩子或猫狗的时候,剧中角色冲到路上,单手推开对方,自己则被车撞到。

我比现在稍微年幼的时候，对于这种自我牺牲的实践，这种包含英雄要素的奉献事迹，总是抱持感动的心情欣赏，不过升上高中之后，终究觉得这种行径在物理层面不可能做得到。

实际上，即使是一瞬间，也不可能有人跑得比车还快，所以察觉之后才跑过去肯定来不及。

此外，无论是孩子或猫狗，动物的身体设计得非常平衡，用力撞也很难撞飞，换个方式来说，就是我们不可以小看地心引力。

这种状况下，拯救的人与被拯救的人都会被车撞，搞不懂这种行径有何意义。

有人不是撞开对方，而是抱住对方以全身保护，但是车子撞过来的力道，没有弱到只以一个人的身体就能成为缓冲，小看车祸力道的人，肯定会被车辆撞击震耳欲聋的声音吓一跳。

一个不小心，很可能是自己抱住的对象反而成为缓冲。

所以最主要的障碍，就是车子这种交通工具拥有超乎想像的威力与出乎预料的体积。

不过，眼前的状况不一样。

我是力量胜于车辆、速度胜于车辆的吸血鬼。

为了顺利盯梢，也就是为了让忍化为初中生，我自己的吸血鬼特性也提升了，并且在这时候发挥很好的效果。

斑马线中央的八九寺，甚至没有察觉卡车正在逼近，但我用力撞向她的背。

"啊呜！"

八九寺在物理层面毫无抵抗余地，被我的吸血鬼蛮力撞到斑马线的另一头，而且我没有因为反作用力留在原地，以充盈全身的吸血鬼冲刺力，只晚八九寺一步就瞬间抵达马路另一头。

脸部整个撞在地面。

卡车如同从我鞋底擦过，毫不减速行驶而去。

而且事到如今才按出响亮的喇叭声。

以司机的立场，他是按照绿灯指示以法定速度行驶，小学生与高中生是闯红灯冲到马路上，所以他应该咽不下这口气。

我并没有仔细计算到这种演变，不过我是吸血鬼，被卡车撞应该不会怎样，毕竟我的身体足以承受影缝的超凡暴力，不可能被区区卡车破坏，但光是脸撞到地面就这么痛，看来我再度不经思索就做出如此高风险的行径了。

或许光是被卡车撞，我就会出乎意料因为剧痛而休克死亡。

车祸真恐怖。

"汝这位大爷，还好吗？"

地面传出声音。

正确来说，是从我的影子里传出声音。

看来忍随机应变潜入影子，以免妨碍我的特技表演，这方面的默契，是我们经由影缝那场战斗得到的鲜少成果之一。

"嗯……还好……"

"拜托别如此乱来啊，吸血鬼只是再生能力很强，并不是不怕痛啊？"

"我明白……我刚才就亲身体验了……但我不能在这时候失去意识……"

我不能在这时候昏迷。

这样就毫无意义了。

"忍……讲几句能让我清醒的话。"

"只要这时候没昏迷，吾就以幼女状态，以脚踝为汝这位大爷做脚底按摩。"

"唔哦哦哦！"

我以浑身的力气维持意识。

紧咬牙关，不对，甚至紧咬脸颊内侧与舌头，努力以痛楚维持自我。

一言为定！

一定要守约啊！

"请问……还好吗？"

我再度听到这句询问，但声音不是来自忍，也不是来自地面，令我吓了一跳。

我抬起头。

"嗯……还好。"

我以刚才回应忍的话语回应。

回应露出担心神情，在倒地的我身旁蹲下来的——八九寺真宵。

背着背包、绑着双马尾的迷途少女。

我如此回应。

"我才要问，你还好吧？"

"呃……是的，对不起，都是因为我闯红灯……"

"……"

就我所见，即使刚才那一撞相当粗鲁又不顾后果，八九寺身上也没有擦伤痕迹，似乎是背上的背包刚好做了缓冲。

我是整张脸扑到地上，八九寺则有背包当缓冲……

"这部分是平日品行造成之因果报应。"

地面传出这样的声音。

我无话可说。

顺带一提，在这种状况下，忍的声音只有我听得到。

"哎，这样不是很好吗？看来顺利回避意外发生了。"

是这么一回事吗？

刚才那是应该在历史上发生的事件？还是因为我的行动（掀裙子）所造成的不应该在历史上发生的偶发事件？这部分不得而知。

何况刚才是红灯。

八九寺说过，她出车祸的时候是绿灯，而且我没听她说造成车祸的是卡车。

没有头绪。

这是时光悖论之前的问题。

按照后者的状况，要是我刚才没有成功撞开八九寺，就代表是我穿越时空害得八九寺出车祸，从某方面来说，历史会因而错乱。

好复杂。

我不想深入思考。

没想到我想拯救八九寺的心意，差点害得八九寺出车祸，我不是要为自己的行径开脱，但是这种状况无法只以因果报应或自作自受来解释。

或许该说恐怖。

我正在对抗命运。

要不是化为吸血鬼，我刚才绝对无法拯救八九寺。

"对不起，刚才有个怪人像变态一样追我，我一时慌张，没有余力看红绿灯……"

八九寺真的满怀愧疚这么说。

听到这番话，愧疚的反而是我。

你说的怪人是我。

像变态一样追你的也是我。

另一方面，我也松了口气。

她刚才果然没确认我的长相。

"这样啊……变态是吧，真不可原谅，总之世界上有很多怪人，得小心才行。"

我全力装傻。

感觉影子里有道视线刺得我好痛，我也完全无视。

不愧是吸血鬼的恢复力，痛楚已经消失，因此我站起身子。

"总之，幸好我这个如同正经化身的人，凑巧就在刚才忽然出现并且路过。"

"嗯，是的……"

八九寺点头做出平淡的反应。

咦?

还以为她会吐槽，居然没有。

看起来像是正常在反省。

啊，对哦，说得也是。

因为这个八九寺，这个时代的八九寺，不认识我。

八九寺如今会和我推心置腹聊得很开心，但她原本相当怕生。

在成为迷途蜗牛之前，更是如此。

"而且，我现在有点迷路……其实我正要去妈妈家，但我完全不懂这附近的路，我迷路了。"

最后一句话，八九寺说得非常小声。

细如蚊呐的声音。

手中写有母亲住址的便条纸，几乎被她捏烂。

听到这番话的我，没有继续胡闹。

"既然这样……"

我这么说。

确实说出这句话。

"那张便条纸，借我看一下吧。"

我一字不差地说出我初遇八九寺时所说的同一句话。

018

后来，我和这个时代的八九寺真宵，也就是生前的八九寺真宵，没有进行称得上交谈的交谈，我带她前往纲手家的这段时间里，她一直沉默不语。

她忐忑不安、心怀恐惧，扬起眼神像是估价般注视我。

总之，我不认为在她差点被卡车撞时出面相救（实际上也没死）就能赢得她的信赖，我的想法没有肤浅到这种程度。不过很遗憾，在前往纲手家的这段时间，不足以让这个"怕生模式"的八九寺卸下心防。

"谢谢您。"

她只有在抵达纲手家时，淡淡地向我道谢。

她的语气很难形容为充满诚意，不过仔细想想，要求小学五年级少女表现诚意，应该是强人所难。

"嗯，再见。"

我如此回应，轻轻挥手致意，努力饰演一个开朗友善的好青年，和八九寺道别。

但对于八九寺来说，接下来才是要解决的课题。在我离开之后，讲得稍微具体一点，从我假装离开，躲在围墙暗处守护她开始，她又花了一个小时才按下门铃。

"哪位？"

对讲机里传出这声回应。

然后……

我不知道后来的事情。

因为我在纲手女士回应时就离开现场。

"怎么啦，汝这位大爷不看感动之母女重逢？"

忍诧异地询问。

就像是不知道我的真意。

"怎么了，你想看？"

"不，吾没兴趣，只是觉得汝这位大爷应该想看。"

"要说没兴趣是骗人的。"

我如此回答。

我很想转身看向纲手家，但还是忍住冲动，甚至加快脚步前进。

"这毕竟是她的隐私，何况我原本就不应该知道吧？光是见到八九寺又和她讲几句话，我就算是做得太过火了。"

何况，母女重逢不一定是感人的一幕。

我个人希望这是感人的一幕，但世间往往不是如此设定。

我不可能知道八九寺的母亲现在对她抱持何种想法。

而且我不晓得离婚原因在于哪一方，除去这一点，我也不该插手别人的家务事。

我只希望，母亲也像父亲那样关怀八九寺。

"忍，既然该做的事情做完了，那就回去吧。"

"嗯？可以了？"

"可以啊，也没其他事情要做了。"

"不用去书店、看看傲娇姑娘，或是用手机拍照？"

"哎，这方面我确实有点惋惜。"

我不记得提议过去看看傲娇姑娘，但我跳过这件事回答忍。

"老实说，过去的世界让我好累。"

"哦？"

"毕竟得注意很多事，真的很耗损精力，而且我觉得做这些事似乎没有意义……感觉我不用挺身而出做这种事，八九寺也能平安抵达纲手女士家。"

"没这回事吧？吾认为汝这位大爷确实改变历史了，即使历史将在数日内修正亦一样。"

忍这么说。

听起来不像是在关心我。

所以她应该是真的这么认为。

我也不是真的质疑自己的所作所为毫无意义，不过讲这些都是借口，我的真心话依然是累了。

好累。

真的好累。

"但我觉得，人类光是活着就能改变历史。现在几点？"

"以前为我,现在为汝。"①

"只是语调听起来不错,但一点都不好笑!"

"明日为吾身。"

"啊,听起来变得挺不错的。"

不过,这种事一点都不重要。

我只想知道时间。

"下午四点。"

"也就是快进入逢魔之刻了,所以就等到那时候回到北白蛇神社,让你恢复为极接近吸血鬼的状况,再开启时光隧道回现代吧。"

"嗯,吾个人想吃这个时代美仕唐纳滋之意愿非常非常强烈,即使如此,没货币亦无可奈何。"

"哦,挺懂事的嘛,我一直暗中担心你可能会袭击美仕唐纳滋。"

"美仕唐纳滋是圣地,吾不会袭击。"

"……"

这家伙对美仕唐纳滋的情感也太强烈了……

对那里的印象真好。

"伪杂学,美仕唐纳滋是肯德基创始人山德士上校退休之后,想开甜食店而成立之企业。"

"你开头就说这是伪杂学了。"

"糟糕!"

称不上糟糕,根本就无法自圆其说。

只是废话。

"所以还是回去吧……这次别搞错时间啊,我们是要回到十一年后,拜托别回到二十二年后,我无法应付过去的世界,也无法应付未来的世界,何况手机应该同样不能用。"

"放心,吾打从出生未曾失败。"

---

① 日文"几点"与"汝"音同。

"还在讲这种话……"

太坚持了。

但是这时候挫忍的威风也无济于事。

"说得也是！你是我的最佳搭档！"

所以我这么说。

"啊，嗯……"

随即，忍不知为何做出正常的害羞反应。

真是猜不透这个家伙。

总之，用不着刻意消磨时间，光是前往山区，沿着阶梯爬到北白蛇神社，太阳就下山了。

昨天我也是有点慌乱所以没发现，山路似乎比十一年后难走。

但也可能只是我多心了。

按照常理，十一年后的植物应该比较茂盛，会导致山路更难走……看来还是别想这种事比较好。

毕竟植物也会枯萎或腐朽。

更让我惊讶的，反而是北白蛇神社本身的样子。

这里是十一年前，即使不会是全新样貌，我觉得至少也会比现在更维持原貌，但是从鸟居到主殿，每个地方都是老旧不堪。

和现代一样。

不，即使知道不可能有这种事，应该只是主观认定造成的误会，但我还是要说。

比起十一年后，眼前的北白蛇神社看起来更加破败。

"咦，怎么回事……喂喂喂，饶了我吧，总不可能以为来到过去，其实是失误来到未来吧？这种布局足以写一本挺好看的推理小说了？"

"既然在这时候爆料，那就无法写了，而且不可能是如此。"忍以确信的语气断言，"汝这位大爷不是见过前任小班长、八九寺这个朋友之幼年样貌，还看到汝这位大爷自己吗？先不提八九寺或孩童历，汝这位大爷不可能误认前任小班长。"

"说得也是。"

我很在意她对各角色的称呼，这方面暂时不过问，但我确实不会误认羽川。

八九寺有着生前死后、怪异前与怪异后的差别，并不是完全没有误认的可能性，不过对于羽川，我抱持确信。

那是十一年前——六岁的羽川。

肯定没错。

"所以是怎么回事？现在我们眼前这片不合常理的光景有什么含义？"

"只能以一种方式解释，接下来这十一年间，此处曾经以某种形式整修，并且再度荒废。"

"整修……"

这样啊。

假设真有这段过程，我就并非无法接受……而且这是合理的推测，总觉得过于合理，巧妙掩饰了其中的异样感。

"哎……反正要回去了，不需要思考这种事，忍，来吧，再吸我一点血，提升能力到可容许的极限吧。"

"慢着，汝这位大爷，吾等运气不错，似乎没这种必要了。"

"嗯？"

"这个时代之此处，同样充满灵能量。"忍环视整间神社这么说，"这里确实在我十一年后造访时成为怪异之聚集地，然而在这之前，就是容易聚集灵力之处。"

"这样啊……"

我完全不晓得这种事。

这并不是以吸血鬼感官能侦测的东西，纯粹是经验问题。

"也可能是因为……近似吾之某种存在来到此处。"

"……"

"总之,用尽能量亦不成问题,这种东西原本就不会有正面影响,夏威夷衫小子或许能巧妙处理,但吾做不到,何况让吾化为极接近吸血鬼之程度,始终会伴随某种程度之风险。"

"风险……怎样的风险?"

"吾背叛汝这位大爷之风险。"忍如此断言,"正因为吾如今失去力量,才会和汝这位大爷和平相处,但越是取回力量,吾越会取回怪异之本分,即使汝这位大爷再怎么相信吾,这都是两回事。"

"……"

既然她这么说,我也无从回应。

忍肯定比任何人都不相信自己。

毕竟她曾经差点杀掉自己。

"好啦,制作闸门还是得利用鸟居。"

忍趁着我默不作声,按部就班地进行回去的准备,由于是第二次,她的动作比较熟练,鸟居内侧没多久就出现那面黑色墙壁。

"喂,怎么没咏唱咒语?"

"啊,忘了。"

"喂!"

"更正,并非忘记咒语,只是忘记咏唱咒语。"

"还不是一样?"

看来这部分是随兴所至。

简直胡闹。

我嘴里说很怀念,其实听到那段咏唱会热血沸腾。

"汝这位大爷。"

"嗯。"

我回应呼唤,站在忍的身旁,和来到这个时代的时候一样牵起忍。

十指相扣。

"我姑且确认一下,往前跳之后,还是会跳到阶梯上吧?"

"嗯，跳到十一年后之阶梯。"

"这样啊……"

那就得做好着地准备了，得尽可能避免摔得太重。不对，干脆背对墙壁跳过去可能比较好。

"慢着，吾不太建议这种做法，在内心描绘要前往之时代，是很重要之要素，若是背对着跳进去，有可能永远迷失于时空之夹缝。"

"别说不太建议，你应该全力阻止吧！"

"不不不，既然是吸血鬼，生死就不在讨论范围。"

"太不拘小节了！"

拯救迷途少女的代价，居然是永远迷失在异空间，这结局也太惨了！由于吸血鬼不会死，这种刑罚更加残酷！

"知道了啦，我会正面跳……反正这具身体被影缝打成那样都能活下来，光是摔落阶梯应该不会死。"

到最后，我与忍和来时一样，以正常方式跳进黑色墙壁，回到怀念的现代。

无从得知何种光景在等待着我们。

我甚至无法想像，未来世界在我拯救八九寺之后，会产生何种程度的变化。

总之先说结论吧，我与忍结束时光旅行，回到十一年后的世界一看——

世界毁灭了。

019

在人们的想像中，"毁灭的世界"是怎样的世界？

寸草不生，荒废至极的大地？

冰河包覆，冻结至极的大海？

烈焰熊熊，燃烧至极的天空？

不同人对于"毁灭"应该都有不同的想象，不过我阿良良木历听到这个词后首先想到的，其实并不是世界本身的样子。

反过来说，即使世界变成什么样子都无妨。

我不认为荒野代表毁灭。

我不认为冰河代表毁灭。

我不认为焰空代表毁灭。

讲得极端一点，即使地球爆炸、宇宙消失，按照状况，我也不认为这是世界末日。

即使世界再怎么荒废也一样。

即使世界再怎么终结也一样。

我觉得只要有人，世界就不算毁灭。

是的，所以我所想象的毁灭世界，就是连一个人都没有的世界。

我穿越时光返回的十一年后的世界，也就是我原本熟悉的现代世界，如今真的就是这样的世界。

我照例摔落阶梯，不晓得是因为没摔到脆弱部位，还是因为吸血鬼特性提升，我这次很幸运没有昏迷，迎接我们的却是无人鬼镇。

Ghost Town。

我甚至想不到其他比"鬼镇"更适合的形容方式，不对，既然世界本身毁灭，或许更适合形容为"鬼界"。

我们察觉这个事实，当然是好一段时间之后的事。

刚开始，我甚至质疑自己是否确实回到十一年后的现代——后来回想一下就觉得理所当然，但当时我试着取出手机一看，依然无法使用。

和十一年前一样，收不到数字电视信号。

我试着打电话给战场原与羽川,同样打不通。

"喂,失败忍,你又出错了?又失败了?"

"那个丢脸之称谓是怎么回事?要是不立刻收回这个称谓,即使宽容如吾亦不会放过汝这位大爷。"

"你已经忘了吗……"

"不可能出错,吾确定本次成功了。"

"真可疑,有什么根据?"

"是否需要根据,即为汝这位大爷与吾智慧等级之差距。"

"讲得这么光明正大是怎样……什么是智慧等级?直接讲等级不就好了?哼,算了,回镇上就知道。"

我与忍进行这样的对话,进行着事后回想起来真是悠闲的对话,前往城镇。

穿越鸟居前往十一年前的时间是深夜,现在摔下阶梯的时间变成白天,所以至少可以肯定我们确实穿越了时光,问题在于今天是公元几年的几月几日。

要如何解释手机无法使用的事实?单纯只是手机故障的可能性不低(可能因为拿回过去的世界而出问题),所以无法随便判断。

今天究竟是几月几日?

我们抱持着这个质疑前往城镇,但我们只是前往城镇,还没察觉任何事,还不晓得任何事。

即使在途中鲜明目睹了自己造成的后果……

"咦?好像都没人。"

"是啊。"

"怎么回事?大家同时搬走?"

"大概是计划发动,所有人都在回避汝这位大爷吧?"

"为什么要以全镇为单位整我……"

我们只抱持这样的认知。

我当然不觉得镇上会盛大举办游行,欢迎我们从十一年前的世界回来，但是……

"果然是因为今天是暑假最后一日，大家都在努力写作业？"

"社会人士哪有暑假作业要写……何况他们根本没暑假。"

"没有？"

"似乎是为求方便，以中元假期为借口搪塞，话说回来，咦？既然我们是在暑假最后一天深夜穿越时光，今天就不是暑假最后一天吧？"

"啊，对哦，吾算错一日，既然成功穿越时光，今日就是新学期第一日。"

"这样你也敢确定成功啊……"

"吾之确信超越现实。"

"该不会只是你自己搞错……不，等一下，真是这样就麻烦了，深刻的大麻烦，以海盗来说就是辛考克，结果我不但没写暑假作业，而且开学第一天就缺席。"①

大事不妙。

极端来说，只是没写作业也还好，但是这种差劲的生活态度，会影响到升学调查书的评鉴，例如"心态恶劣到超过容忍限度"这样。

我担心着这样的事情。

不切实际的担心。

在这个世界，已经完全不用担心这种事了。

甚至无须计较"最后一天"或"第一天"这种细微差距。

其实我早就感觉到状况不对劲，但是直到发现不只没有行人，马路上也没有任何车辆行驶的时候，我才终于无法忽略这种不对劲的感觉。

这里是乡下小镇，人口可想而知，但也正因如此，车子是不可

---

① 源自《航海王》的波雅·汉考克，辛考克发音近似日文的"深刻"。

或缺的交通工具。

然而，连一辆车都没有。

即使贸然冲到马路上，即使无视红灯，我也敢断言绝对不会出车祸，我们眼前所见的这条马路，空荡到可以当成飞机跑道。

不对。

红绿灯根本没在运作。

所有红绿灯都故障了，甚至没有显示故障。

"忍，不觉得很奇怪吗？"

"别对吾说话。"

"慢着，居然要我别说话……"

"吾正在拼命思考，因此别对吾说话。"

"嗯……"听她的语气不像是在搞笑，所以我回应，"那我也思考看看。"

对话至此中断。

忍从春假以来经常不发一语，但她基本上是个爱说话的家伙，所以我与忍现在中断对话的状况很罕见，不过在这种场合，眼前的景色更加罕见。

我嘴里说思考看看，但越想越觉得思绪陷入泥淖，越接近自家，质疑的心情就越是转变为担忧。

而且，现状一目了然。

但我很难解释现在是什么状况，无话可说。

举个简单的例子吧，行道树与附近住宅的庭院，荒废得像是完全没有整理，整体看起来都是这样，所以有点难以确认。并排的住宅本身似乎历经风霜，年久失修。

看似如此。

搞不懂。

或许是我多心。

因为我刚看过这座小镇十一年前的样子，原本看起来习以为常的街景，相较于当时已经承受风吹雨打许久，所以现在看起来比较老旧，或许也理所当然。

可是，该怎么说……

我知道。

我知道这种小镇。

准确地说，我知道这种"建筑物"。

甚至可以说是熟知。

"那个，忍……"

"……"

最后，我无法承受这份沉重的情绪，再度主动叫忍，但忍这次甚至没说"别对吾说话"。

不发一语。

这么说来，八九寺对我说的第一句话也是"请不要跟我说话"。我想以这种跳脱的方式逃避现实，却无法顺利逃避，只能继续前进。

实际上，这是无谓的挣扎。

垂死的挣扎。

我与忍都一样，堪称早就在很久以前抵达结论。没有迷失，没有迷途。

但我们还在垂死挣扎。

如同避免把这个结论当成结论，直到发现决定性的证据，都保留质疑余地。

其实，决定性的证据早就摆在眼前，但我们这种垂死挣扎、隔靴搔痒的行径，也在抵达阿良良木家之后结束。

备受摧残的自家，不只是决定性的证据，更是令人抱持肯定，无从撼动的证据。

摧残。

不同于荒废，也不同于凌乱。

是如同好几个月无人居住的——摧残。

满布尘埃，如同废墟。

应该说，看到自己家里的状况，我终于不得不承认。

到头来，整座小镇、整个世界都是这种感觉。

是的。

我非常熟悉。

我知道这种建筑物。

知道那座补习班废墟。

弃置、无人居住、任凭风吹雨打的结果就是这样。

总的来说，我们的小镇整个化为废墟。

也就是化为鬼镇。

"八月二十一日星期一，上午九点十七分，嗯，看来穿越时空本身顺利成功。"

我看着阿良良木家客厅电视前面，带有日历功能的数字电子钟这么说。

虽说如此，这个电子钟是否正常接收信号却令人质疑，我不认为这个世界上，发送正确时间信号的天线正常运作中。

总之，时钟显示的时间和我的手机相同，所以如忍所说，可以确定穿越时空回到现代的这个行为是成功的。

然而实际上，听到这句话的我，没有因为得知现在的时间而高兴，而是对于即使没人，时钟只要有电池依然持续运作的既定现实感到哀戚。

至少这一幕呈现出一个事实——曾经有人为时钟换电池。

但我无从确认阿良良木家到底是从何时成为废墟的。

我试着拿起遥控器开电视。

电视毫无反应。

与其说遥控器电池没电，不如说整间屋子没电，即使现在是明亮的白天，我依然按下电灯开关确认。

毫无反应。

不是灯泡故障。

"加上红绿灯没在运作……嗯,我大致掌握状况了,只是还无法说服自己……嗯,虽说理所当然,但看起来不像补习班废墟荒废那么久,感觉大约弃置了几个月,顶多半年?"

我想到什么就说出来。

未经整理,抱着不明就里的心情直说。

"到我房间确认一下参考书进度,应该就可以知道这个家与这座小镇,到底是从什么时候没人住的……忍,对吧?"

即使没多想就说出口,这番话也姑且算是对忍说的,但忍毫无反应。

和来到阿良良木家途中"思考事情"的毫无反应不同,简直是没听到我的声音。

与其说是因为想事情而无视我,不如说是没有余力理会。

"喂,忍。"

"……"

"喂,忍!"

"呀呜!"

我接近过去,一边从后方摸忍的锁骨(郑重强调,不是摸肋骨)一边叫她,忍才总算有所反应,转身看向我。

"哦、哦哦……还以为是谁,原来是汝这位大爷。"

"不然还能是谁?这里没有其他人。"

火怜与月火不在。

父母亲也不在。

如同烟雾,消失得无影无踪。

"就像是小说《无人生还》那样……也像是那艘船员忽然全部消失的船……记得叫做玛丽·赛勒斯特号?可惜这里没放喝到一半的咖啡。"

"汝这位大爷,姑且到其他住家调查看看吧?确认是只有阿良良木家如此,还是整座小镇皆如此。"

"我认为根本不用确认……"

"但还是非得确认不可,吾等有这份责任。"

忍这么说。

嗯,她说的没错。

我们有责任,也有责任感。

后来不只是附近住家,我们还检查了镇上各处,整整花费约五个小时。

这究竟是寻求救赎的行为,还是让自己更加绝望的行为?从结果来看只能说是后者……不,应该说到最后依然无法下定论。

该怎么说,这种过于逃脱现实的状况,即使再怎么摆在眼前,我依然无法接受,部分原因也在于途中产生的惰性。

我们在将近下午三点时回到阿良良木家,而且真的想喝杯咖啡,但水与天然气也和电一样停止供应。

我与忍就这样不吃不喝地坐在沙发上(关于食物,厨房姑且有一些没过期的零食,但是没饮料的话吃这种干燥的食物很难受,所以我们决定不吃)。

顺带一提,沙发上的我们并非相对而坐,是一人坐在另一人大腿上,而且当然是忍坐在我的大腿上。

"那么……"

我开口了。

真要说的话,这种事早已确认,现在讲这个也没什么意义,但我姑且当成一种象征,当成一种了断说出口。

"世界毁灭了。"

"嗯。"

"你的回应真可爱。"

"嗯。"

"换句话说,是因为你贸然穿越时空导致历史改变,这部分应该没错。"

"只能认定历史是因为汝这位大爷拯救那个迷途姑娘而改变。"

我们这个丑陋双人组毫无责任感,随口就想把责任推托给对方,反过来说,我们都像这样感受到责任。

然而……

"我不行了……居然是全世界?这规模太大了,我心中完全没有真实感……打击过度,甚至没办法恐慌。"

如果春假是地狱、黄金周是噩梦,那这次真的是无可救药的玩笑。

甚至是滑稽。

"火怜与月火下落不明,战场原、羽川、神原与千石都联络不上,我却没办法叹息悲伤,老实说,这让我很受打击……但我终究没办法放声哭喊。"

认知赶不上。

情感追不上。

实际上,根本无法只形容为打击。

然而,这是攸关全世界的事件,并非区区高中生能掌握的规模。

"话说,时光悖论完全发生了吧?历史强制力或是命运修正论跑去哪里了?只是拯救一个迷路女孩,人类居然就灭亡了,到底发生过什么事,历经何种事实?"

"嗯,换句话说,此为蝴蝶效应。"

忍说得一副认同的样子。

看来她亲身理解新名词的意义了,很高兴她变得更加博学多闻。

"不过,这到底是怎么回事?也就是说,八九寺在后来,在原本寿命延长的这段时间里,做出某件天大的事情,成为世界毁灭的原因?"

"不,吾不认为那个姑娘有此等能耐。"

"嗯……何况看起来不像是爆发了核战争。"

即使小镇与住家受创,也不像是被兵器破坏的。只是因为无人居住,受到风雨摧残而成为废墟小镇。

"感觉也像是所有镇民被绑架……该不会有个拉欧那样的家伙在征兵吧?"

"即使如此,应该亦不会毁灭到这种程度……搞不懂。"

忍发出"呜咕"的呻吟,把身体靠在我身上。

她看起来一副撑不住的样子,并不是因为日正当中时走遍镇上检查,她是精神上撑不住。

实际上,即使她活了五百年……更正,六百年,应该说正因为她活了六百年,所以心理层面极度脆弱,毕竟她曾经企图自杀。

这种状况、这种现实对忍造成的压力,或许比我还要沉重。

她看过许多国家毁灭,看过许多政治体制垮台,却没因此得到接受毁灭的抵抗力。

我觉得实际上甚至相反。

这样的经验,或许只会成为她的心理创伤。

"蝴蝶效应吗……既然这样,忍,幸好我们彼此提升了吸血鬼特性,即使一阵子不吃不喝也没关系。"

"哎,若要寻求些许之救赎,就是这一点吧。"忍这么说,"总之,看来只好放弃甜甜圈吃到饱计划了。"

嗯。

除了这个计划,我们也有很多事情只能放弃。

020

按照我的习惯,这种时候都会先整理现状,不过老实说,只有这次没有什么该整理的现状。

因为该整理的世界毁灭了。

没有整理的意义。

我不是学忍说话，假设要从这种状况——但如今等于没有状况可言——寻求些许救赎，就是我的记忆没有配合"历史"改变，最重要的是，我清楚记得我在"没有毁灭的世界"经历的暑假。

我记得我所知道的暑假，未毁灭历史的暑假。

如今被当成没发生过的那段暑假，如同幻想留在我的记忆中。

和贝木的对决、战场原的改头换面，和影缝的火爆战斗。

在这个现代、这个历史没发生的各种事，我清楚记得。

相对的，我的记忆也没有补足改变后的历史。是的，不单是暑假，还包括三个月前的母亲节。

和迷路少女八九寺真宵相遇的记忆，以及后续快乐聊天的记忆，完全没有消失。

既然我在过去世界拯救八九寺回避车祸，并且平安送她到纲手女士家，肯定确实阻止了她化为怪异，三个月前的母亲节事件肯定没发生，所以这部分的记忆和现实有所差异，但是这部分并未遭到修正。

因而解除了一项担忧。

哎，想到现在挂在我眼前的担忧总数，这种事或许称不上救赎。

"真是的……感觉像是差点忘记要和世界共同毁灭了。"

"为什么要在此种状况下耍帅？而且是好莱坞风格？"

"喜欢小学馆的小忍，你知道哆啦Ａ梦前期有个秘密道具叫独裁按钮吗？"

"不知道。"

"所以我想问，你到底哪里算是藤子老师的真正书迷……"

"吾只知道哆啦Ａ梦后期之内容。"

"那你反倒是藤子老师的资浅书迷吧？"

"所以,那个迟钝按钮是什么?"①

"是独裁按钮,按下这个按钮,就可以让讨厌的人从世界上消失,不是杀掉,是让这个人从一开始就'不存在'……所以一旦使用这个道具,周围人的相关记忆也会消失。"

"哦,原来有如此方便之道具。"

"实际上没有,这是该作品科幻风格还很强烈时的道具……不过大雄的个性如你所知,所以他在最后使用了这个道具,让全世界的人消失。"

"这独裁者也太夸张了。"

"某种理论把独裁者的资格,定义为是否进行过屠杀……慢着,我不是要深入探讨这件事,只是觉得现在这个世界,就像是用过独裁按钮的样子。"

"所以汝这位大爷之意思是,大雄可能在这个世界的某处吗!"

"不是,为什么你会做出这种结论……而且你居然是大雄的粉丝,太奇怪了,搞不懂大雄有什么好喜欢的……这不是重点,按照常理判断,人类不可能消失到一人都不剩,无论是屠杀还是集体绑架,除非包含某种科幻要素,花再多时间也不可能。"

"嗯……"

我尽可能以浅显易懂的漫画作品为例,仍然说明得不是很清楚,但忍似乎听懂了我的意思。

我们回房间确认我的读书进度前,先检视自家还没扔的成捆报纸。

阿良良木家的家长(也就是我父母)个性一板一眼,会认真地将报纸与广告单整理储存,我爱整理的个性是遗传的。

按照我的推测,假设这个世界是按部就班地,也就是以某种"正当"程序毁灭的,那么报纸肯定会记载过程,至少也会有征兆。

---

① 日文"笨重"与"迟钝"音近。

要是能用手机上网可以更快搜寻，不过在这种时候，留到最后的媒体依然是纸。

但这些纸在几百、几千年之后依然会风化，何况到最后，我的这个行为堪称完全扑了个空。

不对，我只是扑空没查出世界发生什么事又为何毁灭，并不是毫无收获。

储存在阿良良木家的报纸，只有到六月十四日为止的晚报。

完全没有后续日期的报纸。

然后，我前往自己卧室调查课业进度，发现同样停在这一天。

"有可能是这个历史的我在这天放弃用功……早知道应该写日记。"

"看妹妹们之日记如何？"

"不，我不认为那两个家伙会写日记……假设真的写了，做哥哥的我也不能擅自看妹妹的日记。"

总之线索确实吻合，应该可以信任，若能在后来不经意确认这个世界的我同样有好好准备考试，我就能在这方面松一口气。

"那么……"我回到客厅，再度打开六月十四日的报纸说，"换句话说，应该是在六月十四日深夜，在晚报送达，早报还没印出来之前发生某件事，造成某种状况，使得这个世界并非按部就班，而是一气呵成地瓦解毁灭，这个判断应该没错吧？"

或许真的是独裁按钮之类的东西。

科幻风格的某种东西。

"我不知道这个世界的战争兵器进化到何种程度，但也不可能开发出某种只让人类，而且是让全体人类像烟雾一样消失的道具。"

"所以是怎么回事？"

"或许应该推测是某种怪异造成的现象，只有怪异不受历史强制力或命运修正论的限制吧？所以你可以穿越时光，我也可以拯救八九寺，防止八九寺化为怪异。"

"原来如此，确实有可能。"

"嗯……"

我只是不经意分析得煞有其事。

这个推理应该没错，但即使推理正确，我也难免觉得于事无补。

无论是不是怪异造成的现象，似乎没有差别。

这种分析有什么意义？

该怎么说……

我阿良良木历自认克服过不少难关，不只是反复提及的春假地狱，或是黄金周的噩梦，我自认经历各种风波，而且每次都使得精神层面得到成长。

但是，这次真的处于不同层级。

至今的事件再怎么说，都是以个人规模作结，比方说妖怪大战早已防患于未然，黑羽川的暴行算是受害者最多的事件，但也没达到出人命的程度。

然而，这次别说出人命，甚至没人活着，这种状况过于特殊。

"唔——总之，假设是在六月十四日或是六月十五日发生某个事件，现在的世界就是毁灭约两个月后的世界……换句话说，灭亡时间意外地近。"

我试着征询忍的意见，发现她按着太阳穴沉默不语。

我原本以为这个家伙精神真的很脆弱，光是看报纸面对现实就再度沮丧，但这次似乎不是如此。

看起来，单纯只是在烦恼。

"忍，怎么了？"

"没事……吾似乎快想起某件事……却迟迟想不起来，吾之记忆力真差。"

"啊？怎么回事，世界变成这样的原因，你心里有底？比方说，你知道哪个怪异会让世界变成这样？"

"唔……吾有底吗……"

忍歪头纳闷，但确实有这种可能性，忍在那间补习班废墟——

其实如今到处都是废墟——被忍野传授过某种程度的怪异知识。

也就是说,至今无视种类,看到怪异就抓来吃的忍,记住这些食物的名字了,既然这样……

"咦,不过仔细想想,在这种场合,在这段已修改历史里的忍,不一定听过忍野的怪异讲座……"

"即使这个世界之吾没听讲座,在这里之吾亦听过讲座,两者无关。"

"啊,对哦。"

真复杂。

我的脑袋都产生悖论了。

"话说回来,等一下,虽然追究这一点会让状况更加复杂,不过我与忍在这个历史中处于何种立场?"

"立场是指?"

"回到十一年前的时候,我不是见过我吗?准确来说不是见过,是偷看过。"

"是啊,真可爱。"

"可不可爱不重要。"

"很重要吧?吾在称赞汝这位大爷,不高兴吗?"

"在这种状况下,你称赞我七岁时很可爱,我也高兴不起来……问题在于那个可爱的孩子,在十一年后变成怎样。"

"变成怎样……不就是别扭之高中生吗?"

"我不是这个意思,我想问的是,这个阿良良木在高中三年级的六月中旬,在这个决定性的日子发生了什么事。"

"……"

"这个时候的你,还在补习班废墟和忍野同居……这段历史也改变了吗?总之无论如何,我与你都和其他人一样,跟着大家一起毁灭了?"

我不愿意使用"死亡"这种形容方式。

并不是借用斧乃木的说法，而是"死"这个字难以运用。

最重要的是，没有尸体。

"很多怪异具备神隐特性吧？如果解释成所有人都是神隐的受害者，这种推论似乎煞有其事……这么一来，就代表我没能抵抗这种怪异？"

先不提忍，既然连忍野与羽川都消失，我不认为自己能从这个现象中捡回一条命。

"吾认为，汝这位大爷要断定此为怪异造成之现象还太早。"

"啊？为什么？你刚才不是也附和吗？"

"吾只说过有这种可能，没断言肯定如此，证据就在汝这位大爷刚才那番话。如果敌人是怪异，吾这个所有怪异之天敌不可能凄惨败北，那个想维持平衡之夏威夷衫小子，也不会放过这种会毁灭世界之怪异，至于理由就暂且不提。"

"忍野啊……总觉得那个家伙至今依然活在某处也不奇怪。"

嗯？

等一下。

六月中旬这个时间，对照原本的历史（其实在这个时间点，现在这种状况才是原本的历史），不就是忍野离开这座小镇的时间？

我记得不是很清楚，但他应该是在那段时间离开的。这项符合是怎么回事？

隐含着某种意义吗？

"吾认为，这是出自个人期望之推测。"忍这么说，"在这个世界之吾与汝这位大爷都已经死亡，这才是最合理之推测。"

"也对……既然这样，历史就真的改变了。"

我不晓得在这个改变后的历史，阿良良木历是怎样的一个家伙，但是自己不复存在的这个世界，果然令我抱持强烈的突兀感。

我刚才说出"感觉像是差点忘记要和世界共同毁灭了"这种拉风的话语，但是这边的阿良良木没有忘记，而是确实和世界一起毁灭了。

这家伙真守规矩。

我自己都佩服。

"我现在却站在这里，这种状况果然很奇妙。"

"总之还算是有收获，吾等查出世界灭亡之日了。"

"也对，但问题在于那天晚上到底发生了什么事，查不出来就无从解决。"

"解决？汝这位大爷在这种状况下想解决什么？"

"没有啊，如果是类似神隐的状况，只要解决那个怪异问题，大家就会回到这个世界吧？即使无法填补这两个月的空白，肯定也能将世界修正回到原状。"

其实我不是很懂。不过，应该还有这丝希望。

从这个角度来说，确实有希望再度见到火怜、月火、战场原与羽川。

"所以我想知道世界毁灭的原因。"

"这样啊。"忍点头回应，"这种不见棺材不掉泪之个性，正是汝这位大爷成为汝这位大爷之原因与由来，那就出发去调查原因吧。"

"嗯？要出发去哪里？意思是扩大调查范围？要到镇外甚至是东京？"

"不。"忍摆了摆手，一副事到如今何必多问的态度，"只要再度穿越时空，回到六月十四日当晚，就能确认到底发生什么事了。"

021

"既然你做得到这种事，别说确认原因，甚至还能去除祸源吧！"

接下来并不是要进入这种结果，请各位放心，也不会只以五页解决事件。

我这么说的理由,并不是因为回到过去依然无法改变历史与命运,这种理论如今沦为纸上谈兵,因为实际上这个世界就是因为我们穿越时空而毁灭的。

"总之仔细想想,拯救八九寺导致世界毁灭的推测,果然是我太早下定论,毕竟我们在过去世界还做过很多不同的事情,像是路过的女初中生、小羽川、女警察、八九寺的父亲,甚至是差点撞到我的卡车司机,我和许多人物的过去产生关联,比方说,拿书扔我们而失去那本书的羽川,有可能因此化为魔王。"

"哎,那个姑娘确实有可能……"

我自认只是很随便举个例子,忍却莫名认同,令我印象深刻。

即使这么说,按照蝴蝶效应的理论,我完全不知道我们是用哪个行为导致世界毁灭的,而且也不可能知道。

但我们没必要回到十一年前寻找原因,回到两个月前就好。

世界毁灭、人类灭亡的直接原因。

在六月十四日晚上找出这个原因就好。

"所以,能回到那个时间吗?"

"也唯有回去一途,吾之前亦说过,若是失败可能会回到恐龙时代,但已经和这个毁灭之世界没有大幅差距了。"

"大幅差距啊……"

其实我觉得有。

大概是二十比零的大幅差距。

是什么比赛的比分就不得而知。

不过,这个连一只动物都看不到的世界,或许和几亿年前的世界相似到没什么大幅差距,至少足以拿来相互比较。

"等一下,即使现在的你恢复吸血鬼的能力,也只能移动到未来,没办法移动到过去吧?如果让你取回比现在还强的力量……"

这样不太妙吧?

你自己也抗拒这么做吧？

听她这么说，我确实只能认同，但是在这种状况下……

"嗯。"忍回应了，"何况，即使力量恢复到全盛时期，亦很难回到过去。"

"这样啊……那要怎么做？"

"慢着，思考看看吧，既然汝这位大爷与吾在六月就已经消失，而且世界毁灭，学校制度亦不复存在，汝这位大爷当然不会留下暑假作业没写，吾亦没必要在那间神社回到十一年前之过去，在这段历史中，那间神社之灵能量肯定完全没消耗，依然维持原状。"

"啊……"

原来如此。

照道理确实如此。

这种事稍加思索就显而易见，那么只要利用这股能量再度穿越到过去，找出世界瓦解的原因并即时修正，即使无法恢复为完全相同的历史，至少也能将历史修正到比现在好得多。

"等一下，仔细想想，我们或许不用刻意查出原因，即使回到恐龙时代只是玩笑话，不过忍，这次穿越时光或许会失败吧？"

"吾不会失败，但无法否认汝这位大爷可能会失败。"

"我只是搭你的便车一起穿越时空，我要怎么失败……"

"吾说过，吾缺乏时间观念，基本上是由汝这位大爷调整坐标，从某种程度而言，去向操纵在汝这位大爷之手中。"

"嗯。"

听起来很有可能。

不过我觉得，当时我似乎在认真思考八九寺的事。

"也就是说，只要我好好振作，穿越时光绝对不会失败？"

"不，无从保证，吾负责踩踏板，汝这位大爷负责操纵方向盘，所以追究事故原因在谁身上亦无济于事，要是吾油门踩过头，汝这位大爷又没打好方向盘，就很有可能前往恐龙时代，若是害怕这种风险，还是别穿越时空比较好，这一点夏威夷衫小子说得没错。"

忍事到如今才说这种话。

也说得太晚了。

总之，即使是忍野，即使是如同看透一切的那个令人不悦的中年男性，应该也不可能洞悉状况到这种程度。

不然他简直是洞悉一切的妖怪。

"慢着，忍，我的意思是说，我们即使这样也应该穿越时空。"

"嗯？为何，冒险心态忽然觉醒？"

"不是那样，假设我们穿越失败，没有回到六月十四日，那也无可奈何，举个例子，即使我们回到七月七日战场原生日那天，状况也不会比现在更加恶化。"

"嗯……"

"而且，回到六月十四日之前的日子也行，只要我们在抵达的世界过生活等待，迟早会来到六月十四日。"

"等一下，汝这位大爷之脑筋像酱油一样发酵了？"①

"我不想吐槽你装模作样的这段话，但味噌也是发酵食品，你用酱油形容味噌也没用。"

"啊？那么好吃之食物亦是腐化而来？"

"你真的除了发色就毫无外国人要素，而且既然你这么说，那么酱油也很好吃吧？"

"那东西确实不难吃，但当成饮料太咸了。"

"酱油不是饮料！"

"吾都是整瓶大口灌。"

"这样会死掉！"

"所以，汝这位大爷之大脑是味噌？还是酱油？"

"味噌。"

---

① 日文的"脑筋"，汉字写成"脑味噌"。

"那就该察觉才对,如果只是多回溯一两周或是一两个月,吾等这么做亦无妨,但这种事无人能预知吧?上次原本只想回溯一天,吾等却回到十一年前啊。即使不能单纯套用这个公式,但按照相同比例,吾等很可能跳到六百八十年前,当时连吾都尚未出生。不能以失败亦无妨之悠哉心情挑战这种事,也不能屡次往返于未来与过去,否则历史将改变过度,无从收拾。"

"忍,讲得夸张一点,无论是六百八十年还是五亿年都无妨吧?因为你想想,我与你都是不死之身。"

"唔……"

"换句话说,我们可以一直'守护历史',何况现在还不确定是不是只要处理六月十四日晚上的事件就好。我们这次可不是以悠哉态度回到过去,而是抱持着将要长时间监控历史的觉悟,这才是我的意思。"

"话题格局变得真大……"

忍对我的说法相当无言以对,但我这番话的格局很大,所以接不上话也在所难免。

老实说,纸钞不能用、硬币不能用、又得睡在水泥管里,我光是过一晚就受够这些麻烦事,但现状无法就这样收场。

即使精准回到预估的关键之日,我们在接下来的两个月——如果穿越失败,就是接下来的许多年——都要担负起修正历史的职责。

既然历史没有修正历史,这个职责只能由我们来扛。

"这不是想要自我牺牲,我的精神没这么可嘉,只是想稍微多花一点时间努力,希望能再度见到战场原与羽川她们,还有妹妹们与父母,真要说的话,这就是我的暑假作业。"

以此等决心扛下这个职责。

说完这段想要帅却失败的话语之后,我与忍再度朝北白蛇神社所在的小山出发。

这么说来，回到这个时代的时候，我的菜篮自行车没停在山脚下（当时我以为这次真的失窃，不过在这个历史中，我没有在八月二十日晚上前往神社进行时光穿梭，所以自行车当然没停在那里），却也没在家里。

唔……

这个历史中的我，难道不是自行车骑士？历史就像这样低调改变了吗？

那是对我而言很重要的爱车，不过在世界毁灭的现在，区区一辆自行车应该不是什么大问题，我抱持这个想法走向神社。

现在即将入夜，忍也没有虚弱到会走到累，但是基于某种惰性，我依然让忍像无尾熊一样抱着我。

现在的镇上，已经没有女初中生或警察指责这件事。

虽说是理所当然，不过无人居住的世界，在黄昏时分就已经相当昏暗，天空也是一望无际的蓝色。

入夜之后，应该可以看见满天星斗。

我回想起和战场原一起观星的那一天。

唔……

那件事怎么样呢？

这个历史发生过吗？

还是来不及发生？

我不记得详细日期，但记得是六月的某一天……

"总之，因为吸血鬼特性提升，即使镇上充满光污染，或是大气污染没有净化，依然可以尽情欣赏星空，登山也易如反掌。"

"登山是用脚吧？"

我们就像这样，甚至有余力开这种玩笑，不过这也算是得意忘形或粗心大意。

我刚才描述得我们像是非常冷静、基于理性思考得出这个结论，不过实际上，我们想到接下来要进行的这个好主意时，我与忍反复欢呼击掌和握拳互击（这幅开心的光景实在不能让各位读者看见）。

但是，当我们走完熟悉的山路，抵达北白蛇神社之后……

"……"

忍的脸色迅速一沉。

堪称没有一丝阳光的阴天。

看她的表情就知道无需询问确认，而且不问或许是一种温柔，但我还是抱持一丝希望询问。

"怎么了？"

"嗯。"忍从我身上跳到地上，"能量一点都不剩。"

"这样啊……"

我早在几秒前就失望又绝望，回应的语气变得爱理不理。

但我并不是已经接受这种状况。

按照我和忍数度讨论之后的推测，未曾进行时光穿梭的这个地方，灵能量应该完好如初地保存下来了。

"依吾所见，原因是……那个。"

忍立刻发现原因，并且指着那个方向。

我不太清楚忍指着那个方向的意思，但忍快步走过去，我只能不明就里跟着她。

我不禁心想，这样根本看不出是谁被谁的影子束缚，不过严格来说，现在的忍将吸血鬼性质提升到容许极限，因此她可以短时间脱离我的影子（我就像是充电器，忍是子机）。

沿着参拜路走向主殿，我就听懂忍的意思了。

原因在于破旧不堪的主殿。

不对，是贴在上头的一张符咒。

"咦……？这是……"

我看着这张符咒，乍看之下看不出所以然，但我仔细审视并歪过脑袋。

我当然知道这是什么。

这是忍野要求我拿来贴,准确来说是我与神原一起来贴的符咒,所以我不可能认不出来。这是用来防范妖怪大战于未然,对我来说负担有点沉重的任务。

所以我非常怀念。

包含后续的千石事件在内,非常怀念。

虽然这么说……

"这张符咒不一样。"

以看不懂的字体书写的这种符咒,我没办法清楚辨别,但是连颜色都不一样。

我贴在这间主殿的符咒,是用红色墨水写成的,但现在贴在这里的是黑字符咒。

"其实我不知道红色的墨水是否该称为墨水……总之这是怎么回事?"

"那个夏威夷衫小子,并未将所有知识传授给吾,但与其说种类不同,不如说效果不同,历史改变前与改变后,夏威夷衫小子交付给汝这位大爷之符咒不一样。"忍这么说,"换句话说,不只是世界之存亡,历史连此等小事都有所改变。"

"这样啊……"

"不过,对吾等而言并非小事,汝这位大爷所贴之符咒,是分散灵能量避免聚集之药,但现在位于吾等面前之符咒,是吸收灵能量之符咒。"

"吸……吸收?"

"比起托付给汝这位大爷之符咒,这张符咒之功能强烈好几倍,不过基于防范妖怪大战之意义,具有相同之效果……"

"也对。"

对我们来说,并非完全相同。

既然用来穿越时空的灵能量像这样被吸收掉,我们根本无法回到过去。

我们的好主意以及风发的意气，只因为一张符咒就漂亮地化为乌有。

游戏里偶发的臭虫就只是臭虫，不可能重现。

"我知道讲这种话不合道理又像是置身事外，反正没人在听，我就任性抱怨一下吧，忍野，你这是在做什么啊！"

"真任性……对夏威夷衫小子来说，用哪张符咒还不是一样……他并未特别检讨使用哪张，只是以习惯动作或手气摸到哪张就使用，没考虑这种问题。"

嗯……说得也是。

即使是忍野，也不可能考虑到我与忍会穿越时空，因而事先聚集灵能量以防万一。

不对……

即使那个家伙考虑到这件事，但他是维护平衡的使者，不会如此贴心。

"如同播放两片装DVD时，无论先播放第一片或第二片都一样。"

"慢着，这样差很多……"

要是先播放附录光碟怎么办？

别随便举例。

"不过，我认为他处理这种重大事件时，不会随便到只靠习惯动作或手气，肯定是在这个历史中基于某种必然的理由……但追究这种事也没意义了。"

"是啊。"

"唉……既然这样，只能捐点香油钱拜托神帮忙了。"

我之前才说出"这种破烂神社没有神"这种遭天谴的感想，事到如今却想打这种如意算盘，但我们似乎也只能做这种事了。

"啊，等一下，这里肯定是气袋没错，所以只要撕掉这张符咒耐心等候，灵能量又会聚集在这里吧？虽然得再度背负妖怪大战的风险，但现在没空计较这种事……"

"汝这位大爷！"

忍阻止我贸然朝符咒伸手，但为时已晚。

我碰触到符咒。

然后被弹飞。

不是静电弹开手指的等级，而是整个身体被震到后方。一屁股跌坐在地的我起身一看……

"……"

指尖微微烧焦。

不，应该说是炭化。

完全感觉不到痛楚，大概是神经也在瞬间烧焦。

现在的我化为吸血鬼，这种伤害当然瞬间治愈，但是惊讶情绪迟迟无法平复。

"吾说过，符咒之种类不同，这张符咒不是汝这位大爷……更正，不是吾这种怪异能碰之符咒，和十字架一样，别说撕掉，甚至无法碰触，否则会被吸收吞噬。"

"慢着，但是贴这张符咒的不是别人，正是我啊？"

"先听吾说完，所以那个猴子丫头肯定和汝这位大爷一起过来，实际接过符咒拿在手上的亦是她，只要她不以左手拿符咒就不成问题。"

"……"

原来如此。

在这个历史中，神原同行完成这项工作的必然性更高，说不定千石在这个历史中遭遇的问题也不一样。

不过，这么一来——

"现在的世界别说神原，连一个人都没有，既然空无一人，世界上只有我与你，就表示没人能撕下这张符咒吧……"

"就是如此。"

"所以，刚才的点子不可能付诸实行吗……"

我也想过别碰符咒，直接把整间主殿移走，但是想借此解决问题的我太单纯了，符咒的效果应该扩散到了整间主殿，想到这里我就不敢轻举妄动。

想到炭化的指尖，就不敢轻举妄动。

"何况撕掉亦没有意义，聚集在此处之灵能量，是全盛期之吾来到这座小镇才会聚集，此处如今无法聚集此等能量。"

"这样啊……那就绝望了。"

"确实绝望。"

演变到这种程度，我甚至质疑忍野是故意让穿梭时光的我们困扰，才恶意使用这种符咒，但我不认为他会为了惩罚我们不听话而不惜阻挠我们拯救毁灭的世界。

但如果坚持公平性，这么做才正确吗？

他认为即使是要拯救世界，也不应该进行时光穿梭？

因为是维护平衡的使者？

"除了这里，日本其他地方也有气袋吗？说是气袋，以现代风格而言应该称为灵力地点。"

"吾不清楚，但也唯有寻找一途。"

就像这样，我们身处只能算是绝望的状况，依然想垂死挣扎，为了寻找足以进行时光穿梭的灵能量，即使不像忍野或羽川，即使无法前往海外，我们也想浪迹于国内寻找灵力地点。我们拟定旅行计划，具体来说先到青森恐山，或是静冈富士山……

然而，事态远超过我们的想象。

这是人类灭亡的世界。

没有人类的世界。

然而，这些消失的人们，消失的大家究竟跑去哪里了？

我在下一瞬间得知这件事。

得知他们并未前往任何地方。

他们，一直在这里。

不，准确来说……

他们的尸体，一直在这里。

022

"！"

惊讶。

应该不能形容为惊讶。

我不觉得时间经过很久，回过神来却发现周围一片漆黑。由于我的心情处于漆黑状态，才和天色混淆迟迟没有察觉……不对，以我现在的状况，晚上视力反而比白天好，不会因为天色变暗就看不清楚，所以才没有察觉。

总之，基于何种理由都一样。

唯一确定的是我们晚了一步。

回过神来时，我们被包围了。

包围？

被什么东西包围？

若是各位这么问，我只能这么回答：被尸体包围。

而且是腐烂的尸体。

融化如水，溃烂如泥，身上的破烂衣服，如同和身体的软烂皮肉糅合，就是这样的尸体。

响起"噗喳"的声音。

这群尸体之中，有一条手臂掉到地上。

不，不止一条。

各处的丧尸，在各处噗喳噗喳掉落手臂，如同水滴落地般溶入地面。

不，也不止是手臂。

有的是脚、有的是身体、有的是头。

如同脆弱的黏土工艺品，崩解落地。

但他们不在意这种事。

而是如同黏土工艺品重新修补。

伸出手臂再生。

延长腿脚再生。

堆叠躯体再生。

冒出头颅再生。

恢复原样，再按照原样崩解。

持续反复这样的循环。

如同永远处于死亡状态的尸体，反复循环。

冒出恶臭，本应动也不动的尸体，却站立走来包围我与忍。

尸体塞满不甚宽敞的神社境内，人数多到即使清点也很愚蠢，但我无事可做，所以还是大致算出总数超过五十人。

不对，以"人"为单位计算尸体很奇怪吧？

应该说超过五十"具"？

还是说，既然他们勉强维持人形，还是得当成人类对待？

这么做才符合伦理？依循道德？

所以，在这种颠覆某种事理——颠覆某种常识的慑人状况下，在被腐烂又缓慢走动的尸体层层包围的这种慑人状况下，我感觉到的情绪并非惊讶。

是单纯的恐惧。

"这……这是什么？"

不只是我，忍也脸色苍白。

不过，她不像是惊讶或恐惧，而是一味地混乱。

"怎么回事，这些家伙是这座小镇之居民？是居民之尸体？闻到吾等气息所以上山？"

"居民……"

忍这番话或许不是独白，而是在询问我，但就算她这么问，我也不清楚。

包围我们的尸体群，表面融化成软泥状，形体并未维持到足以辨识，只能勉强从躯体高矮分辨大人与小孩，却已经连性别都难以确认，好不容易才能由骨架判断，但我不认为现在区分性别有何意义。

对，我知道"这种东西"叫做什么。

不只是我，任何人都知道。

"丧尸……"

"汝这位大爷，别动啊……"

我并不是要采取什么行动，但我正要踏出一步时，忍抓住我的衣摆。

她的脸色依然苍白。

"总之只要待在此处，对方似乎就不会继续接近。"

"咦……啊啊。"

我听她这么说才察觉。

丧尸们像是包围我们般环状围绕，但是达到某个距离后就不再接近，他们所有动作都很缓慢，所以很难看出来。

按照目测，距离约三米。

他们维持这个距离停下脚步，就只是在原地左右晃动。

不过，人数随着时间增加。

看来是后续接连上山。

"为什么？而且这些家伙为什么不再接近？"

"应该是因为这张符咒。"忍说着指向贴在后方主殿的符咒，"汝这位大爷已经体验这张符咒之效果，汝这位大爷多少还留着人类之部分，因此可以实际触摸，但这些家伙明显完全是怪异，顶多只能接近到这里，他们知道继续前进很危险。"

"他们知道？"

是吗？

这些家伙没有继续接近，或许是多亏了这张符咒。

不过，这些家伙拥有这种程度的意志？

他们每个人看起来都是眼神空洞，应该说眼球腐烂到令人质疑是否看得见，如同只有眼窝……

"我不太清楚……不过就是这些家伙想毁灭世界吗？记得丧尸会吃人肉吧……而且一旦被咬就会受到传染，同样成为丧尸……"

"天晓得，这部分完全是众说纷纭……总之，最好趁着这张灵验符咒还有效果赶紧离开此处。"

"啊？离开？不是待在这里就安全吗？"

"如汝这位大爷所见，人数越来越多……坦白说，吾无法掌握状况，即使他们自己不想接近符咒，亦有可能因为人太多被挤过来，只是还没过来罢了。既然他们是怪异，应该不是吾或汝这位大爷之对手，然而……"

确实。

他们看起来诡异，有种不知道在打什么主意的恐怖，令人毛骨悚然，却又不像是昔日的吸血鬼猎人或猴子拥有强大战斗力。

就只是数量很多。

这种数量本身正是问题，不过……

不过，换个角度。

"但他们可能原本是这座小镇之居民，是以镇民尸体制成之丧尸，想到这一点，吾等亦不能贸然除掉他们吧？"

"没错。"

忍提出意外正经的意见，我也点头附和，真要说的话，我刚才觉得除掉他们也无妨，所以我抱持着些许反省的心态。

不过……到底是怎么回事？

搞不懂。

这个世界不是毁灭了？

人类不是灭亡了？

还是说，难道……

难道……

"所以，汝这位大爷，总之还是逃吧。"

"你说逃……但要逃到哪里？"

前后左右都被环状重重包围，在我们对话的时候，丧尸的数量也持续增加。

哪里有地方能逃？

"既然前后左右都不行，只能逃往上方了。"

忍说完这番话，像是搂住般环抱我的腰，然后跳跃。

不是时空跳跃的意思。

是真正的跳跃。

"唔哦……"

老实说，我无暇像这样出声惊讶，我们忽然跳到的位置就是这么高。

目测至少跳了三百米高。

起跳时甚至没有屈膝。

我依然质疑那些丧尸是否拥有视力，如果有，肯定以为我们忽然在眼前消失了吧。

忍现在恢复相当程度的力量，所以才做得到这种事，而且这样还远远比不上全盛时期，真恐怖。

天啊，在她的全盛时期，或许不用助跑就能跳到宇宙中吧？

她说迟早要打倒太阳的妄语，或许意外不是玩笑话，而是真的可能达成的目标。

或许她可以毁掉星球。

难怪历史会改变。

"总之，这样就成功逃离了。"

"是啊……不过那些家伙到底是什么？"

"不清楚……不对，他们与其说是丧尸，不如说更像……"

忍似乎想说些什么，却只说一半就停住。

即使往上跳也迟早会着地，在这种状况下，如果只是垂直跳跃降落就毫无意义。因此忍利落地在空中（连同我）转动身体，摆动双脚利用空气阻力在空中蛇行，寻找可以着地的地点，也就是寻找尽可能远离山上丧尸的安全场所。

然而，从遥远上空俯瞰我们这座小镇与世界，根本没有安全的场所。

"……"

"……"

我与忍在空中一起哑口无言。

以吸血鬼的视力俯瞰夜间小镇，然后哑口无言。

实际上，并不是山上的北白蛇神社聚集大量丧尸。

五十具、六十具，最终大约八十具。

刚才有这么多的丧尸包围我们，但那群丧尸完全只算少数派。

"镇上……满是丧尸。"

寻找落地位置毫无意义。

丧尸横行霸道，在镇上各处昂首阔步。

实际计算真的没有意义，但总数肯定接近镇上总人口数。

不对，不只是这座小镇。

仔细注视勉强看得见的邻镇或是更远的区域，也出现相同的现象，不晓得至今究竟躲在哪里或是一直埋在地底，大量丧尸出现在各处，摇摇晃晃在夜间散步。

换句话说……

"人类都变成了丧尸？"

人类灭亡了。

但是并非消失,而是所有人都成为尸体。

然后化为怪异。

如斧乃木所说,"持续死亡型"的怪异。

"居然会这样……"

看来,我防止八九寺化为怪异之后,害得所有人类都化为怪异。

"这终究是……无从解释又无法赎罪的过失了……没想到我回溯时光改变过去,却害得所有人变成僵尸……"

"不,汝这位大爷,这不是汝这位大爷要自责之事。"

此时,依然抱着我的忍这么说。

我以为这是在安慰,实际上并非如此。

忍——脸色苍白的吸血鬼,并不是在安慰我。

"是吾之错。"

她是在忏悔。

"都是吾犯下之错。"

"怎么回事?刚才互推责任,现在却是彼此袒护?忍,我很高兴你有这份心意,可是我……"

"不,吾这番话并非袒护,是牢不可破之事实,是严苛之现实。"

"忍……"

"汝这位大爷,仔细听清楚,首先,那并非丧尸,是成为吸血鬼之下场。"

"吸……血鬼?"

换句话说,和"我们"一样?

那些软烂融化,只能形容为会动尸体的怪异群,和我们一样?

"正确来说,是只和汝这位大爷一样,因为他们和汝这位大爷一样,是被吾化为吸血鬼之人类。"

"咦……是你?"

"对。"

忍如此回答。

207

语气无力，表情严肃。

"换句话说，在这个历史中，毁灭世界之元凶是吾。"

023

主角双人组，这对空前绝后的最佳搭档，终于成为前所未闻的毁灭世界的头号嫌疑犯了，即使各位在这时候生厌而放弃看下去，我也觉得在所难免，所以我讲到这里三缄其口，或许是我以罪人身份能够展现的诚意，但我还是基于义务，厚脸皮述说接下来的进展吧。

镇上满满都是丧尸群。

想着陆却没有安全的场所。

我不确定他们是否拥有明确的意志，不过回忆刚才北白蛇神社的状况，我们双脚踏地的瞬间就会遭受袭击，这一点显而易见。

不知道他们会如何袭击就是了。

回想起软烂融化的肉体之中，唯一显眼又锐利的牙齿……对，回想那如同吸血鬼一般的牙齿，就可以想像后果。

坦白说，我与忍当然是身经百战。

尤其像现在这样提升彼此的吸血鬼特性之后，即使丧尸数量无限，也可以像是电玩中心的射击游戏那样"扫荡"他们。

但是如忍所说，他们原本是人类，何况还是居民，我们不可能做出这种事。

即使如此，我们就算再度降落在北白蛇神社境内，也不会因而保持均衡又安全，必须尽可能避免在身后有那张符咒的地方和大量丧尸对峙，这一点也如忍所说。

所以我们后来怎么做？即使想着地，地面也已经是丧尸乐园，贸然跳到空中的我们后来怎么做？抱歉说出来会令各位扫兴，答案是"我们没着地"。

没有着地。

也就是持续滞留于超过三百米的高空坐标。

如果有读者质疑我们究竟在空中聊了多久，请各位回想一下。

忍野忍会飞。

可以让背上长出类似蝙蝠的翅膀。

顺带一提，我后来听忍说，如果只是长出翅膀（装饰用？），即使是没有恢复力量的简易模式也做得到。

这是我绝对做不到的把戏。

忍如果要飞行，终究得成为相应的吸血鬼模式，维持幼女外形就不能飞，这也是当然的，虽然我说翅膀像是蝙蝠，但她不是利用风力或空气浮力，真的是只凭蛮力飞上天。

翅膀拍得超快，好像蜜蜂。

以昆虫形容她，会令我过意不去，所以我说她好像蜂鸟。

不提这个。

我们就这么维持在三百米的高度等待天亮。

我们这对主角双人组很不像样（简介是骗人的，这样哪能叫做"物语"史上最强的双人组？），不过考量到在三百米高度滞留将近十小时用掉的体力与精神力，应该只有这一点还算可取。

即使如此，只像是笨蛋一样漂浮在空中没什么意义（忍忙着飞，但我没事做），所以在大约十小时的这段时间里，我们飞到各处观察下面的状况。

但无论是城市、小镇还是乡村，观察任何地方都一样。

即将跨越县市交界时，我们体认到这趟巡逻只会和白天的探索一样绝望，因此回到原本位置。

忍是藤子老师的书迷，我原本想对她说这样很像《小超人帕门》的巡逻任务，但忍的心情一直很低落，所以我打消念头。

或许应该说，正因为她心情低落，至少在我问出她"一切都是我的责任"这句话的真正意义前，我觉得不要乱开玩笑比较好。

这个判断应该是正确的，我偶尔也会做出正确的判断。

然后，天亮了。

太阳从东方天空升起时，丧尸群眨眼间从地面消失，在这种状况下，"消失"正如字面上的含义，我不记得把目光移开过地面，他们却不知何时失去踪影。

简直像是预先设定好会随着天亮而消灭，不晓得是钻进地面还是躲在暗处，但他们应该不会随着天亮变得敏捷才对。

无论如何，忍（与我）的力量在天亮的同时减弱，忽然无法维持高度而笔直降落，以普通人早就摔死的巨大力道坠地。所以，我们很庆幸他们消灭了。

虽说是消灭，但应该不是真的消灭。

应该不会消失。

他们就在这里，位于任何地方。

后来我们回到阿良良木家，走在丧尸群昂首阔步的痕迹已经完全消失的废墟小镇，回到阿良良木家的客厅。

我和忍说话，正确地说是听忍说话。

我们在天上没讲到这件事。

"所以忍，告诉我吧，你说都是你的错，这到底是什么意思？"

我照例无法准备饮料，而且毫无开场白地直接问忍，在这种状况下，我终究无法将忍抱在怀中。

我们面对面说话。

"应该不只是因为你是穿越时光的主谋吧？如果是这样，那我也是共犯，而且这是我提议的，我的罪应该更重，但是听你的说法，似乎这一切都是你单独犯行，这是怎么回事？"

"是吾之错。"

忍以疲惫至极的语气回应。

原因应该不是她整晚在天空中飞。

"正确来说,是'这个历史'之吾。"

"你所说的这个历史……"

换句话说,是在这个改变后的历史,在我们所改变的这个历史中的忍野忍的错?

"对,也就是说,这个世界之吾,不是吾之另一个吾,在两个月前将所有人类化为吸血鬼。"

"忍,这一点我也不懂,刚才那些哪里像吸血鬼?广义来说,吸血鬼确实也是一种会动的尸体……对哦,记得别名是夜行者?他们确实在黑夜里到处走动,毫无意义地到处闲晃,看起来真的很像散步,你是这个意思吗?"

"嗯,在这种场合,汝这位大爷应该也和吾同样混乱,所以从头说明比较好,但还是依然相当难以启齿。"

"慢着,别说同样,我觉得我应该比你混乱多了,白天是鬼镇,晚上是丧尸镇,所有人变成丧尸,而且你主张这是你的错,我相信自己是这个世界上最混乱的人,不过现在全世界也只剩下我与你了。"

"……"

"喂,你别心情低落了。"

"当然会低落,因为吾说出吾所做之事,汝这位大爷或许会真正动怒,吾认为即使如此也在所难免,可是……"

"别再用这种说法了。"

忍尴尬移开视线,一副犹豫不决的样子,这是忍首度露出这种模样,我见状忍不住打断她的说明。

"忍,不用支支吾吾,既然你要从头说明,我也要基于顺序先讲一件事,无论是这个历史中的你,还是现在位于我眼前的你……"

我伸手搂住忍的双肩。

从沙发起身蹲下，让视线和她等高。

笔直注视她金色的双眼。

"我与你是异体同心。"我这么说，"我做的事就是你做的事，你做的事就是我做的事，假设你犯下某个错，我可能会对你生气，但绝对不会舍弃你，我最喜欢战场原，比任何人都尊敬羽川，和八九寺聊天是我最快乐的事，但如果要我选择一起死的对象，我会选你。"

"汝这位大爷……"

"如果你背负着某种事物，就不要独自背负，这应该是我与你共同背负的担子，真要说的话，你对我有所隐瞒更令我受伤。"

或许是我抓肩膀抓得太用力，忍像是疼痛般扭动身体，这个反应使我放开她，但忍不再尴尬地移开视线了。

"吾也一样。"然后她这么说，"吾死时，也想和汝这位大爷一起死。"

"嗯，这种事过于理所当然，甚至不用说出口。"

如果忍的生命明天就要到尾声，那我活到明天便足够。

这个誓言至今屹立不摇。

刻在我的心中。

深刻入身。

刻入最深处。

化为血肉，深刻于骨。

"嗯……那还是按序述说吧，其实吾一开始心里完全没有底，亦没有想到任何线索，看到报纸时同样没有起疑。"

"啊啊……这么说来，你确实说过这种话，好像是记性很差之类的。"

"六月十四日。"

"嗯？"

"吾刚才总算回想起这天是什么日子，只能说是错失良机……

不对，没这回事，无论如何都晚了一步。"

"你回想起那天是什么日子？"

"汝这位大爷肯定也记得，那肯定是印象深刻之日，想到什么了吗？"

"那天不就是世界灭亡的日子？我当然印象深刻，事情发生在六月十四日晚上，或者是六月十五……"

"不对不对，不是这个，是原来的……原本历史之六月十四日晚上。"

"就算你这么说，但那份报纸没刊登令我心里有谱的报道啊？"

"不，和报道无关，这时候之重点只在日期。"

"六月十四日啊……十四日，十四日……我想想，那天是周三……所以十五日是周四……"

我用手机显示那个月的月历，但还是想不起来。

"看来尚未想起。"

忍莫名一副很遗憾的语气。

我过于驽钝的样子确实令人遗憾……不对。

从下一句话来看，忍感到遗憾的应该不只是我的驽钝。

该怎么说，是我这个人本身令她遗憾。

她将会抱持着这种遗憾。

"只要说六月十五日是文化祭前日，汝这位大爷应该就明白了吧？"

"啊！"

原来如此。

听她这么说，直到她不得已这么说，我才终于察觉。

察觉到自己的迟钝。

六月十四日，是文化祭前一天的前一天。

这天代表的意义，这天发生的事情，实际上我无需回想。

应该说，我不可能忘记。

这天是我和战场原出生至今首次约会出外观星的第二天；是羽川翼第二次化为黑羽川的日子。

而且，是和忍野咩咩一起住在废墟的忍离家出走的日子；是我跑遍整座小镇寻找忍的日子。

最后一点，也是忍野咩咩离开这座小镇的日子。

"看来察觉了。"

"啊，啊啊……"

"汝这位大爷差劲透顶，和恋人首次约会之日期、平常总是称为恩人之前任班长发生重大事件之日期，吾离家出走暨夏威夷衫小子离开之日期，汝这位大爷居然全部一起忘光。"

"……"

我无话可说。

也对，读者肯定也早已察觉并且嘲笑我。

哎，大家应该早已无可奈何，没在看这本书了。

嗯，幸好这个事实是在没人阅读的段落揭晓。

"慢着，虽然经常有人说我个性像女生，但我不像女生会把纪念日存在记忆里，而且我也没写日记！"

"即使如此亦应该记得吧？毕竟那天接连发生如此重大之事件。"

"隔天的文化祭太好玩，我玩到忘了。"

我姑且如此解释，内心则是率直反省这一点。

不过……

"不过，我还是不懂这有什么关系，那天确实发生很多事，即使如此也不会导致世界毁灭吧？"

无论是和战场原约会，还是黑羽川、忍、忍野的事，我不认为光是稍微改变历史，这些行动就会导致世界毁灭。

"真要说的话，黑羽川的胡闹和怪异现象有关……即使如此，相较于黄金周，当时的黑羽川圆融许多……啊，不过记得我当时还是差点没命？"

"不,黑羽川并非毫无关系之现象,但重点是吾之离家出走。"

"你的离家出走?但那件事不是顺利解决……"

不。

不对。

所谓的解决,终究是在我们所知道、所经验的历史中。

换句话说,在这个历史里发生"某些事",导致事情没有解决?

"到最后,吾未曾对汝这位大爷叙述当时离家出走之细节,汝这位大爷亦没有刻意问吾,吾很感谢这份贴心,因此也不打算在这时候说详情,但吾就在此公开唯一无法隐瞒之事实吧。"

"好,别卖关子啊。"

"那天吾做好准备,要是汝这位大爷没找到吾,吾就要毁灭世界。"

"原来那件事这么严重!"

等一下!

我原本就觉得这趟离家出走充满悲壮感,却没想到会是这种程度!

居然攸关世界存亡!

"你的格局真大!"

"是啊,吾姑且是世界上举足轻重之吸血鬼……"

"也太重了吧?所以,为什么?"

"因为自暴自弃……不过真要说的话,应该是乱发脾气。"忍这番话莫名其妙。"不,虽说如此,但吾当时失去力量,不可能做得到这种事,只是嘴里这么说、心里这么想……不过,在这个世界恐怕不同。"

"……"

这么说来,你确实提过。

你在至今的五百年(其实是六百年)生活中,好几次想消灭人类。原来其中一次就是那天。

我完全没想到。

"换句话说，这个世界的……唔，这样讲有点复杂，总之这个历史的阿良良木历，没能在六月十四日找到你？"

"应该是这么回事……汝这位大爷仔细想想，那天首先察觉吾离家出走之人，是那个迷途姑娘。"

"这么说来……"

很抱歉，我对细枝末节的记忆依然模糊，不过听忍这么说……

"记得那一天的开端，是八九寺提到在美仕唐纳滋门口看到你……"

虽然不是很清楚，但我记得那天早上，我上学途中遇到八九寺，向她炫耀我和战场原的观星约会。

我就是在当时听到的。

听到忍离家出走的消息。

"这个历史中的我，没从八九寺口中听到这件事，所以没能找到你……"

等一下。

即使这样，应该也不可能因而找不到忍。

八九寺后来也有协助寻找忍，我接下来这段话，对于提供协助的她来说可能很过分，不过在我找到忍的过程中，八九寺并未提供很大的助力。

忍离家出走的行径，即使不用八九寺告诉我，我应该也迟早会发现。

所以，我的推测是这样的。

不只是当天的问题。

要是八九寺——成为怪异的八九寺不存在，别说六月十四日，我根本不会在母亲节遇见八九寺。换句话说，这个世界的阿良良木历，是未曾遇见八九寺真宵的阿良良木历。

仔细想想，这件事不可能完全不影响他（请容我刻意当成陌生人称呼）的行动或人格。

不只是母亲节。

从五月十五日到六月十四日。

这个时代的我，未曾在这整整一个月和八九寺真宵来往，正因为是这样的我，才会找不到忍野忍。

肯定是在"那一瞬间"。

成为剧情关键的"那一瞬间"。

我没有向忍求助。

"原来如此，这么一来，我大概在那时候被黑羽川杀掉了。"

这个历史，应该就是这样的历史。

"忍，接下来这个问题，你不想回答可以不用回答，我是抱持相当随便的态度问这个问题的，应该说，其实这是我未曾思考也不想思考的问题。我与你从春假开始一直维持这种相互束缚的状态，在这种状态下，要是我或你其中一个发生意外丧命，另一个会怎么样？"

既然相互束缚，应该会共赴黄泉？

另一种情况则是……

"应该是'另一种情况'。"

忍立刻回答。

这里形容她立刻回答，并非因为她完全没有回答的意愿，从她的表情判断，甚至应该相反。

她立刻回答。

"那个脑袋空空之猫女绝对不知道……至于那个夏威夷衫小子肯定知道，汝这位大爷亦说过，只要舍弃吾，汝这位大爷随时可以恢复为人类……"

"所以反过来说，只要我死了，只要我被杀，你就会恢复原来的力量，成为最强的传说吸血鬼，重返铁血、热血、冷血吸血鬼的地位。"

换句话说，这个历史中的忍野忍，可喜可贺地顺利恢复为姬丝秀忒·雅赛劳拉莉昂·刃下心，大放异彩。

或许该形容为大肆作乱。

"难怪没看到菜篮自行车……哈哈……"

这个事实、这个现实，使我不由得笑了。

不得不笑。

"原来如此，原来如此，'一起死的对象会选择你'这句誓言，从这个角度看也符合逻辑。"

居然变成"要不要葬在同一座坟墓"的意思。

好夸张的求婚。

"对，而且很遗憾，在这个世界，汝这位大爷没能实践这个承诺，所以吾认真地想毁灭世界。"

忍这么说。

表情足以形容为悲痛。

"依照推测，吾首先杀害之对象应该是黑羽川，亦就是前任班长。"

这似乎是忍最难对我启齿的事，她的声音小到几乎听不见。

不过，我当然没有责备。

因为我肯定能阻止这种结果，只要稍微努力，肯定能阻止这种结果。

"看来可以换个方式形容，这个世界是坏结局的世界。"

1．求救。

2．不求救。

现在的我选择1，这个历史中的我选择2——不对，是还没选择就超过时限。

这是坏结局。

阿良良木历的死亡结局。

"追根究底，汝这位大爷遭遇吾之时间点即是坏结局，恢复全盛时期力量之吾，后来袭击了杀害汝这位大爷之前任班长，试图毁灭世界，具体来说就是将这座小镇之居民、全日本之国民、全世界之人民化为吸血鬼。"

忍和刚才不同，以坚定语气说出这番话。

"将所有人化为吸血鬼……"

"现实上，吾直接吸血之对象，应该只有最初数人，但是如汝这位大爷所知，应该说汝这位大爷肯定最清楚，制作眷属即为制作奴隶、制作厮役，当初对汝这位大爷吸血时，吾处于濒死状态，因此在这方面赐予汝这位大爷某些限度之自由，但是被吸血之对象，原本将成为吾之分身。"

"分身？"

"换句话说，吾直接吸血之数人，会成为和吾一样企图毁灭世界之吸血鬼，继续向周围人类吸血，如同丧尸会传染，吸血鬼亦会传染，以此诞生之吸血鬼，追本溯源亦是吾之眷属，同样是企图毁灭世界之吸血鬼，眷属以这种老鼠会之等比数列形式增殖，转眼就能毁灭世界，应该说毁灭人类这个物种。"

"……"

"由于是从这座小镇开始，因此这座小镇与周边城市还算保有原貌，不过到了外县市，恐怕已经陷入前所未有之恐慌吧，如果这里是鬼镇，东京或大阪成为焦土亦不奇怪。"

"也对……"

恐慌达到这种规模，自卫队确实会展开行动。

何况要是传播到海外，真的是造成核战等级的事态也不奇怪。

可是……

"可是，不可能有人能应付你与你的眷属吧？奇洛金卡达或德拉曼兹路基他们所属的教会组织可能会采取行动，可是……"

即使专家们如何采取行动，也不可能阻止率领群体的姬丝秀忒·雅赛劳拉莉昂·刃下心。

219

他们至今好不容易抑制住那个传说吸血鬼的原因，在于她绝对不制造眷属。

她是不会增殖的吸血鬼。

个体的稀少程度，是唯一阻止她威胁世人的遏制力。

一辈子只破例将我以及另一人制作为眷属的吸血鬼，要是认真制造同伴，更正，认真创造集团的话，将会发生无法想像的恐怖事态。

不对，在这个历史中已经发生了。

"大概一晚就能征服这个区域，一天就能征服日本，约十天就能征服世界。"

"嗯……"

大致如此。

她终究无法只在一个晚上毁灭世界，但是这种速度也很快。

毕竟等比数列真的是以非常恐怖的速度增加……即使刚开始只有数人，假设五人好了，五人会变成二十五人、二十五人变成一百二十五人、一百二十五人变成六百二十五人、六百二十五人变成三千一百二十五人、三千一百二十五人变成……

我没办法继续心算下去，但应该转眼就能达到六十五亿人。

"而且第一人还是羽川，所以不是黑羽川，是血羽川。"

我好想看看。

这么说很冒失就是了。

"那个家伙应该会勤勉地将人类变成吸血鬼，我甚至觉得她会负责指挥。"

"如此一来，或许五天即可毁灭世界。"

忍说到这里沉默了。

不对，可不能在这时候沉默，话还没说完。

如今我确实明白世界毁灭的原因，也知道晚间出现百鬼夜行奇景、人类全部化为怪异的原因，可是……

"那些怪异不像吸血鬼而是丧尸,这是怎么回事?明明和我一样成为眷属,化为吸血鬼的过程却完全不同,我没像那样融化得软烂啊?如果那是你创造的完美眷属,应该可以和你一样飞上天……而且按照你的说法,这个历史中的我死了,但你没死吧?这个历史中的你,毁灭世界之后的你,正在哪里做什么?我想想,既然你在这里……"

"吾应该可以用一个答案,回复汝这位大爷这两个问题。"

忍像是早已预料我这两个堪称单纯的疑问,回以预先准备好的答案。

"这个历史中之吾,恐怕已经死了。"

"死了?"

咦?

等一下,等一下。

这么一来会颠覆前提。

会变成现在这样,是因为你毁灭了世界,要是你死了……

"错,所以说,这个吾是在'毁灭世界之后'死亡的。"

"嗯?不是因为人类抵抗,用化学武器杀害的?那有谁杀得了你?"

"无需多说,只有一人能杀害全盛时期之吾,这个人不是别人,正是吾自己。"忍指着自己这么说,"换句话说,是自杀。"

"……"

我无法反驳说这番话很荒唐。

到头来,忍——姬丝秀忒·雅赛萝拉莉昂·刃下心,就是为了自杀而来到日本这座小镇。

企图自杀的吸血鬼。

由于她在春假遇见我,由于我救了她,导致她没能自杀。

因此,正因如此,在我死后,以及她迁怒于人类之后,她就没有活下去的理由了。

正如吸血鬼字面上的意义。

没有活下去的理由。

"因为吾死了，眷属吸血鬼就全部化为丧尸。"

"啊？是这样吗？慢着，按照刚才的说法，眷属在你死后，应该会恢复为原本的人类吧……"

"这只限于吾与汝这位大爷相互束缚之状况，以吾与汝这位大爷之状况，主从关系彻底属于对抗状态，双方是彼此之主人，亦是彼此之奴隶，但眷属不同，完全之眷属并非如此，没有主人就活不下去，却亦无法死亡，只是单纯之奴隶。"

"六十五亿个奴隶啊……"

好夸张的规模。

独裁也要有个限度。

不过，这个国王居然自杀，所以这个国家、这个世界必然混乱。

会造成暴动。

应该说，吸血鬼之血造成失控。

"想从吸血鬼变回人类有一个方法，就是亲手杀掉你……但是既然你本人死了，想变回来也不可能如愿，只能任凭吸血鬼的血失控。"

结果就是成为丧尸。

失去意志。

治愈功能失控。

而且只剩下唯一的目的——消灭人类。

所以我与忍才会被包围。

我与忍都是半个吸血鬼，却也是半个人类，他们是来吸这一半的血。

为了让我们成为吸血鬼。

"既然这样，先不提我，但你明明是他们的主人……"

"全盛时期之吾和现在之吾属于不同之存在，所以在所难免，他们是姬丝秀忒・雅赛劳拉莉昂・刃下心之厮役，并非忍野忍之厮役。"

"这样啊……那么,即使你被他们吸血,他们也不会恢复原状吧?"

"若能如此,吾真想这么做。"

我只是随口这么说,但忍似乎当真了,以消沉语气说出这种话。

我无法相信这个事实。

忍明明将人类当成另一个种族,而且真的只当成饮用水看待。

然而……

"对不起。"

她居然说出这种一点都不恐怖,一点都不适合她的话。

对我这么说。

"吾并不是想这么做,吾只是希望汝这位大爷找到吾,却因为这种近乎小孩子闹别扭之理由,毁灭汝这位大爷珍惜之世界……"

"别这样,不要道歉。"我不忍心看到这样的忍,再度打断她的话语,"不要自责,这个历史中的你确实毁灭了这个历史,但你和她不一样。"

"话、话是如此,但吾就是吾啊……"

忍心情低落。

该怎么说……她的心理真的太脆弱了。

就像是证实这个世界中的忍,内心为何脆弱到自杀。

不对,即使是不同架构的历史,但忍确实毁灭了世界,这一点毫不夸张。得知这件事的忍,能够保持内心冷静才奇怪。

我也受到打击。

不是因为忍毁灭世界而受到打击,是因为我害忍毁灭世界而受到打击。

六月十四日那天,阿良良木历可能找不到离家出走的忍,我很难接受这个事实。

在这个时间轴的这个历史中，我是被黑羽川杀害，说穿了就是被羽川翼杀害，但是比起这个事实，前述的打击更加深刻地挖开了我的心。

所以，彼此彼此。

这果然是我们应该共同背负的罪。

"忍，光是你有这份想法，我就很开心了。"

"即使如此，吾至少得提供一根肋骨才甘心。"

"这样太恐怖了！"

我的癖好没有偏激成这样。

我只是喜欢人体里的肋骨，也就是以皮肉包覆的肋骨……

不对，这个话题改天再聊。

现在不是做这种事的时候。

"慢着，现在没空讨论这种事，我们有什么能做的吗？毕竟在这个毁灭的世界，只有时间要多少有多少。"

我察觉了。

没错，完全无需焦急。

真的没有任何事需要焦急。

"总之，忍，别再道歉了，你完全没错，至少在我面前的你完全没错，接下来，我们必须在这个毁灭的世界，在这个没有任何人的恐怖世界，在大量丧尸昂首阔步的惊悚世界相依为命，我们就比之前更加同心协力吧。"

"汝这位大爷……"

"忍完全没错。"

是的。

如果真要计较是谁的错，错的人不是别人，正是没能写完暑假作业，如今在这个历史不再需要写作业的阿良良木历——也就是我的错。

024

接下来以追加的形式，补充后来几个更加绝望的事项。

首先，关于昨晚在北白蛇神社聊到的点子，也就是寻找日本其他知名灵力地点，利用该处灵能量穿越到过去的点子，我们入夜之后立刻执行，移动方式当然是由忍抱着我在空中飞行，在地面移动时由我抱着忍，在空中移动时由忍抱着我，这样的方程式至此成立，很丢脸，我只知道恐山或富士山这些过于知名的地点，但我们还是在晚上走遍所有想得到的地点（时速一一九公里，挺快的），可惜全部徒劳无功。

这些地方当然灵力充沛，北白蛇神社根本比不上，然而——

"不行，各处都完全遭到封锁。"

就是如此。

这是忍的鉴定。

"仔细想想是理所当然的，那个夏威夷衫小子，亦是因为那间神社成为气袋，才会委托汝这位大爷负责贴上封印符咒，因此其他地点，特别是知名灵力地点，即使不是由夏威夷衫小子本人，当然亦有妖魔鬼怪之专家各自封印。"

"对哦……说得也是……不能只找灵力地点，必须是专家没注意或是还不知道的新灵力地点，否则就没有穿越时光所需的能量……"

"何况封印方式很完美，即使有能量，也是管制为无法使用之状态。"

应该早点想到才对。

但是，我们并非完全白费工夫。

由于在夜间移动,我们当然是俯瞰着地面飞行,丧尸再度不知不觉,真的是不知不觉出现在地面上横行霸道的样子(真的只是在夜间行走,没有做出破坏行动或奇怪的举止),我们都能清楚观察,而且最重要的是我们从上空俯瞰,因此得以证实忍的推测正确,破坏程度是以我们的小镇为中心往外加重。

越是远离小镇,越能清楚看见恐慌的痕迹,发生惨状留下的痕迹。

令人不忍卒睹,却不能移开目光的痕迹。

"忍,该怎么说……"

"嗯?"

在回程路上,应该说回程空中,我与忍如此交谈。

"以前有一种故事主题,最近也在某一段时间成为少年小说的主题,就是把世界和平与一个女孩的生命放在天平两端,主角在最后选择女孩,你听说过吗?"

"嗯,很多电影就是这样演的。"

"不觉得这样帅气又令人感动吗?在没有你的世界活下去也没意义,或是不想为了拯救世界而杀你……不过实际上,要是真正面临到世界与女孩二选一的场面,应该都会选择世界吧?"

"……"

"该怎么说,总觉得这只是在逃避做出残酷的决定,基于伦理,拿一个人的生命与一百人的生命做比较,任何人都应该拯救一百人。"

"不过……这种想法违反汝这位大爷之主义吧?汝这位大爷总是……"

"对,我至今都是如此,但我觉得这样或许也会造成女孩的困扰,以世界为代价得救,感觉像是生日时忽然收到凯迪拉克当礼物,该说困扰吗……坦白说,爱情达到这种程度,甚至会觉得恶心吧?"

"所以……汝这位大爷后悔拯救那个迷途姑娘？"

"很难说，我不清楚，但如果八九寺得知我为了救她而导致世界毁灭，我觉得她应该不会原谅我，毕竟她是个迷途十几年，却完全不会影响到他人的家伙。"

基于这层意义，我未曾看过她真正动怒的样子，但若她知道我为了她而毁灭世界，应该会火冒三丈。

不对。

即使如此，或许她也不会生气，不会责备我。

单纯只会悲伤。

只会哭泣。

"不过，反正她在得救的几天后，还是会因为车祸之类的原因死掉，所以没办法生气或哭泣。"

"吾无法苟同这种说法。"忍没有降低飞行速度继续说，"在春假，汝这位大爷拯救濒死之吾，吾当时很高兴，即使不是以世界为代价，但汝这位大爷当时毫不考虑就以己身生命为代价拯救吾，吾很高兴。"

"……"

"汝这位大爷最后为此而后悔，汝这位大爷不知道拯救吾会造成何种事态，因此到最后后悔到想要再度杀害吾，或许汝这位大爷至今还在后悔，但吾一开始之喜悦心情不会收回。"

我第一次听到忍的这个想法。

这是世界毁灭之后，我首度听到忍的真心话。

"虽说如此，吾若是那个迷途姑娘，至少不希望汝这位大爷如此后悔。"

"我说了，我不知道我是否在后悔，只是……"

我只是，变得空虚。

被历史、被命运赏了这个过于沉重的耳光。

使我体认到自己的肤浅。

"还是说,如果汝这位大爷在春假没拯救吾,世界就不会像这样灭亡,汝这位大爷认为这样比较好?"

"不……说得也是,确实不是这种问题。"

这是两回事。

正如我对斧乃木所说。

即使有不幸的事情,却也有幸福的事情。

所以,后悔没有意义。

"吾认为这么说或许能稍微让汝这位大爷舒坦,才尽可能说出安慰之话语,不觉得思考这种问题会绑手绑脚吗?"

"绑手绑脚?什么意思?"

"汝这位大爷这次借助吾之力,进行'时光穿梭'这种人类伦理跟不上之行动,或许因而抱持着严重违规之心情,但按照人类常识,看到孩子即将出车祸,理所当然会出手拯救吧?"

"……"

"看到有人溺水就会拯救,看到他人有难就会协助,这是人类历经数千年培养之良知吧?汝这位大爷就是基于这份良知拯救吾的吧?"

"慢着……话是这样没错,可是……"

"不过,免于命丧轮下之得救孩子,无人能否认可能在将来成为杀人犯;免于灭顶溺死之得救孩子,将来可能死得更凄惨。"

得救的吸血鬼,也可能毁灭世界。

"这时候,真的能断言当初不应该拯救吗?"

"……"

"反过来也可以成立,汝这位大爷欣赏之前任班长,因为受到历代父母虐待,得到人类不应有之强大能力,那她应该感谢这些父母吗?感谢他们未曾疼爱,感谢他们总是欺凌?"

"这……"

这是不可能的。

这简直是要战场原感谢贝木。

善意是善意，恶意是恶意，不能基于结果而颠覆。

不能这么做。

"相对的，也有人是过度受到父母宠爱，因为依赖而无法成材……忍野说，没人救得了别人，人只能自己救自己，我至今依然无法理解这番话的真正含义，但或许出乎意料就是这么回事，拯救他人之后，要到将来才知道是否真的拯救到他人。"

忍野。

如果那个家伙看到现在的我，不晓得会提供何种谏言。

不对，他不会出言协助。

那个家伙在这种状况下，应该也不会拯救我。

"这么说来，灵力地点被封印，应该是你毁灭世界之前，早就代代进行的事情，进行这种封印工作的专家，例如忍野，或是影缝、斧乃木，我不愿意这么想，而且那个家伙或许性质不太相同，但也可能包括贝木。这些人在世界毁灭时，到底在做什么？"

"应该全死了。"

"全死吗……但忍野曾经在你全盛时期挖掉你的心脏，影缝也是专门对付不死怪异的专家……"

"总之，对付他们这种程度之专家，吾或许会陷入苦战，但这是在吾独力战斗之场合，若吾制作出大量，真的是非常大量之眷属，他们完全不是对手，毕竟他们是人类。"

忍的语气有点炫耀，但她立刻察觉这种态度很轻率，轻轻叹了口气。

如同自我厌恶。

总之，按照我的见解，忍倾向于高估自己，不能将她这番从容说法照单全收，不过就我认识的三个专家而言，我不认为忍野会坐视这种状况不管，肯定会采取某种措施。

既然最后是这种结果，无论历经何种过程，无论是惨败或善战，忍野应该输了。

他——他们败北了。

败给大量的吸血鬼。

"不过……老实说，吾不愿意承认这是吾之行动，居然胡乱创造这么多眷属，就像是被心上人抛弃之后备受打击，自暴自弃来者不拒之女人。"

"嗯？这只是打个比方吧？"

"唔，啊，没事没事，对，当然是打个比方。"

忍不知为何在这时候慌张起来，飞行高度稍微下降，其实现在已经天亮，即使降落到地面也不成大碍。

"无论如何，那些专家应该也化为吸血鬼，并且在最后化为丧尸了吧。"

"忍野是丧尸吗……"

唔……

但他原本就像是丧尸了。

"想到这里，心情真的会消沉……忍野不用说，首先遭你毒手的羽川也不用说，连战场原、神原、千石、火怜与月火都成为吸血鬼，悉数化为丧尸，想到这里……"

或许之前在北白蛇神社包围我们的那群丧尸中，就有许多我们的朋友或熟人。

丧尸的脸部、身体与腰部轮廓都软烂融化，所以不可能辨别，但是这种可能性应该没有低到足以寻求救赎。

"真的别想这种事比较好，想了亦没用。"

"是啊，如果真的要从中寻求救赎，至少应该有一个人没有化为丧尸，那就是早已死亡的八九寺。"

但是这个事实令我难以承受。

因为我防止八九寺化为怪异的代价，就是所有人类化为怪异。

无论忍如何安慰，我面对这个事实，心情依然会低落，但我要是真的心情低落，忍也会跟着沮丧。

所以即使我再怎么自觉造孽，也不能沮丧。

或许，这也代表我在世界与一名女孩之中选择了后者，也可能只是我不想做出严苛的抉择而逃避。

"顺带一提，我连猫狗也没看到，这部分也是连根灭绝？"

"关于这方面，先不提吸血鬼，但丧尸不晓得是否能区分人类与动物……"

"这样啊……不过昆虫与植物似乎还活着。"

基于这个意义，即使人类灭亡，世界也没有毁灭，地球依然安好。

接下来的陈腔滥调，会展现出我这个人多么肤浅，所以我不太想讲。

我们在如此闲聊时回到自己的小镇，回到我们的鬼镇。

如今社会制度早已完全瓦解，小镇也丝毫没有小镇应有的功能，基于这层意义，我们没有回到这里的必要与意义，即使话是这么说，还是会对长年居住的这座小镇抱持一份情感。

先不提我们最后会怎么做，但我们打算暂时以这里为据点。

何况，距离这座小镇越远的都市，荒废程度就越严重，因此这座小镇现在肯定是全世界最宜居的小镇。

我们所居住的这座一无所有的乡下小镇，居然获颁如此光荣的头衔，真是做梦都想不到。

降落到地面之后，按照约定改为我抱着忍，一起前往超市。

我快要饿到极限，所以包括食物在内，我想购买现阶段的必备物资，不对，如今没办法进行购买的动作。

我当然有这个时代的货币，却已经没有店员能让我支付货币，或许会在晚上成为丧尸出现，但我也不认为丧尸店员会收钱。

肯定毫无职业意识，只想吸我的血。

"就算这么说，擅自拿商品回家，我会有无尽的罪恶感……"

"真胆小。"

"我在电玩中心,不喜欢被别人质疑纯粹是来换零钱的,所以每次拿一千圆换零钱,都会把换到的百元硬币用光才走。"

"这也太胆小了。"

"姑且把钱放在收银台吧。"

"不只是胆小,简直没胆。"

总之,我不可能每次都这样,不过至少第一次得这么做。

大部分的食物都已经腐败,店里弥漫着强烈的恶臭,不过罐头、零食与饮料还没超过有效期限,所以主要购买这些东西。

接着就是适度在店里逛逛。

衣服目前暂且不需要,等到冬天才来买就好。

不对,店家不可能进冬季服饰了。

"极端来说,衣服这种东西,吾以物质创造能力制作即可。"

"嗯……不过只有粮食没有解决之道,你吸我的血就能摄取营养,但我可不行,要是和你相互吸血,能量迟早会用尽。"

不妙。

自给自足出乎意料地辛苦。

使用卡式瓦斯炉就能煮食物吃,但燃汽罐迟早会用完,不够我们用一辈子。

何况食物罐头也不多。

怎么办?

吸血鬼的寿命长到无限呢?

这么说来,记得忍说过,吸血鬼的死因大部分是自杀。

不只是这个历史中的忍。

"就某方面来说很轻率的这份亢奋情绪,像是在无人岛落难的这份兴奋心情,应该撑不到一星期吧……在干劲依然高涨的这一星期,我们能够完成何种程度的准备,将决定我们今后漂流生活的结果。"

"回程时最好到书店一趟,寻找求生相关的书籍吧?毕竟应该抛弃文明生活了。"

"别这么说，只要我们努力一阵子，或许总有一天会诞生新生命，并且进化成人类再度建立文明。"

"即使是吸血鬼，吾亦不认为能够长寿这么久。"

"不是拥有永恒的生命，而且不老不死吗？"

"这是修辞上之意思，吾等和死去之幽灵或是丧尸不同，是一直活下去之个体，切勿忘记这一点。"

"这样啊……所以我再也玩不到 PS3 吗？"

"居然期待新人类发明 PS3，这就是汝这位大爷有趣之处……但是无论如何，即使新人类诞生，也会转眼加入丧尸行列而灭绝。"

"这样啊……"

那就没辙了。

人类不只是毁灭，而且再也无法出现在世间。

"我之前想过，是羽川造就了现在的我，这种想法应该没错，但不只如此，包括八九寺、你……还有战场原、神原、千石、忍野，有大家才有现在的我。此外，没有父母当然就没有我，也一定要有小怜与小月陪伴我，和贝木对决使我确实受到教训，和影缝战斗也改变我的价值观，就是这么回事，接下来这句话是老生常谈……但我太小看命运了。"

"小看……"

"命运是由大家共同打造的，我居然想独力改变，这种想法何其傲慢……或许就是如此吧。"

"吾认为想太多亦无用，但要求汝这位大爷别想这种事应该不可能，汝这位大爷曾经要求吾别道歉，所以汝这位大爷也尽量别反省或后悔吧，这些后悔或反省不会对今后有益，接下来我们只能相依为命，以责备对方与自己之形式永远活下去何其愚蠢。"

"嗯，确实是愚不可及。"

不过，我或许太冷淡了。

我或许应该更加责备忍，或者是更加责备自己。

只是，我不禁有种想法。

是的，我不禁有种想法。

事件的规模太大了，心理层面追不上。无论是正如字面所述空无一人的白天小镇，还是丧尸徘徊的夜晚小镇，都莫名有种滑稽感，如果我不担心造成误会诚实说出口，我依然觉得这是一场玩笑。

好像整人大作战。

无论是历史、命运，还是世界，我原本就没有这种规模的认知。

即使成为吸血鬼，即使回溯时光，我依然只是普通的高中生。

没有对抗命运、对抗现实的器量。

这是毫无胜算的战斗。

"忍。"

"何事？"

"今后，不晓得是一年后还是十年后，我或许会精神崩溃，拿世界毁灭这件事责备你，不过到时候的我早已不正常，所以你别当真，当作耳边风就好，巧妙安抚歇斯底里的我吧。"

"知道了。"

忍点头回应。

严肃点头。

"唔——不过，既然可以不用买衣服，就觉得生活必需品没有很多，人类或许光着身子也能活下去，但我与你是半个吸血鬼就是了。醒着只需半张榻榻米，睡觉只需一张榻榻米，先不提书店，回去时顺道去高中借各种教材回来吧。"

就这么做吧。

别说高中，连我想考的大学，都不晓得建筑物是否还在，但我对羽川与战场原有一份承诺。

别说毫无意义，这么做只是浪费时间与逃避现实，但我就继续用功一阵子吧。

对我来说,这是暑假作业。

"唔。"

此时,我停下脚步。

这里是超市三楼某个货架前面,我已经不再把商品放进篮子,只是随性地一直逛,但我在某个货架前面,在令人联想到夏季的这个卖场停下脚步。

停下脚步,而且……

"嗯?汝这位大爷,怎么了?"

"没事,那个……"

我还没整理好自己的思绪,就朝着货架伸手拿起"那个东西",这么说来,今年夏天还没有……不对,应该说我似乎很久没做这件事了。

那么——

"我想尝试一件事。"

025

我伸手拿起的东西是烟火组合。

而且不是仙女棒这种拿在手上的烟火,是摆在地上燃放的烟火,其实我想要规模更大的烟火,而且只要认真寻找(例如从市镇黄页簿调查烟火师傅的工厂再去找)应该找得到,不过先从这个程度着手尝试比较合适。

说到我的企图,放烟火的唯一用途当然是射到天空中,我并不是想利用烟火能量回到过去。

不过,应该可以当成信号。

SOS 信号。"

这么说其实不太对，总之我想用烟火向世间告知这里有人，也就是把烟火当成信号弹。

接下来又是拿漫画打比方，记得在《达伊的大冒险》里，主角群在毁灭的帕布尼加王国做过类似的事，他们使用的是真正的信号弹，但我不可能疯狂到前往军方军火库调度，所以用烟火代替。

"发射这种东西有何用处？不过用来为日本夏季尾声当点缀挺有情调。"

"慢着，和你一起快乐地放烟火，确实是很不错的乐趣，不过呢……"

我的行动从某方面看起来很优哉，忍即使不表示诧异，也抱持不可思议的态度，因此我好好地向她说明。

"这个世界乍看毁灭了，但或许有人非常侥幸地活下来了吧？该怎么说……就是害怕夜间出现大量丧尸而藏身的人。"

"嗯，原来如此……"忍继续说，"总之，吾认为可能性很低……有可能吗？从六月十四日晚间开始之吸血鬼增殖现象，要是有人能撑过这短短数日……并不是不可能在后来之丧尸群存活下来，那些家伙只是数量多，但是动作很迟钝，视觉与嗅觉看起来亦不如人类，没错，或许有数人……不对，以世界规模来看，各处零星残留数万名幸存者亦不奇怪。"

"慢着，实际上应该没那么多。"

我不想抱持奇怪的希望，而且这应该是事实，所以我使用格外轻浮的语气。

"在所有人类化为吸血鬼，后续每晚都有丧尸威胁的状况下，我不认为有人能活下来，那些丧尸即使变成那种样子，依然记得自己的目的是消灭人类吧？既然这样，他们就不容许有人幸存……顺便问一下，被吸血鬼咬会成为吸血鬼，那么被丧尸咬会怎么样？"

"不是成为吸血鬼，而是成为丧尸，即使吾早已死去，依然会成为吾之眷属在黑夜游荡。"

"这样啊,那就更不用说了,所以我这是死马当活马医的做法。"

"死马当活马医啊,即使如此……"忍看着我手上的烟火,"即使如此,这种个人即可购买之烟火,声音与光芒都传不了太远吧?"

"但也没其他方法了,所以还是当成普通的烟火大会就好。"

"嗯。"

我不晓得忍究竟认为这种做法值得一试还是白费力气,总之她没有反对。

这是当然的。

想到我们今后要打发如此漫长的空闲时间,她不可能有理由反对这种余兴节目。

或许她出乎意料地想参加烟火大会。

至于地点,我打算选择那座浪白公园,那里应该有足够开阔的空间。

而且几乎没有游乐器材。

这么说来,那座公园在十一年前的世界里,也几乎没有游乐器材,所以只有那座公园,不是基于安全问题而撤除游乐器材的。

若要使用补习班废墟,确实会有种怀念与沉浸在回忆的意义,但那里草木很多,一个不小心可能会酿成火灾。

即使现在是摇摇欲坠的废墟,也不能烧掉那栋充满众人回忆的建筑物。

这种事何其离谱。

比起烟火,失火的火势或许比较显眼,但我又不是八百屋于七[①],不能做出这种纵火犯的行径。

所以我想得到的地点,只有学校操场与浪白公园,选择后者只是因为距离问题。

---

① 八百屋于七,江户时代的一位少女,以于七火灾事件而闻名。

不对，或许是回忆问题。

"不过既然如此，吾必须对汝这位大爷提出一个忠告。"

"嗯？什么忠告？"

"没事，要使用SOS信号无妨……"忍稍做停顿才继续说，"虽然吾觉得不可能，但汝这位大爷想在晚上放烟火？"

"啊……"

"在小镇满是丧尸之状况下，要如何享受烟火之乐趣？"

"……"

不可能。

我的突发奇想也应该有个限度。

为什么要刻意自行放烟火，把那些丧尸引来？

这是自杀行为。

"那么烟火大会得停办了，唔——虽然SOS信号当然是目的之一，但我觉得放烟火应该也挺好玩的……"

话说既然这样，晚上应该怎么过才正确？并不是待在家里就安全，如果对方是规矩的吸血鬼，或许未经许可不会私闯民宅，但对方是丧尸，可能完全无视这种事。

应该说，就算这项法则真的适用，如果火怜与月火成为丧尸，她们就会回到阿良良木家。

火怜即使变成丧尸，应该也很强。

月火即使变成丧尸……嗯？

那个家伙变成丧尸会怎样？

因为她是……

咦？

"慢着，汝这位大爷，用不着停办烟火大会吧？既然晚间无法进行烟火大会，在白天进行不就行了？"

"……"

慢着，这部分……忍说得没错。

吸血鬼怕太阳，丧尸也一样，只能在夜间活动，这一点没错。

"总觉得这样和我想象的大会不同……"

不过考量到安全层面，也是逼不得已。

假设附近真的有人幸存，应该也不会在丧尸昂首阔步的状况下，在我们冒风险放烟火时现身。

在白天放烟火，果然才是正确的方法。

"那么，至少……"

我仰望天空。

今天又是一望无际的蓝天。

太阳实在耀眼，真的快令我灼伤。

"至少等到阴天再放烟火，让火光尽可能传远一点吧……"

说出这番话的我，总觉得我们把一般观念逆转又逆转了。

明明是放烟火，却刻意挑选白天，还期待天气变差……别扭等级也太高了。

"总之，我们的首要目的是找出幸存者，所以也没办法了。"

即使说得很遗憾，但能够久违地策划烟火大会，我还是纯粹抱持着期待。

即使身处这个毁灭的世界也一样。

我们在三天后，实际举办这场满心期待的烟火大会。在毁灭的世界里，日期或许已经没有意义，但按照日历，这天是八月二十六日星期六。

绝佳的阴天，多等一天可能就会下雨的美妙阴天。

云层颜色不是灰色，简直是黑色，是无法进一步奢求，最适合放烟火的日子。

这三天，我白天一直在阿良良木家和忍一起睡，晚上则是一直在天空中和忍聊天。忍即使恢复相当程度的力量，持续飞整晚的负担依然很重，这部分得在最近思考一些对策，不过在这里要向各位报告，我和忍的夜间飞行相当美妙。

三天三夜。

我在这段期间和忍聊的话题是秘密。

三天后。

烟火大会当天。

仔细想想，之前总是扔给火怜与月火打理，我是第一次亲手点燃烟火，我按照说明书，拿适合的石头固定烟火，用打火机点火之后快步远离现场。

烟火毕竟在店里放了好一段时间，我以为可能会因为受潮或放太久而点不着，幸好……不对，回想起来，这种烟火只要有家长陪同，连小学生都可以玩，要失败反而比较困难。光轮漂亮地绽放了。

不过毕竟是白天，又是阴天，绽放的烟火看起来难免有点朴素。

"TAMAYA——"

"KAGIYA——"

"吾顺便问一下，TAMAYA 是什么？"

"玉屋与键屋，都是江户时代烟火商的店名。"

"啊啊，没错没错！确实有这种店，吾在海外听说过。"

"为什么要假装知道……"

"换句话说，即使不是玉屋或键屋制作之烟火，亦要喊玉屋或键屋？"

"嗯，就像是以前会把听音乐的装置都叫做 Walkman。"

"Walkman，最近停产之那种商品吗……记得曾经风靡一时吧，但是如此一来，其他烟火商应该会有意见吧？"

"这就是关'键'。"

"金'玉'良言。"

我们如此优哉闲聊，接连施放烟火。

超市架上的烟火，我们全都拿来了。之前提议应该分成几次施放，但我们原本就是当成无意义的行为在做，所以不想做太多次。

要办就办得气派一点。

即使是朴素的烟火，也要尽量放得气派。

"TAMAYA——"

"KAGIYA——"

虽说把烟火全部拿来，但终究是乡下小镇的超市，总数可想而知，结果这场大会不到一小时就结束了。

没能尽兴。

或许是无谓之举，但我姑且说明一下穿着吧，这时候的我与忍都身穿和服，说到花火果然就是浴衣，这是既定原则，真要说的话是类似恶作剧心态的指定服装，不过忍以金发幼女外形穿上浴衣，出乎意料地令我心动。

"幼女是多余的。"

"说了别偷看我的心。"

"汝这位大爷穿浴衣之样子亦很罕见，毕竟每次都穿制服或连帽上衣。"

"并不是每次都那么穿。"

"各位同学，你们今天是万人迷吗？"

"别模仿《恋爱班长》的女主角。"

"这部打片打得挺凶的。"

"是啊……"

从那种程度来看，实在不得不提。

顺带一提，忍的浴衣是她以物质创造能力制作而成，但我的浴衣是家里原有的。

忘记是什么时候，由热爱和服的妹妹月火为我挑选的浴衣。

不过脚上穿的是学校用鞋，敬请见谅。

"总之，偶尔这样也不错。"

"亦可以弥补为了准备考试无法参加夏日祭典之遗憾。"

"不过这里的夏日祭典很冷清，没有摊子也没有盆舞……好啦，接下来就暂时在这里等到天黑吧。"

"嗯。"

"总之,还是别抱太奇怪的期待比较好,如今我再度觉得,镇上现在这个样子不可能有人幸存,假设万一真的有人逃过一劫活着躲在某处,我也不认为会被这种烟火引过来,人类被吸血鬼毁灭,对方提高警觉也理所当然,正常来说都会觉得是陷阱,何况……"

"喂!"

我的脚被踩了。

踩住用力转。

是忍。

忍按照规矩脚穿木屐,所以我受到重创。

"咕啊啊啊啊啊啊啊啊啊!"

"并未痛到需要这样放声惨叫吧……"忍无奈地移开脚,"别过度期待比较好,但过度悲观亦毫无建树,与其心想白费工夫持续等待,不如思考如何在幸存之人现身时好好沟通,对方不一定是女初中生。"

"说得也是。"

嗯,这样比较积极。

"现身者若是身穿无袖上衣之魁梧大叔,汝这位大爷会怎么做?"

"全力逃跑。"

"真老实……"

"而且是吸血鬼的全力。"

"这么抗拒……"

"只要不是女初中生都比照办理。"

"就算这里空无一人,汝这位大爷亦太老实了。"

忍说完再度踩我的脚。

再度用力转。

就说了，这样真的很痛。

不过，我们后来……该怎么说，并没有逃走。

用不着逃走。

在随时会下雨的天气中，我抱着忍坐在浪白公园的长椅上闲聊，偶尔打盹消磨时间。

后来，我们用不着逃走了。

并不是因为没人来。

有人来。

而且，对方不是身穿无袖上衣的魁梧大叔。

也不是女初中生。

是——

026

"……"

这次也和上次一样，回过神来时发现被包围了，不对，准确来说，我们直到最后关头才察觉自己被包围了。

没有气息，没有声音。

而且，当然也没有时间逃走。

坐在浪白公园长椅上的我与忍，被出现的大量丧尸包围。

融化软烂的人类尸体。

融化软烂的吸血鬼下场。

他们已经死亡。

正因如此，所以再也不会死。

这座小镇的居民，我们完全无法辨识个体差异，不过这群丧尸里，或许混有我们认识的人。

从人数计算，概率绝对不低。

北白蛇神社被包围那时候完全没得比。

随便就超过百人。

两百人？

五百人？

难道上千人？不，不可能。

不过，人数就是将近这么多。

公园塞得满满的，丧尸们挤得水泄不通，身体相互推挤，即使我处于这种状况，依然会在意他们的个体是否会同化。

不对，实际上，这种状况下无须在意这种事。

因为我们可能会加入他们。

这些丧尸，曾经是人类，曾经是忍之眷属。

他们以空虚无光的双眼，看着我们。

步步逼近。

进一步来说是缓缓逼近，慢吞吞地走向我们。

"咦？这些家伙，为什么……"

我连忙仰望天空。

难道在我没察觉的时候，在我抱着忍卿卿我我的时候，时间已经超过逢魔之刻进入夜晚了？

进入他们的时间——怪异的时间？

已经这么晚了？

"我居然这么冒失……我只是在享受摸肋骨的乐趣啊！"

"若是以这种理由死掉，就不只是冒失而已。"

忍默默让我看手表。

手表显示的时间还不到四点，距离夜晚还有很久，甚至还不到逢魔之刻。

那么，他们为何现在就在这里？

"看来，刚才施放之烟火引来他们了。"

忍这么说。

即使是她,也会对现状感到焦急,这也在所难免。

这次和之前那天不同。

我们前后左右都被包围,而且这次无法逃到空中。

忍只能在夜晚飞行。

而且在这段时间,吸血鬼特性也稍微降低,现在长出翅膀也只是装饰品。

"哼,看来SOS信号引错对象了。"

"为什么……这些家伙虽然是丧尸,但原本是吸血鬼吧?不可能在有阳光的时候外出活动……"

肯定不可能。

不是这样吗?

"不,并未正常活动,仔细看,他们动作比之前还缓慢,而且表皮融化程度更加凄惨。"

"咦……"

听忍这么说再仔细一看……不对,即使仔细看,我也不可能把丧尸细分为不同阶段辨别,但我刚才觉得他们的个体可能会同化,刚好证实了这一点。

他们的动作太迟钝,无法避免相撞。

而且,表层皮肉与其说软烂,不如说湿滑。

"他们在白天外出活动,确实是一种逞强之行径,吾认为……"

忍说着看向上方。

如今无法成为逃离路线的上方。

"原因恐怕在于阴天,厚重云层遮住阳光,所以他们勉强能活动。"

"……"

完全弄巧成拙!

为了烟火大会等待天气转阴……结果弄巧成拙!

日光的强弱，确实也会影响我这个类吸血鬼的身体状况，可是！

这么说来，我在吸血鬼时代，曾经暴露在阳光底下一次，虽然全身着火，但恢复力迅速恢复烧掉的部分，并未瞬间消失，眼前的丧尸们也一样，融化湿滑的部分确实正在恢复。

看起来甚至没有痛觉。

然而……

"但他们看起来真的是勉强在动吧？简直是好不容易才能动，为什么他们不惜这样也要在白天行动？"

"应该是因为吾等施放烟火，他们之大脑……不对，不是大脑，是本能烙印着毁灭人类之命令，因此即使有些勉强，只要能够行动就会来消灭人类。"

明明下令的吸血鬼主人已死，第一道命令依然如同死板的程序持续运作。

或者说，他们正想除掉的两人组之一，明明正是他们的吸血鬼主人。

"整理一下现状，我们施放烟火暴露行踪，丧尸们听到……可以形容成听到吗？总之就是得知状况之后，即使是白天依然勉强集合来到这里……是这么回事吧？"

"就是这么回事。"

"原来如此。"

但现在不是感叹的时候。

要怎么应付现状？

不抱期望的SOS信号，招致这种天大的结果，不只是自作自受的程度，只能算是自我毁灭。

感觉接连弄巧成拙。

这正是阿良良木历的精髓。

"汝这位大爷……怎么办？"

"能怎么办……总之也只能逃离这里了……"

我想后退回避正面逼近的威胁,但我的后方是长椅,长椅的后方同样有威胁逼近。

动弹不得。

完全无路可走。

感觉像是每个红绿灯都是红灯。

"你如果现在紧急吸我的血达到极限,有办法飞上天吗?"

"吾一人即可,无法抱着人飞行。"

"这样啊,那么……"

"换句话说,不能飞,只有吾一人逃走之选项不存在。"

忍清楚断言。

毫不保留议论的余地。

我很高兴忍有这份心意,却没有余力感动,即使丧尸动作再慢,依然一点一滴、缓慢、确实、沉默地拉近距离。

甚至不算是均衡状态。

真要说的话,是执行死刑的倒数读秒。

"那么,只能一战了。"

"是啊,不能乖乖让他们吸血。但事情没那么简单,因为我们和对方一样,力量在白天受限,而且……"忍即使知道是白费力气,依然瞪向环绕的丧尸们,"这些家伙是吾之眷属。"

"……"

"即使从吸血鬼化为丧尸,却没失去原有根基之力,而且数量这么多,别以为我们会有胜算,必须穿过缝隙前进。"

"可是没缝隙啊?"

"没错。"

"那就由我抱着你吧,即使我没办法飞,还是能跳起来踩着他们的脑袋跑。"

也就是把丧尸当成海浪,做出冲浪的动作,以这种方式跑离丧尸群。

踩着原本可能认识的丧尸群奔跑,令我相当内疚(何况他们化为丧尸是我们的责任)。而且,实际上是否做得到也是问题(即使丧尸动作再缓慢,我们也可能在跑到某个时间点被拉下来)。

但是,我们没有其他方式能逃离这个危机。

"好,既然决定了,那就趁热打铁吧,我数一二三就冲。"

"好吧。"

"一、二……"

三!

在这一瞬间,忍扑到我的腰际,我在环抱她的同时猛踩地面。

然而在这个时候,我近乎特攻的决心完全落空。

我踏出脚步的瞬间,下雨了。

雨珠落在头上。

阴天变成雨天了吗?这样来,阳光更加遭受阻挡,丧尸可能会变得更强,而且踩在丧尸头顶奔跑时也可能打滑。

这样的危机感聚集在我的内心。

然而,落下的根本不是雨水。

落到我们头上的是……

"米?"

米。

是白米。

不是雨,而是大量白米落在我们头上。

"——"

同时,丧尸们发出惨叫,无声的惨叫。

只以执行命令为目的,没有意志与痛苦知觉的丧尸群,即使现在是白天也不以为意现身的怪异群,发出惨叫。

如同直接受到阳光照射的吸血鬼。

接下来的光景,是在转眼间发生的。

围绕我们的包围网，滴水不漏的铜墙铁壁，在转眼之间瓦解，用不着我们行动，丧尸群就三五成群地散开。

如同拂晓来临，不晓得跑去哪里，无法确认是躲起来还是消失，总之数量庞大，最终或许真的聚集上千人的丧尸群，不见了。

一人都不剩。

不，并非一人都不剩。

还剩一人。

但是，这个人并非丧尸。

这名女性，位于那里的女性，双手各抱一个开封米袋的女性，不是丧尸，也不是吸血鬼。

当然也不是幽灵。

是一个有生命的人。

"虽然不知道原因，但那些人怕米，总之只要像那样洒米就能驱散他们，不过这样扔掉很浪费，等会请帮我捡回来。"

她这么说。

我无法回应她的话语。

她是一名高挑的女性。

看起来及腰的漆黑长发，高高束起便于行动，水亮的眼睛、长长的眉毛、细致的肌肤与润泽的双唇，看起来非常健康，而且未施脂粉。

她身穿工装裤与一件强调胸部的工字背心，再披上一件耐磨迷彩外套，脚上是女性穿起来有些突兀的厚实运动鞋，但是看起来同样耐穿又便于行动，由此推测应该是以机能性为第一优先的穿着。

她背上的背包也像是登山背包，是在腰部以带子固定，没有紧贴身体的款式，看来她是用这个背包背两个十公斤米袋过来的。

"所以……"

她开口了。

仔细一看，她右手握着一把军刀。

249

刀尖不是朝着我们,而是指向地面,如同表示这并非警戒,是理所当然的礼仪。

"刚才在这里放烟火的是你们?"

"是……是的。"

我结巴回应。

并不是因为对方拿着军刀而结巴,也不是因为我不晓得是否有人幸存。总之,不抱期待地施放烟火,却发现真的有人类生还并且现身,还洒米拯救我们逃离危机,使得我因为完全没思考该如何沟通,又刚从僵尸包围网捡回一条命而紧张至极。

并非如此。

我不会因为这种事而结巴。

"嗯,这样啊,所以我果然来对了,做那种事很危险哦,那些家伙在白天,只要加把劲还是能出动,那是怎样?你们想当成 SOS 信号?不行哦,做那种事也不会有人来,只会认为是某种陷阱或是危险信号。"

说着这番话的她,或许从相视的感觉判断我们"没有危险",将军刀插回腰间的刀鞘,向我们露出甜美的微笑。

似乎是想借由微笑让我们安心。

确实,我们在她眼中是孩子。

之所以想这样安慰我们,想如此解释我们放烟火的失败行径,也是理所当然。

是的。

如同我曾经对她做的那样。

"我……我叫做阿良良木历。"

我以颤抖的声音,丝毫无法掩饰内心动摇,说出这句话。

然后直接询问她。

这也是我曾经问过的问题。

"方便请教你的姓名吗?"

"八九寺真宵。"

她如此自称。

嗯。

虽然我如此询问,但她其实无需回答。

我从一开始就知道了。

哈哈。

真的认得出来。

明明经过十一年,明明是十一年后的外形。

明明外表、声音、语气都截然不同。

明明没有口误。

我却一眼就认得出来。

"原来如此……还活着啊。"

你,还活着。

没有死。

没有化为怪异。

而是活着。

我放开抱在腋下的忍。其实我很想顺势过去抱住八九寺,但对方是成年女性,我不能如此冲动行事。

慢着,不只如此,我必须加上敬称,不能直接叫她"八九寺"。因为,她现在比我年长。

"原来那天之后,你一直活到现在。"

没有被命运修正。

在十一年前的母亲节,见到纲手女士之后,即使是隔天或再隔一天,也没有失去年幼的生命。

不仅如此,甚至在忍野忍的人类灭亡计划中存活下来,活到此时此刻。

活下来了。

"吾难以立刻相信这种事……不仅有人幸存,这个人还是汝这位大爷之友……"

忍倍感意外地轻声说着,我明明已放手,她依然抓着我不放,看来她真的很意外。

不过,她这番话有一段是错的。

因为在这个历史中,阿良良木历和八九寺真宵素昧平生,这个历史中的阿良良木历,没能在母亲节遇见八九寺真宵,如今已经死亡。

即使十一年前为了拯救她免于车祸身亡而见过面,她也不可能记得这一面之缘。

实际上,八九寺对于我与忍的惊讶感到诧异。

"怎么了?"

她这么说,露出关怀的表情。

我所认识的处于少女时期的八九寺真宵,绝对不会露出这种表情。

"看你好像快哭了,刚才那么恐怖?"

"不,那个……我吓了一跳。"我连忙打马虎眼,"我一直以为大家都死了,能够见到活人,嗯,我好开心。"

"嗯?没那回事,不少人还活着啊!不过现在这附近只剩我了……所以你们至今没遇见任何人?那我反而佩服你们居然还活着。"

八九寺如此说着,语气听起来不像佩服,而是无可奈何。

"难怪你们会贸然放烟火。"

"……"

看来人类不可小觑,并没有乖乖认命灭亡。

总之,我接受这种说法。

如果在这个毁灭的世界,八九寺真宵是唯一的幸存者,那也太称心如意了。

即使再怎么样,命中注定的感觉也太强烈了。

放眼世界有数万人幸存——忍这个推测或许意外地正确。

"不过,这些幸存者似乎也接连被那些丧尸袭击,我越来越无法联络上大家，我自己也好几次差点没命。"

八九寺毫不悲愤地说出这种话。

好坚强。

但我不意外。

我所认识的那名少女要是长大成人，肯定也是这种能干可靠的大人。

"话说，我可以再问一次吗？"

我还没从内心冲击中恢复，不晓得是否该为这个事态高兴时，八九寺对我这么说。

"你叫做阿良良木历？"

"是的，就是……阿谀奉承的阿，两个无印良品的良，呆若木鸡的木，日历的历。"

我以为她不知道我名字的汉字，连忙如此说明。

"这样啊，原来你就是阿良良木，幸好我来了这一趟。"

她点头这么说，一副莫名认同的样子。

"……"

怎么回事？

她这个反应，就像是早已知道我的名字……不对，不可能。

我们居住的区域不同，年龄也不同。

除非八九寺在十一年前的母亲节，见不到纲手女士而丧命，并且化为怪异，否则我不可能和八九寺产生交集。

这个历史中的我，未曾遇见八九寺、未曾遭遇八九寺，就遇害而死。

肯定是这样。

"没想到真的见得到你，吓我一跳，但是并不意外，我反而应该要接受。"

八九寺说着放下背包翻找起来。

"原来如此，阿良良木历真的存在于世间，这么说来，当时他说你肯定和一个金发女孩在一起。"

"当……当时他说？"

"他说，你肯定在和一个金发女孩卿卿我我。"

"是谁讲得这么具体？"

不对。

等一下，我心里应该有底。

我知道有个家伙会讲这种话，而且我对他印象深刻。

我知道，有个人会讲这种话。

有个人会讲这种看透一切的话语。

是个看似轻浮，身穿夏威夷衫的男子。

"他叫做忍野，就是他教我对丧尸撒米很有效，还托付我转交一封信给你。"

八九寺说完，递给我一个还不算旧的信封。

027

嗨，阿良良木老弟。

我都等得不耐烦了。

你总是让我等这么久。

该说好久不见吗……但你认识的我并不是这个我，我认识的阿良良木老弟也完全不是你，与其说是不同人更像是外人，不过同样是本人。

我觉得把这封信交给八九寺小姐是最好的选择，所以就这么做了，希望这封信能转交到你手中，只要你在这个毁灭的世界不放弃寻找幸存者，你肯定能收到这封信。

因为命运之环，正是来自人与人的联系。

要是轻浮如我以平常的风格闲聊，信纸转眼之间就会写完，纸如今是贵重物品。

所以我简单说明吧。

麻烦简单听我说。

你做了什么事、历经何种过程、身处于何种现状、脑子里又在想些什么，老实说我并不清楚，你经常说我看透一切，但我并不是知悉一切，只是在年轻人面前装个样子，我不知道的事情反而比较多。

比方说，我不知道其他命运的事情。

不知道其他世界的事情。

不对，或许应该形容为其他路线。

这是游戏世代，电玩儿童的想法。

所以我要事先声明，接下来要告诉你的情报，应该会有一些错误与不少误差，这部分麻烦自行修正。

你好歹做得到这种事吧？

因为，你是"成功"的阿良良木历。

很遗憾，在我这条路线，也就是这条路线的阿良良木老弟失败了，没能和小忍成立建设性的关系，并且悲哀丧命。

不是坏结局，是死亡结局。

这件事本身非常令人难过。

眼睁睁看着好友死去，我感到过意不去，话是这么说，但这条路线的阿良良木老弟绝对没有放水。

你不要对他失望。

他是以自己的方式拼命。

总是赌命努力。

和你一样。

我是以你这个阿良良木老弟会来到这里为前提，才会写下这封信，老实说，这也是赌一把。

也就是说，我体内的赌徒血统跃跃欲试，想赌上"阿良良木老弟会和小忍建立良好关系"的可能性。

但我不是赌徒。

如果是你，肯定正一边看信一边吐槽吧？

不过，这并非毫无胜算的赌局。

我反倒认为这是有八成胜算的赌局，愿意押上所有财产，甚至押上生命也无妨，因为我完全不认为你在任何路线都没有成功。

希望你看看站在你前方的八九寺小姐，她小时候似乎受到神秘高中生搭救。

某年母亲节，她造访因为家庭问题而活生生拆散（这个说法很夸张）的母亲家，在途中闯红灯差点出车祸时，被一名高中生推开。

当时好像是有个变态掀她裙子，还进一步追着她跑，总之八九寺小姐不仅得救，那个高中生还带着迷路的她抵达母亲家，这一点比较令她印象深刻。

当时很怕生的她，没能对那个高中生道谢，她对此非常后悔。

但我觉得这也在所难免。

因为那个高中生脑袋似乎有些不对劲，会和自己的影子说话。

在我和班长妹周旋（在你的路线肯定也发生过类似的事）的黄金周之前，我就听说这件事，是我走遍镇上搜集怪异奇谭时的事情。

我就是在当时认识八九寺小姐的。

不只是八九寺小姐，很多人都记得这个高中生。

他和八九寺小姐相遇时似乎是独自一人，但按照我收集到的证词，他基本上都和一名金发女孩（有时候是幼女，有时候是类似归国侨胞的女初中生）组成搭档。

真的有各式各样的人，记得这个神秘高中生。

当时还是初中生的女职员；当时分配到派出所，最近因结婚离职的女警察；宣称撞到他的卡车司机。

即使没有像这样直接来往，这个把金发幼女当成无尾熊抱着走的高中生，旁人看到不可能没有印象。

当时似乎在镇上造成小小的骚动。

这是当然的。

肯定如此。

因为他过于神秘，真实身份过于不明。

甚至有人说他曾经躲在电线杆后面监视某间民宅，不过这种说法，终究像是无凭无据的谣言。

都市传说。

道听途说。

街谈巷说。

我一听就有底了。

毕竟当时春假刚结束，我知道阿良良木历的事，也知道幼女化成忍野忍的事，不过小忍未曾离开我心爱的小窝，也就是那栋废弃大楼半步。

也没有埋入你的影子。

是的。

不用说，这些传闻提到的就是"你们"。

你们似乎自认进行得很顺利，也自认很努力地按照科幻小说的说法，尽量避免牵扯到他人、历史与命运，但是人不可能完全不让自己留在他人的记忆之中。

即使只有一个人，即使只有一件事，人类对历史造成的影响也大得恐怖。

如果只是在路上擦身而过，人们或许不会有印象。

甚至不会认知为风景，不会认知为风。

如同升上初中就会忘记小学同学、升上高中就会忘记初中同学；不过曾经同班的现实，即使无法回想起来，也会确实成为回忆留在心中。

即使没有留在脑中，也会留在心中。

不可能不对人生、对历史、对世界造成影响。

你们的痕迹，确实留在这个世界。

即使零散分布于各处，我也收集起来了。

当成怪谭。

当成怪异奇谭。

我当然不知道细节，不过就我推测，阿良良木老弟——并不是在这条路线里，我所认识的阿良良木老弟，是正在看这封信的你这个阿良良木老弟——是借助小忍的力量，回到过去拯救八九寺小姐吧？在你原本的路线中，八九寺小姐或许车祸身亡了，你结识"死亡之后"的八九寺小姐，觉得她很可怜，才会试图改变过去。

不用隐瞒。

不用害臊。

我并不是要责备你穿越时光的行径。

不对，我原本就完全不想责备你。

如果你认为自己拯救八九寺小姐的生命因而害得世界毁灭，这是天大的误解。

或许该形容为过分的误会。

这当然是主因之一，但也牵扯得太远了。这条路线的阿良良木老弟，或是我，抑或是羽川小姐，肯定能确实解决你留下的问题。

你对历史造成莫大的影响，但我们同样拥有莫大的影响力，所以肯定能处理。

何况，我虽然吩咐小忍最好别穿越时光，但我不认为所有路线的小忍都会遵守。

尤其如果是"和你关系良好的小忍"，肯定会在某些状况下动用这个方法。

总之，我不会觉得你会像大雄那样，只因为暑假作业没写完这种荒唐理由，就使用这个方法。

不要紧吗？

跟得上吗?

要是看累了,要插一段你熟悉的忍野笑话吗?

OK,那就继续吧。

如你所见,多亏你舍身努力,八九寺小姐活到现在,不过希望你认知一件事,这个八九寺小姐,不是你认识的八九寺小姐。

不是活着与死去的差别。

她是不同路线里的八九寺小姐。

化为都市传说的你们,我以自己的方式分析过你们的行径,就我推测,你们对于时光旅行有个很大的误解。

我自认对小忍好好说明过,但她似乎没把我的话听进去。

在你的路线中也一样。

这也没办法。

无论在哪条路线,她大概都会把我的话当成耳边风。

首先我要大声疾呼一个明确事实当成开场白,命运绝对不可能用时光旅行改变。

命运会改变。

会按照人的态度改变。

但是,不会用时光旅行这种方法改变。

之所以这么说,是因为回溯型的穿越时光,至少小忍所进行的这种回溯型的穿越时光,并非在"时空之间"移动,只不过是在"异时空之间"移动。

不是从未来移动到过去,是从这个世界移动到另一个世界。

是从一条路线移动到另一条路线。

背负着或许会造成更深误解的风险进一步来说,这个历史、这个毁灭的世界,对你们来说是平行世界。

是另一个世界。

所以,成功的阿良良木老弟,以及成功的小忍,放心吧。

你们成功的世界并没有毁灭,别乱想。

非得努力准备考试的阿良良木老弟所处的现实，依然在原本的世界等待着你。

　　太好啦。

　　光是像这样说明结论，阿良良木老弟肯定无法理解，所以我依序说明吧。

　　放心，并不复杂。

　　首先，必须想象世界多不可数。

　　是大量并排的平行世界。

　　平行的世界。

　　平行的路线。

　　想象成名古屋那边的道路就好。

　　你和小忍建立良好关系的世界是 A 路线，这个毁灭的世界是 B 路线……不对，这样听起来会觉得世界的数量有限，所以就稍微拉开距离，把这个世界视为 X 路线吧。

　　你想回到 A 路线的过去，回到十一年前的过去而穿越时空，这里所说的十一年前只是预测，都市传说中的你们穿过学生制服，所以我推测你是在高中时代穿越时光。

　　如果你留级就另当别论。

　　但你穿越所到的地方，不是 A 路线的十一年前，而是"X 路线"的十一年前，不过坦白说，在你跨越路线的时间点，时间概念就完全没意义了。

　　既然空间不同，时间就没有意义。

　　换句话说，你们就像是斜向穿越十字路口，并且在完成目的之后，从 X 路线的十一年前，纵向抵达 X 路线的十一年后，也就是这个现代。

　　如果是"移动到未来"，就可以在同路线之内穿越时光，小忍提过这件事吗？比起移动到未来，移动到过去要消耗的能量更多。

　　说到你们来到这条 X 路线的原因，在无数路线之中选中这条

"世界毁灭"路径并且前来的原因，大概是在无数的世界中，这个世界几乎是唯——个"八九寺真宵活下来的世界"。

我想象得到小忍是在哪里制作时光隧道的，应该是北白蛇神社，没错吧？就是阿良良木老弟让千石小妹穿学校泳装见光的那座神社。

大概是利用那边的鸟居。

成为幼女的小忍，要是没利用那里的能量，就无法跳跃到异空间。

在我的路线中，我设置了吸收该处灵能量的机关，使她无法做出这种事，但如果是你和小忍建立良好关系的那条路线，那里的我应该不会如此谨慎。

从整体考量，基于我维护平衡的主义，我反而会留下选择的余地，让你、让你们决定是否要利用当地的灵能量。

阿良良木老弟，你在穿越鸟居的时候，应该没把小忍的话听进去吧？

所以才会胡思乱想。

比方说，你思考八九寺小姐活下来的世界是否存在，这样的命运是否存在。

"和小忍联结的你"思考这种事，这种想法真的会成为导航系统，以此当成你们来到这条 X 路线的理由就浅显易懂了。

因为小忍的职责是踩踏板，阿良良木老弟的职责是打方向盘。

这个推理怎么样？

猜中了吗？

还是落空了？

总之如果没猜中，这方面就交给你解释吧，麻烦巧妙地找个说法套上去。

反过来说，正因为阿良良木老弟希望八九寺小姐活下去，这条路线才得以成立，这个说法并不是说不通。要不是你穿越时光回到十一年前拯救八九寺小姐，她在那个时候肯定没命。

关于这方面，我终究无法说八九寺小姐是自己救自己。

你的行径并没有毁灭世界。

准确地说，世界并不是只因为你的行径而毁灭。

不过，拯救八九寺小姐是你的功劳，引以为傲吧。

哈哈，感觉挺奇怪的，想到你是不同路线的阿良良木老弟，我不知为何就能率直夸奖你，而且并不是因为你是成功的阿良良木老弟。

所以，阿良良木老弟。

如果你在阅读这封信——这种说法就像是我已经死了，不过在这种时代，我确实生死未卜，总之先不提这件事——就代表小忍把"移动到过去"和"移动到未来"当成相同、相似的事情，一个不小心来到了这条 X 路线。

应该说，你们肯定会看到这封信。

因为在阿良良木老弟决定坐标、打方向盘的时候，肯定会想看看"八九寺小姐没和你相遇的世界"。

加上小忍的误解，你很有可能来到这里，并且阅读这封信。

我会赢得这场赌局。

我很有自信。

所以阿良良木老弟，以及小忍，我有个请求。

可以拯救这个世界吗？

你们应该已经知道，毁灭这个世界的是姬丝秀忒·雅赛劳拉莉昂·刃下心，但是她还活着，依然威胁着勉强活下来的人类，这一点你们知道吗？

她自杀失败了。

她活着。

哈哈，以为她已经自杀而死？可以理解。

但她失败了。

而且她失败的不只是自杀，她制作眷属的行为也失败了，或许按照她的计划，是要将全世界的人类化为吸血鬼借以毁灭世界，但她不可能以这种蛮横方法制作眷属。

化为吸血鬼的程序，经常会无法稳定而失控。

即使是她，即使是全盛时期的她，依然有做不到的事情，应该说，她在至今的人生中只制作过包括你在内的两名眷属，当然不可能以这种等比数列的理想论，忽然制作出大量的眷属。

眷属是吸血鬼的分身，正因如此才会失败，如同细胞持续复制会劣化一样。

失败的吸血鬼。

就是你们已经遇见，并且感到惊讶的那些丧尸。

或许你们误以为小忍自杀成功，使得眷属吸血鬼全部失控，其实他们并非成功的产物，是失败的产物。

不是在最后失控，是最初就失控。

人类对上吸血鬼不可能幸存。

正因为对方是丧尸，我们才能勉强活下来，不过这只是现阶段的状况。

顺带一提，刃下心自杀未遂之后销声匿迹，我正在找她。

不用说，她是铁血、热血、冷血的吸血鬼，别名怪异杀手的她是最强的吸血鬼，即使她奄奄一息，也没人阻止得了。

而且不像春假那时候有机可乘。

我能做的几乎都做完了，我想和认识的暴力阴阳师与骗子联合进行最后的特攻，但应该会白费工夫。

不过，化为丧尸的全体人类，并不是刃下心的完整眷属，是不完整的眷属。

也可以形容他们是失败的吸血鬼，尚未成形的吸血鬼。

因为尚未成形，所以可以挽回。

可以恢复为人类。

如果我们这一组成功按照计划打倒她，化为丧尸的全体人类、化为怪异的全体人类，就可以恢复为人类，复兴这个毁灭的世界。

这可以说是一种希望吧？

不过，这种论点实在天真。

没人能阻止认真的刃下心。

没人能阻止疯狂的刃下心。

对，除了你们。

除了你们本人，没人能阻止。

话说，你们大概认为自己失去吸血鬼特性，不可能阻止全盛时期的吸血鬼。

你们这么想也无妨。

我不强求。

对你们来说，这个世界的毁灭，是另一条路线发生的事。

不过，阿良良木老弟。

希望你看看转交这封信给你的她。

看看你拯救的八九寺小姐。

即使是她，只要继续活在这种世界，迟早会被丧尸猎杀吧。她是聪明又坚强的女性，我传授她最底限的求生手段，让她能够活到遇见你们，但她终究是普通人。

要是眼睁睁看着曾经拯救的生命在这次死去，阿良良木老弟之后也不好受吧？

拯救世界是我任性的请求，可以完全不用理会。

不过，阿良良木老弟。

拯救你眼前的女孩吧。

你亲爱的朋友
忍野咩咩

补充：话说回来，这条 X 路线中的阿良良木老弟，出乎意料地在和战场原小姐交往,你在那个世界的女朋友又是谁呢?

028

"那位叫做忍野的人拜托我,如果我遇见一个叫做阿良良木历的男生,身旁还带着一个金发幼女,就把这封信转交给他,我当时说,这种像是镇上怪谈的双人组不可能存在……却没想到真的遇见了,我好惊讶,但你们并不是穿制服与连衣裙……"

八九寺这么说。

还说这是都市传说双人组的指定服装。

有惊无险,幸好我们今天穿浴衣,总之她没把我与忍当成她在少女时代遇过的在斑马线撞过她的都市传说。

毕竟是十一年前的事情,记忆难免模糊。

而且她应该没想过,十一年前的高中生至今居然还是高中生。

留级也留太久了。

"忍野先生在世界毁灭之前,经常在镇上闲逛,我是在那时候认识他的,他莫名对这个都市传说有兴趣,我一直觉得诧异,不过我现在知道了,原来他有两个外形相似的朋友。"

"嗯,应该是这样。"

我适度搭腔。

光是搭腔就没有余力,无法和她目光相对。

不过,原来如此。

忍野在这个时代,也是那种家伙。

也是这种家伙。

在任何路线中都仿佛看透一切,甚至看透其他路线。

他就是这样的人。

"谢谢您,您帮了大忙。"

"嗯?信里写了什么?"

"总之……就是会合地点与遗言之类的。"

"这样啊……"

八九寺似乎不太释怀,不过大概是觉得不应该揣测私人信件的内容,所以打住这个话题。

"那个,阿良良木小弟。"她说,"如果无处可去,要不要跟我走?我自认有能耐照顾两个孩子,我现在住在这附近的家里,那里是我母亲之前住的家,或许储存的物资不足以和你们分享,但我至少可以把忍野先生传授的求生手段传授给你们。"

"……"

"再怎么说,那个……我一个人也很寂寞。"

"这样啊。"

我觉得她成长为一个好女人了。

八九寺真宵如今比我年长,我以这种高姿态评论也不太对,不过,那个家伙确实可能成长为这样的人。

原来如此。

虽然不是我的世界,但这样的世界确实存在。

太好了。

连忍野也说,这次真的是我拯救了她。

不过,无论如何,感觉得救的反而是我。

"八九寺小姐,您好亲切。"

"唔,应该没这回事,不过,在我小的时候,曾经有陌生人对我很亲切,所以我决定也要尽量对陌生人亲切。"

"这样啊……"

"所以,怎么样?我并不是没办法泡茶招待哦?"

"不,难得您这么邀请,但我们得去一个地方。"

"咦?是吗?"

"是的,我们必须尽快赶过去,不好意思,刚才的烟火不是联络信号,我只是放着玩。"

"那……你还真是奇怪。"

"是的,我是怪人。"

放心。

你很快就不会寂寞了。

我说完牵起忍。

忍似乎想对我说些什么,但是这个多话的幼女,交替看着我与八九寺之后,难得保持沉默。

大概是察言观色。

或者是……察文观字。

"不好意思,害您白跑一趟。"

"别这么说,能把托付的信转交给你就好。那个……"我们快步离开公园时,八九寺拦下我们询问,"阿良良木,我们之前在哪里见过吗?"

"天晓得,大概曾经在哪条路上擦身而过吧?毕竟全国到处都有道路。"

"不,我不是这个意思……"

"肯定没有,我只是凑巧路过这里的人。"

我这么说。

我脸上的表情,应该是笑容。

"不过,谢谢您活下来。"

然后,我就这么头也不回地离开浪白公园。

长大成人的她,肯定知道这座公园的名字怎么念——我一如往常思考着这种事。

"汝这位大爷,这样好吗?"

走了一阵子之后,忍终于开口。

在碎裂的柏油路面,差点跌倒地蹒跚走着。

267

"不是有很多话要向她说吗？"

"并没有，这个世界里的她不认识我，只是因为忍野牵线才能像那样见面。"

我不晓得实际成功概率有多高，但我认为忍野甚至没把这件事当成赌局。

来自其他路线的我，应该注定会遇到八九寺。

"因为这条路线的我，没遇到这条路线的八九寺就死了。"

"路线啊，原来是这种道理，穿越时光回到过去之艰深问题，最后是以这种方式解决，写成文字就浅显易懂，画成图就更加易懂了。"

"既然以十字路口来解释，当然非懂不可，总之关于这方面，忍野没让你理解这么重要的事情，所以他也有错。"

托忍野的福，我们绕了好大一圈远路。

应该说，到头来都是白费工夫。

既然这样，即使回到过去，也不可能写完暑假作业。

只是毫无意义地写完自己在其他路线的作业。

"忍，你看过《七龙珠》吗？"

"嗯。"

"那部漫画里的特南克斯，是从未来回到过去，希望能先打倒在未来世界作乱的人造人，但因为是平行世界，即使在过去世界打倒人造人，也不可能改变未来，关于这一点，特南克斯说过'希望人造人被打倒的世界存在'，我当时还小，无法好好理解他的想法。"我百感交集地说，"但我现在能体会特南克斯的心情。"

"看来汝这位大爷太自大了……把自己当成特南克斯？"

忍一脸无奈。

我们一如往常，心情总是没能相互呼应，要说这是成功建立良好关系的阿良良木历，或许还有质疑的空间。

"所以，现在怎么做？"

"什么怎么做？"

"夏威夷衫小子那封信，使吾等心态稍微发生变化，但现实毫无改变，既然北白蛇神社之能量消失，无论是过去还是A路线，吾与汝这位大爷都回不去，只能在这个历史，应该说在这个世界活下去，既然如此，就不应该那样潇洒离开，而是要乖乖请那个姑娘传授生存方式吧？"

"……"

"亦可以请她提供其他幸存者之消息，或许她知道傲娇姑娘、前任班长、汝这位大爷之妹妹们等人之消息。"

忍这么说。

嗯。

我刚才没想到，但确实有这个可能。

这点子不错。

"不过忍，不能这样。"

"不能……为什么？"

"因为，八九寺说要是无处可去可以跟她走，但我们有处可去啊，所以不行。"

"有处可去是吧……"忍无奈地耸耸肩，"换句话说，要去拯救世界？"

"不是，是去拯救一个女孩。"

打从一开始就是这个目的吧？

那就得完成才行。

我至今为止总是这么做。

所以这次也是这么做，如此而已。

没什么好特别的。

"没想到，居然会和你再打一次。"

"哼，她居然还活着，企图自杀之吸血鬼，转职成为自杀未遂之吸血鬼吗……那就必须给她一个解脱了。"

"另一条路线的你吗……不是A型或B型，而是X路线，她会跟你谈得来吗？"

"知道甜甜圈多么美味却还是毁灭世界，吾不承认她是吾。"

"或许她不知道此等美味哦，你在黄金周前似乎没吃过甜甜圈。"

"或许吧。"

"据说打倒 X 路线的你，就能让所有化为丧尸的人生还。"

"这种设定过于顺心如意，不只是自杀失败，连制作眷属亦失败，这个路线之吾迷糊到令吾不忍卒睹。"

"但也因此出现希望吧？"

"是啊。"

"到头来，待在我影子里的你也总是失败啊？这么说来，你把我化为吸血鬼时，也相当注意失控的问题。"

"吾未曾失败。"

"还在讲这种话……你真厉害。"

"一点都没错，吾很厉害……对了，既然丧尸都能恢复为人类，汝这位大爷亦可以代替这条路线中已死之阿良良木历，在这条路线继续活下去，或许可以再度和这条路线之傲娇姑娘、这条路线之前任班长、这条路线之妹妹们相处融洽。"

"不可能，我们或许外表相同，但个性不同，在这里和他们建立的人际关系，属于这条路线的阿良良木，我不能硬抢。"

"……"

"总之，拯救世界之后，我就和你浪迹天涯吧，就我们两人。"

"哈哈，讲得真风趣。"

"愿意帮我吗？"

"无须多问。"

忍笑了，凄怆的笑容。

不对。

是甜美舒服的笑容。

"吾不是说过要一起死吗？"

"你果然认为会死？"

"吾是不上不下之吸血鬼，汝这位大爷是不上不下之人类，这种搭档对上全盛时期之吸血鬼，不可能有胜算吧？即使将吸血鬼特性提升到极限亦无用，我俩等于是以两人三脚之状况挑战。"

"或许吧。"

忍野的信也是这么写的。

所以会如此。

肯定没错。

"不过，我们的战斗总是这样吧？不会因为绝对没胜算就畏缩。"

"哼。"

"并不是因为忍野的请求。八九寺可能活下来的路线，居然是世界毁灭的路线，我无法接受这种事，我希望她活下来的路线是好路线。"

"嗯，没错，光是活着就足以毁灭世界，这种倾国美女太夸张了。"

"倾国美女啊……"

"以一个人之力量很难颠覆世界，但如果只是倾斜世界，或许做得到。"

"别说世界，如果只是物语的程度，任何人都能倾斜吧？"

"倾物语？"

"不过这种状况下，倾斜的只有我们。"

"汝这家伙真爱耍帅。"

"你不否定？"

"喀喀喀，既然要倾斜，汝这位大爷要如何倾斜？"

"我想想，总之先为了眼前的女孩倾斜世界吧。"

"按照现今的说法，就是把世界与女孩放在天秤两端，最后选择女孩？"

"这种说法过时了。"

"喀喀喀！"

"要拯救世界，也要拯救女孩，现在的英雄就是要如此贪心。"

"是啊，真敢说。"

忍说完牵起我的手。

十指相扣。

如同要前往新的世界。

"总之，既然吾等立誓共死，就更应该同生。"

"这样真棒。"

我也愉快地笑了。

原来如此。

我们确实成功建立了良好关系，至今如此，今后肯定也是如此。

好啦，那就来制作"今后"吧。

打造未来吧。

029

"僵尸。"

日落之后的深夜。

我们爬上这几天不晓得爬了几次的山路，来到北白蛇神社，将彼此的吸血鬼特性提升到极限，还将妖刀"心渡"复制为四把，彼此各持两把成为最强武装。

忍刻意没把躯体变化为战斗形态，而是维持幼女外形，把近似大太刀，完全和体格不符的妖刀扛在肩上。

将吸血鬼特性提升到极限，就等于将人类特性降低到极限，所以丧尸不会接近。

即使如此，他们或许还是会察觉到我们出现在镇上，但这里原本就是无人造访的神社，加上主殿贴的符咒发挥效果，因此现在安静无声。

为了以防万一，我们在周围撒了（从商店扛到山上的）米，这或许是最具效果的措施。

如果真的想做好万全准备，当然也可以让忍完全化为吸血鬼，那样的话，忍将恢复全盛时期的力量，应该说会从忍野忍恢复为姬丝秀忒·雅赛劳拉莉昂·刃下心。

这么一来，肯定能打成平分秋色，不对，由于还有我这个完美的眷属，或许会略胜一筹，我与忍都想到这个方法，却同样没有说出口。

不是信任不信任的问题。

也不是因为忍担心一旦取回力量将会背叛我，这种不安要素已经不存在。

看过忍野的信，我觉得我们克服障碍了。

但也不想改变现在的关系。

彼此是对方的主人，又是对方的奴隶，这是一种奇妙的关系。

从某种意义上来说，我们重视羁绊胜于生命。

就是这么回事。

这或许是无聊的执着，但是越无聊越令我们珍惜。

我们当然不会重视羁绊胜于世界，我们会维持羁绊，并且确实拯救世界。

"总之，这是大陆之怪异，并不是吸血鬼这种一开始就剥夺死亡之怪异，应该形容为'活着的尸体'。"

"僵尸啊，以前似乎流行过。"

这是我父母那个世代的事，所以我不清楚。

"我和斧乃木聊过这个话题，总之，既然他们怕米，应该就是这么回事。"

"这样绝对没办法参加婚礼。"

273

"真要说的话，吸血鬼还不是怕十字架？此外，我记得僵尸女孩很可爱。"

"只限于《僵尸小子》之恬恬吧？"

"你为什么知道恬恬？"

按照我的印象，与其说僵尸是"苏醒的尸体"，更像是术士的奴隶，既然同样以符咒控制，感觉像是斧乃木那种式神，而且我记得恬恬在《僵尸小子》中是使唤僵尸的角色。

忍说僵尸和丧尸不同，毕竟丧尸看起来柔软，僵尸则是给人坚硬的印象。

"关于这部分，吾认为是死后僵直造成之印象，总之，复活死者大致上都需要某些代价。"

"代价啊……"

我暂时将二刀流的妖刀"心渡"放在旁边，仔细做着伸展操，吸血鬼的身体或许不用做这种事，但这是心情问题。

"虽然不是使用回魂法术，但如果把世界毁灭当成拯救八九寺的代价，我觉得应该说得通。"

"不过这种交易果然很不划算。"

"是啊，即使是命运，我也绝对不承认世界是因为八九寺活着而毁灭。"

这样的话，简直像是这个世界不需要她。

无论她是死是活，无论她是少女还是成人，都不该如此。

"世界要有她才能成立吧？"

忍表达肯定之意。

她练习二刀流空挥结束之后说。

"那么，现在入夜之时刻感觉不错，差不多该把可恶之敌人叫来了。"

"拜托了。"

其实时间并不是什么契机。

忍像是下定决心，像是看开一切，深深吸了一口气。

"唔唔唔唔唔唔唔唔唔唔唔唔唔啊啊啊啊啊啊啊啊啊啊啊啊啊啊啊！"

如同扩音器般朝天大喊。

声音震耳欲聋，我却没捂住耳朵，发出声音的瞬间，战斗就已经开始。

真要说的话，这就像是在公园施放烟火，比起求救信号更像路标，宣告自己位于此处。

如同蝙蝠发出超音波确认彼此位置，这是吸血鬼之间主张地盘范围的信号。

若她如忍野所说，依然活在这个世界，那么忍发出和她完全相同的信号之后，她肯定会来到此处。

这个声音或许也会引来丧尸群，但她是真正的吸血鬼，肯定会比动作迟钝的他们先到。

"这样就无法逃跑，亦无法躲藏了。"

忍发出信号之后，有些喘不过气地回到我身旁这么说。

"我也不打算逃跑或躲藏。"

"不然想怎么做？"

"这方面毫无计划。"

"呵呵，真像汝这位大爷之作风。"

忍这么说。

确实很像我的作风。

但我并不是想同归于尽，也不是以白白送死为前提特攻。

我想赢得胜利。

"即使是全盛时期的你，这把妖刀也伤得了你吧？"

"应该可以，但全盛时期之吾跳脱所有常识，各方面都出乎意料，何况……"

忍看着自己的双刀与我的双刀，不过这都是她复制的成品，应该不可能只用看的就能辨别。

"即使制作这一系列妖刀,对比全盛时期之吾使用之'心渡',只算是一堆破铜烂铁。"

"既然这样,只能想办法从破绽偷袭了,实力高强的家伙经常会大意。"

我提出这个不算策略的策略。

"希望有破绽就好,即使是吾,要是感受到和自己相同之信号,同样会全力提高警觉。"

"嗯,谨慎的你应该是最强的⋯⋯这么一来就很难下定论了,现在的我们同样是不死之身,不过⋯⋯"

事实上,即使同样是不死之身,全盛时期的忍和我们也有某些差异。

"胜算只有一个,这个世界之吾,似乎跨越界线进入疯狂之境界。"

"这是胜算?"

"应该是,而且当然也可能成为败因,不过,失去理智之吾恐怕相当自暴自弃,在自杀未遂之现在,肯定依然企图自杀。"

嗯。

企图自杀的自暴自弃吗⋯⋯

我还是觉得这样比较恐怖。

"话说回来,忍野把那封信托付给八九寺之后,似乎和影缝、贝木临时搭档进行最后的特攻,不晓得他后来怎么样了?如果那个家伙在最后之战获胜,我们这么做就很蠢了。"

"从丧尸昂首阔步之现状来看,至少他们没获胜。"

"啊,对哦。"

"面对六十五亿丧尸之庞大物量,洒米只应付得了一时,信上也提过,最后之特攻应该是白费力气,希望他们还在寻找这个世界之吾。"

"不然他们就已经化为丧尸?"

"也可能直接被杀。"

"我讨厌这种可能,即使是贝木,他死掉也会令我睡不好。"

那个家伙的骗子个性,就算死了也治不好吧。

我与忍看起来像是讨论作战到最后一刻,但我觉得只是闲聊到最后一刻。

这一点,也同样很像我的作风。

我们的作风。

"呼呼呼……"

"哈哈哈……"

"呵呵……"

"嘿嘿……"

到最后,我们不知为何无意义地笑了。

然后,这一刻来临了。

她来了。

姬丝秀忒·雅赛劳拉莉昂·刃下心来袭了。

"唔!"

她终究是超越人智的存在。

我不可能知道她会以何种方式登场,甚至觉得会以最基本的方式,以陨石般的速度从天而降。

她也可能背上长出翅膀,以月亮为背景浮现身影;她是能化为烟雾的吸血鬼,可能比那些丧尸更加无声无息,回过神来不知何时出现在面前;就某种意义来说,她从地面冒出来也没什么好惊讶。

我甚至在想,或许她出乎意料会从我或忍体内咬破躯壳,以血腥的方式登场。

总之,无论以何种方式登场,从她的个性判断,应该不会以卑劣的方式偷袭,我们的心态在这层意义上有点松懈。

所以我们即使摆出架势备战,却隐约抱持草率的期待。

全盛时期的姬丝秀忒·雅赛劳拉莉昂·刃下心，会以何种耐人寻味的方式登场？

然而，她的登场彻底背叛我们所有的预料与期待。

而且是基于负面意义的背叛。

她——怪异杀手之吸血鬼，毁灭这个世界的传说吸血鬼，以极为平凡的方式，和我们一样沿着阶梯上山登场。

意外程度低于丧尸。

她穿越鸟居，来到神社内。

她的外形，足以令我们哑口无言。

"呃……"

"哼。"

我只能呻吟，身旁的忍捂着嘴，像是认同般点了点头。

全身烧灼溃烂，释放类似腐败的恶臭，拖着一条腿现身。

忍看着这个路线里的自己，看着她堪称凄惨的样子，点了点头。

比丧尸更近似丧尸。

比死者更像是死人。

忍看着这样的自己，点了点头。

"吾选择之自杀方式，果然和那个人一样，是自焚。"

一样。

忍这么说。

她提到的"那个人"，是我之前听说过的忍第一个创造的眷属。

只经过数年，就对化为吸血鬼的自己绝望而自杀的眷属。

是的。

记得他是……投身于阳光之中。

企图自焚而死。

他自杀成功。

我面前的忍……更正，面前的姬丝秀忒，应该也做了相同的事。

步上他的后尘。

见证人类灭亡之后,和他一样投身于阳光之中。

然后失败。

全身烧灼溃烂,不成原型。

没能死去。

而且……

"何其凄惨。"

忍在我身旁这么说。

语气很惆怅。

"做到此种程度依然不会死,吾之不死之身实在荒唐,不,或许该说是理所当然之报应,即使认识汝这位大爷,遇见汝这位大爷,却依然堕落到此种地步,只能形容为失败。"

这番话听起来是对我说,但是看忍的表情,似乎是自言自语。

这是悲伤、痛苦,我不可能共同分担的自言自语。

"汝这个吾,为何要寻死?"

"哈……"

此时,姬丝秀忒发出声音。

我刚开始听不出她在说什么。

还以为她连喉咙都烧到半毁,无法正常说话,但她后来持续发出这种低沉声响。

我回想起来,这是她的笑声。

是她的放声大笑。

"哈哈哈!"

"……"

"哈!哈哈!哈哈哈!哈哈哈哈!哈哈哈哈哈!哈哈哈哈哈!哈哈哈哈哈哈!哈哈哈哈哈哈哈!哈哈哈哈哈哈哈哈!哈哈哈哈哈哈哈哈哈!"

即使身体一半烧烂，没能死去。

即使企图自杀、自杀未遂。

即使失败。

她依然高声大笑。

凄怆大笑。

铁血、热血、冷血的吸血鬼——姬丝秀忒·雅赛劳拉莉昂·刃下心。

无可奈何的不死之身。

极致的怪物，终极之美。

我，甚至是忍，都无法介入她的放声大笑，甚至动弹不得。

是的。

即使是这种状态，即使自杀未遂、半身不遂，姬丝秀忒依然是世界上最强的存在。

处于那种状态，也丝毫不屡弱。

即使全身烧烂，我与忍当然不用说，连忍野或影缝，所有"人类"都敌不过她这个怪异。

妖怪变化。

怪异杀手，万物杀手。

不只是被她的高亢笑声震慑，即使除去这一点，我们依然动弹不得。

以毅力因应？

以气势弥补？

我以肌肤感受到，这种少年漫画风格的想法连一丁点都行不通，我和她就是处于这种距离，握着"心渡"的双手相当空虚。

甚至必须紧握刀柄到渗血的程度，以免一不小心被她轻易夺走王牌。

好怀念。

我也因而体认到。

原来如此，如今我就理解了。

理解到春假那时候，忍和我相互厮杀时，对我手下留情的程度。

"哈！哈哈！哈哈哈哈！哈哈哈哈！哈哈哈哈哈！哈哈哈哈哈哈！哈哈哈哈哈哈！哈哈哈哈哈哈哈！哈哈哈哈哈哈哈哈！哈哈哈哈哈哈哈哈哈……这样啊。"

她说话了。

发出类似话语的声音。

"这样啊……此种未来、此种世界、此种路线还是存在……吾与汝像这样相互依偎之可能性，还是存在。"

说出这番话的她，露出微笑，并且落泪。

和春假一样。

流下一滴滴的血泪，哭泣着。

"呼呼呼……真是拍案叫绝，吾却因为己身无聊之嫉妒搞砸一切，吾离家出走而失去汝这位大爷时，感觉如同扯断一根翅膀，挖掉半个身子，但是……并未如此惆怅，直到吾如今目睹此种可能性为止。"

"……"

"原来如此，到最后，那个讨厌夏威夷衫小子之说法才正确，真是个如同看透一切之男子，何其滑稽，如何，汝等亦如此认为吧？"

说到最后一句，她首度以血泪盈眶的双眼，以融化混浊的眼球，看着我们询问。

她肯定不必动用一根小指就能杀害我们，但她没这么做。

只是维持抽搐的笑容询问我们。

"对。"

回答的是忍。

也就是自己回答自己的问题。

"汝简直是小丑，逗人发笑亦要适可而止，这副模样是怎样？到这种程度还不会死？不死亦该有个限度吧？这就是垂死挣扎，汝这个没死成之家伙，话说在前面，汝与吾肯定没有太大差异，至少只有周围之人际关系稍微不同。"

只差在八九寺活着。

只差在没有八九寺。

"条件并未相差太多，而且肯定是吾能弥补之差异，吾只是稍微走近一点，只要对这个人打开些许心房，只要愿意相信、愿意依赖，汝肯定能和吾一样，肯定能修正历史，坦白说，吾完全不知道汝为何失败。"

"哈哈，被说到这种程度反而舒坦，吾则是完全不知道汝为何成功，真想要一本攻略本。"

姬丝秀忒说完当场坐下，不，与其说坐下，不如说是无力地瘫坐在北白蛇神社内。

她丝毫没有释放出孱弱的气息。

但是，血泪停止了。

"另一个世界之吾，以及另一个世界之……吾之厮役。"她注视着我们说，"吾让汝等回到原本之世界吧。"

"啊？"

一瞬间，我没听懂这句话的意思。

我们都没听懂。

慢着，姬丝秀忒为什么立刻知道我们是来自其他路线的旅客？忍与我确实是她熟悉的人，但她不可能瞬间看透真理到这种程度。

这么说不太好，但她肯定没有这种程度的推理能力，但她居然……

我在疑问浮现于脑海的同时得到答案。

是忍野。

是忍野咩咩。

忍野搜集怪异奇谭时，将十一年前的我与忍，当成都市传说而搜集，换句话说，他在四、五月就察觉我们可能从其他路线前来。

既然这样，他就曾经进行各种解释。

若是忍野和她在补习班废墟同居时，向她提到这件事……

路线论。

若是忍野在那个时候，就述说过平行世界的存在……

当时即使忍野说过，她应该也当成耳边风吧，要是她把这番话当真，世界就不可能沦落为这种惨状。

不过当她亲眼看见我们，亲眼看见相互依偎、同心协力的忍野忍与阿良良木历，她——姬丝秀忒应该就想到了。

而且迅速理解一切。

因为这幅光景，自己和他人携手同行的光景，是她数百年来一直追求的目标。

"回到原本之世界……这是什么意思？"

忍没有掩饰诧异情绪，瞪着自己。

从某种意义上来说，她完全没有察言观色，没有看出对方的想法。

即使同样是自己，只要世界不同就是不同人，也就是外人。

其实不应该在过去或未来的世界见到自己，所以回到十一年前时，我才会避免见到自己。

不过，现在的她们看到了什么？思考着什么？

不同的自己，无法相容到何种程度？

"没什么意思，汝等亦不想在这种毁灭之世界，在吾所毁灭之这个世界久留吧？若能回去原本之世界，肯定想回去吧？"

姬丝秀忒的语气像是在试探。

"那当然，但吾等没有足够能量回去。"

"换句话说，有能量即可吧？"姬丝秀忒如此回应忍，"比方说……这样好了，只要吃掉镇上嚣张跋扈，吾所创造却没能成为真正眷属之不完整眷属，就能得到足够能量吧？"

"还以为汝会讲什么，何其愚蠢，汝就是因此而失败，那些丧尸原本都是镇上居民吧？是人类吧？吾不可能将其转换为能量。"

"不将人类转换为能量？"

"绝对不会。"

"这样，一点都不像吾。"

"对于现在之吾，这就是吾之作风。"

"那么，将吾变换为能量吧。"

姬丝秀忒再度回应。

她伸手按在自己的胸口。

"即使差点死亡，但只要将全盛时期之姬丝秀忒·雅赛劳拉莉昂·刃下心转换为灵能量，至少能前往其他路线一次吧？"

别说可能，用过一次甚至还有剩。

这次，我真的放下手上的两把妖刀了。

是的。

忍野在信里提出荒唐的委托要我拯救世界，但是每一行字、每一段话，都没有表明要我打倒姬丝秀忒。

他并不是希望我做出这么惊天动地的事。

只要像这样和她相对，让她看见我们的样子就好。

光是如此，她就会得救。

世界就会得救。

信中所说"眼前的女孩"，也是指六百岁的姬丝秀忒。

要是忍野在场，看到我与忍手握四把危险大太刀的暴力模样，肯定会说："真有精神啊，是不是发生了什么好事啊？"

至少，对她来说，发生了好事。

所以，我们也是。

"将汝转换为灵能量，意思是要吾吸汝之血？"

"不用说，正是如此。"

"不用说，汝将会没命。"

"不用说，吾已经等同于死亡。"

"这样啊。"

仅止于此。

忍野忍和姬丝秀忒·雅赛劳拉莉昂·刃下心的对话仅止于此，她们大概没有相互理解吧。

到最后，她们是不同世界的自己，是别人，是外人。

不可能相互理解，不可能心意相通。

但也因为如此，她们无须多余的话语。

在我陪着忍走向姬丝秀忒，走到她身旁的时候。

"吾在其他路线之厮役啊。"姬丝秀忒如此呼唤着我，"这不是交易，不是交换条件，仅是吾个人之请求……可以摸摸吾之头吗？"

"乐意之至。"

我立刻回答，将手放在她的头上。

用力抚摸。

即使全身融化如泥，她的金发依然柔顺，我用力摸乱她触感舒服的金发，她一直凶狠险恶的表情，终于在这时候幸福放松。

即使忍朝她的脖子咬下，这张表情依然没变。

就这样，我们的夏日冒险结束了。

我觉得比起暑假作业，更令我获益良多。

030

接下来是后续，应该说是结尾。

隔天，即使是叫醒专家——我的两个妹妹火怜与月火，终究没办法叫醒躺在北白蛇神社山路阶梯上的我。我这天是朦胧被阳光照醒的。

"汝这位大爷，醒了？"

"嗯，等很久吗？"

"吾亦刚醒。"

我与忍说着这种会合时的台词。

不过，确实像是会合。

忍让我躺在她的大腿上。

她的大腿没什么肉，不算是弹性很好的枕头，总之别计较这种事。

这是心情问题。

我用手机确认日期，今天是八月二十一日星期一，也就是第二学期的开始，始业典礼当天。

"所以回来了吗？慢着……"我起身看向阶梯上方，"或许那段经历都是一场梦，或许我在那天晚上被你唆使跳过鸟居，就这么摔落阶梯昏迷到天亮。"

"又要从头议论这种事？"

"啊！什么嘛，原来是一场梦！"

"手冢治虫老师会生气哦。"

"慢着，手冢老师真的禁止这种做法吗？我觉得这种梦结局还不错就是了，或许老师也是模仿'推理十诫'这么说吧？"

"不准依赖手冢老师之肚量。"

"咦？所以大家都做了相同的梦？"

"不准讲这种老套台词。"

"怎么回事，明明忘记做了什么梦，我却想哭……"

"不准讲这种老套过头之台词。"

"这条项链是什么？总觉得忘了某件很重要的事……"

"角色怎么逐渐女性化了……"

不过，我与忍做相同的梦也不奇怪。

"我没有刻意确认……但梦中的世界后来怎么样了？希望大家

平安复活，应该说平安恢复为人类……"

"不可能所有人都恢复正常吧，应该有不少人在化为怪异之前，就受到暴动波及而丧命，最重要的是，在吾失控之前就丧命之汝这位大爷不会复活。"

"哎，这也没办法。"

"嗯？"

"因为已经决定要一起死了，虽然时间相差两个月左右，不过能和你一起死，那条路线里的阿良良木应该也心满意足吧。"

"当然，吾亦是如此。"

忍这么说。

听起来像是闹别扭，但这正是她率直的态度。

"不过，要是战场原、羽川与妹妹们平安恢复为人类，应该会为我的死难过吧，这真的令我感到牵挂。"

"或许他们会试着使用回魂法术让汝这位大爷复活。"

"所以那边将会自行发展出沉重的剧情吗……"

物语。

原本不是我可以介入的事情。

那条路线有那条路线的战斗。

我顶多只能避免自己的路线发生这种事。

我起身拍掉身上的尘土。

在那边的路线里钻过鸟居之前，我先把浴衣换回原本的衣服，不过这套衣服本来就很脏了。

回家之后，第一件事是洗衣服。

然后是洗澡。

"嗯？回家之后？等一下，我总是只在意日期……忍，现在几点！"

"嗯？要以十二小时制来说，还是以二十四小时制来说？"

"两种都可以啦！"

"并不是两种都可以,汝这位大爷这次肯定有学到这个道理,每个选择都是打造未来之要素。"

"你啊,别讲这种大道理了!快告诉我现在几点!"

"总之且慢,吾现在作个日晷。"

"把你手上戴的表还我!"

"慢着,这块手表尚未调整为这个时代之时间,所以没用。"

"早说啊!"

为什么问个时间要花这么多时间!

这样下去会没完没了,所以我再度取出手机。

仔细一看,快没电了。

手机正绞尽最后的力气,告诉我现在的时刻。

"惨了,始业典礼果然开始了。"

怎么办?

即使回家之后全力赶到学校,始业典礼也已经结束,连班会时间都结束了。

最后还是会迟到吗……

要被羽川与战场原骂了。

会被"杀"。

"汝这位大爷得尽可能避免这种下场啊,毕竟现在已经确定,要是汝这位大爷死掉,吾很可能会毁灭世界,好好思考接下来该如何应战吧。"

忍说得像是叮咛我刚才下定的决心,然后潜入我的影子。

看来,她刚才讲得像是会合台词的"吾亦刚醒"并非谎言,她现在应该打算好好睡个觉。

"真是的……完全就是《仲夏夜之梦》的感觉。"

但我没看过这部作品。

没资格讲这种感想。

我随口说完,独自走下阶梯,心想要是山下的世界毁灭怎么办。

即使没毁灭，如果是完全不同的世界……比方说再度穿越失败，来到完全不同的另一条路线……唔……

有可能。

移动到其他路线的能量已经用尽，要是发生这种事，这次真的得永远住在不同的路线……但我觉得，这场多灾多难的时光之旅，居然只有回程一帆风顺，这种进展似乎过于称心如意，即使再遇到一两个麻烦问题也没什么好讶异的，而且也比较合理……

唔……

看剩下的页数应该没问题，但也有可能分成上下集，我希望尽可能避开某知名科幻电影那种奇特的结局。

虽说如此，我也受够迷路了。

"阿良良木哥哥！"

就在这个时候。

在我下山来到停车处，确认自行车平安并且开锁的时候，一个如同马路上疾驶卡车的小小物体撞了过来。

这个小小的物体是少女。

双马尾少女。

"阿良良木哥哥，我找您好久了！我一大早就以阿良良木家为中心找遍全镇，却完全找不到您，害我担心您该不会跑到哪个异次元去了！啊！您没事真是太好了！请多抱我一下吧！"

"这是不同路线！"

我推开身后的少女，也就是假的八九寺。

啊！

这种结局不合常理！

我回不了原本的世界了！

"啊？不同路线？假的八九寺？阿良良木哥哥，您在说什么？酷暑终于让您脑袋融化了？"

"我的脑袋不是哈根达斯，不准和熔岩巧克力口味相提并论。"

"那就和南瓜口味相提并论吧?"

"为什么要用限时商品举例?"

"不然就从软烂来联想,形容为丧尸吧?"

"我更不准你这么做!"

"我明明像这样提供特别服务,随性从往事找话题聊,您反应却这么冷淡。"

被我撞飞跌坐在地上的八九寺,一副期待落空的样子起身,总觉得她的动作比平常灵活,原来这个八九寺没背背包。

这样讲有点像是大家来找碴的游戏,总之这个少女果然是冒牌货。

"慢着,阿良良木哥哥,这是因为我昨天把背包忘在您的房间,所以我一大早就四处徘徊,希望在背包内容物被看到之前拿回来。"

"看来我连一丁点都不受信任。"

我并没有看。

唔……

不过,昨天是吧……

至少从时间点来看,我确实回到了原本的场所,问题在于这个世界,是否是我所知道、我所成长、我行走至今的路线。

由于八九寺的登场方式太离谱,这部分产生疑点了……

"哎呀,如此一来我就知道,与其被阿良良木哥哥抱,不如自己抓时机抱过来,至少这么一来,我的裙底就不会面临危机。"

八九寺讲得这么难听,还径自认同自己的说法。

真令我头痛。

辨别真假的难度意外地高。

这个八九寺究竟是八九寺真宵,还是八九寺伪宵……

"我说,八九寺,你真的喜欢我吗?"

"啊?慢着,这怎么可能?如果选项只有喜欢与讨厌,应该是讨厌。"

"果然是不同路线!这里是平行世界!"

"啊?平行的是阿良良木哥哥的脑子吧?"

"完全听不懂!"

"也就是拉列拉列列鲁列鲁帕帕拉脑。"①

"我还是听不懂,但我大致知道你的意思!你居然能只把恶意正确传达给我!"

"话说回来,平行木哥哥。"

"不准用刚才的话题口误!这样的我听起来好像冒牌货!口误不准偷工减料,我的姓氏是阿良良木!"

"抱歉,我口误。"

"不对,你是故意的……"

"我狗误。"

"不是故意的?"

"哎口了。"

"省略了?'哎呀,口误了'的省略?完全感受不到你为口误道歉的诚意!你这样没办法当声优!"

"会流行吗?哎口了!"

"你再也没机会参加甄选了。"

结束这段拌嘴之后,我确定这里就是我的世界——A 路线。

嗯,肯定没错。

技巧如此熟练的八九寺,在其他路线应该不多见。

这个八九寺,是在这几个月和我拌嘴而诞生的八九寺真宵。

我敢毫不迷惘地如此断言。

如同没有八九寺就没有现在的我,没有我也不会有现在这个八九寺。

"您怎么笑眯眯的?好恶心。"

---

① 此为"平行"的英文"parallel"随意拼凑的发音。

"没事……总之我明白了,背包是吧?我正想还你,好,那就一起回我家拿吧,你能坐自行车后座吗?"

"我才不想和阿良良木哥哥共乘自行车。"

"慢着,八九寺,只有现在不能摆出讨厌我的态度,这会害得我怀疑这是哪条路线。"

"就算您用这种不讲理的理由封我口……"

"我刚历经一场大冒险回来,可以的话,希望你能坐我的自行车。"

"大冒险……阿良良木哥哥,您居然瞒着我去做这么有趣的事?"

"没那回事,你也有参与哦。"

"啊?您在说什么?没想到我这次这么风光上封面标题,却没有受邀参与演出,我刚才对羽川姐姐说的那番话变成谎言了。"

"啊,对了,八九寺,我要趁没忘记之前跟你说。"

"说什么?"

"我至今为止坚称你现在的外表是巅峰,没想到你过了二十岁也合我的口味。"

"这么失礼的发言是怎么回事?"

"你没想过复活吗?"

"没想过,何况我死后的时间快比生前的时间长了。"

"唔,是这样吗?"

"就是这样。"

"比方说,如果出现一个有法力的人,说他可以让你像僵尸一样复活,你会怎么回应?"

"我不要像僵尸一样复活,谢谢,再联络。"

"慢着,那如果不是像僵尸那样复活呢?"

"还是谢谢,再联络。"

"为什么?"

"没为什么,要是有人向阿良良木哥哥说可以让您变回人类,您也不愿意吧？"

"哎，也是，我确实会这么想，那我就和你一样了。"

"没错，我们一样。"

"那么，你变成幽灵之后是否幸福？"

"变成幽灵是一种不幸，但是能认识阿良良木哥哥是一种幸福。"

"……"

"所以我整体来说是幸福的，虽然生前没能见到母亲，却多亏留下悔恨而死，才能认识阿良良木哥哥。"

"也对，我们相识了。"

最后，我们遵守交通规则，没有两人共乘自行车，而是我推着自行车配合八九寺的速度前进，我们一如往常地闲聊着愚蠢的话题，有时候转身向后看、有时候走错路、有时候迷路，却确实地踩着每一步积极前进。

在这条路线里前进。

后记

我觉得所有人应该都有心理创伤，有过"要是再发生一次还不如上吊"的某些体验，而且应该有好几个这种创伤，但意外神奇的是，这些不堪回首的心理创伤，或许正是塑造出自己的要素。换句话说，即使回到过去排除这些心理创伤，人生也不会更加顺利。没有心理创伤的人生反而枯燥乏味，这种状况下，大多会变成不是过去的自己受苦，而是现在的自己受苦，在最后同样造成心理创伤，这或许是命运符合逻辑的一种方式。但我觉得心理创伤最好是在儿时留下，一个人要健全成长，某种程度的压力果然不可或缺。虽说如此，人都想尽量避免留下不好的回忆，但无论是想背负心理创伤还是想回避心理创伤，世界都不太会以我们想要的方式运作，一旦回避某些障碍，肯定会面临其他的障碍。这是为什么呢？有人说"过去累积为现在，现在连接着未来"。这种说法会令人认为过去与未来都价值非凡，但过去大致上没什么好事，展望未来也困难重重。至于现在则像是夹在过去与未来之间，受到过去的束缚又得讨好未来，令人觉得必须随时维持中层干部的心态，因而误以为"现在吃的苦将塑造出未来的自己"，咬牙努力下去。这就是所谓的人生吧？我完全不知道就是了。

本书可以算是"物语系列"第二部的第二集吗？我完全不知

道，而且也觉得内容和之前某次预告差很多，对不起，其实我想把副标题改为"真宵·丧尸"，却在最后关头没有赶上，由此证明本书是我努力想写一本只有阿良良木与幼女登场的小说并历经百般摸索而完成的作品。天啊，这样的进度真是累死我也！希望这样的心理创伤也能塑造出未来的我，但每次成功完成不可能的进度之后就会成为理所当然做得到的进度，这是为将来的心理创伤铺路？就像这样，本书是以百分之百的修罗写出来的作品《倾物语》第闲篇"真宵·僵尸"。

　　封面的真宵是她的第一张彩图，感谢VOFAN老师，也感谢各位读者阅读本书，顺带一提，接下来的剧情将毫不喘息，直接从最后一幕接续下一集《花物语》，包括作者与登场角色都是如此。

西尾维新